文學新象 280

陌生的房客

The Family Upstairs

麗莎・傑威爾（Lisa Jewell）——著
吳宜璇——譯

高寶書版集團

本書以愛與感激之名，獻給我的讀者。

如果說我的童年在他們來之前很正常，這是不正確的描述。實際上，與所謂正常相去甚遠，但至少「感覺起來」是正常的，因為那是我所熟知的世界。直到如今，幾十年後再次回顧，我才明白有多怪。

他們來的時候，我將近十一歲，我妹妹九歲。

他們和我們一起生活了超過五年，讓一切變得非常、非常黑暗。我和妹妹不得不學習如何生存。

當我十六歲，而我妹妹十四歲時，那個寶寶來了。

I

1

莉比拾起門墊上的那封信，拿在手中反覆檢視。看起來很正式；乳白色的信封用的是高磅數的紙張，感覺內層還夾了襯紙。寄件人的郵戳寫著「郵遞區號 SW3，倫敦切爾西區莊園街，史密斯金．路得與羅伊爾律師事務所」。

她把信拿進廚房放在流理台上，將茶壺注滿了水，然後丟了個茶包到馬克杯裡。莉比很確定自己知道那信封裡裝了什麼。她上個月滿二十五歲。潛意識裡，她正等著這封信的到來。但現在這封信就在眼前，她不確定她有勇氣打開來。

她拿起電話打給她媽媽。

「媽，」她說。「收到了。那封信託基金寄來的信。」

電話另一端一陣沉默。她可以想像在一千哩外的西班牙德尼亞市 (Dénia)，她媽媽站在自己的廚房裡：純白色的家具、灰綠色系的廚房擺飾，走出玻璃門就是可以遠眺地中海景色的小露台，被她稱做我的閃亮寶貝的鑲鑽手機正貼著她的耳朵。

「喔，」她說。「對。天哪。妳打開了嗎？」

「沒有。還沒有。我想先泡杯茶。」

「對，」她又重複了一次。接著說道，「我要待在線上嗎？在妳看信的時候？」

「是的，」莉比回答。「拜託。」

她的心跳加速，像她有時候起身準備做銷售簡報，又或者喝了杯特濃咖啡時那樣。她取出馬克杯中的茶包，坐了下來。她用手指摩娑著信封邊緣，深深吸了口氣。

「好了，」她對她媽媽說，「我要拆開那封信了。我現在就要拆了。」

她媽媽知道她手上拿著什麼。或至少有點概念，儘管她從未被正式告知那份信託的內容物。很有可能，她總是這麼說，只是個茶壺跟一張十英鎊鈔票。

莉比清清喉嚨，將手指滑到封套內。她抽出一張深米色信紙，很快地閱讀著：

致莉比．路易斯．瓊斯女士

依據亨利及瑪蒂娜．藍柏在一九七七年七月十二日所設立的信託，我們建議依後附時程將其信託物移轉給您……。

她放下那張信紙，抽出附件。

「怎麼樣？」她媽媽屏息等待著。

「還在看，」她回答。

她快速地瀏覽著，然後一個房產地址引起了她的注意。座落於郵遞區號 SW3 切恩大道十六號的房地產。她猜測這是她親生父母去世時的住處。她知道那位於切爾西區。是座豪宅。但她以為早就沒了。被查封了，或賣掉了。當她意識到她剛剛看到什麼時，差點兒喘不過氣來。

「呃，」她開口。

「怎麼了？」

「看來……不，這不可能。」

「怎麼樣！」

「一棟房子。他們留給我一棟房子。」

「那棟位於切爾西的房子？」

「是的，」她說。

「整棟？」

「我想是的。」裡面有張文件，上面說明信託基金上列名的其他人沒有在期限前提出主張。她有點無法消化這個訊息。

「我的天。我的意思是，這市值肯定有……。」

莉比呼吸急促，抬頭望向天花板。「一定弄錯了，」她說。「這肯定是搞錯了。」

「去見一下律師，」她媽媽說。「打電話給他們。趕快約。確定這沒有弄錯。」

「萬一真的沒有錯呢？萬一這是真的？」

「如果是這樣的話，我的小天使啊，」她媽媽開口——莉比可以從幾千哩外聽出她媽媽在微笑，「妳就確實成了富婆。」

莉比掛上電話，環視她身處的廚房。五分鐘以前，這個廚房和這間位於聖奧爾本斯沒落地段的一條安靜巷弄，有著庭院的獨棟小屋，是她唯一買得起的地方。她還記得當時在網上搜尋住處，其中一個完美物件讓她深吸了一口氣：向陽的露台和開放式廚房，步行五分鐘可到車站，外推式的古老窗框玻璃，窗外一片蓊綠後方隱約傳來對面大教堂的鐘聲。然後她看到標價，感覺曾動念以為能擁有這個物件的自己根本是個傻瓜。

最後，她在各方面做了妥協，找到一個離工作地點最近、離車站也不太遠的地方。她跨過門檻時，沒有一種就是它了的命定感；房仲帶著她看房子時，心中也沒有悸動。但是她將這裡打造成值得驕傲的家，費盡心思地運用了 TK Maxx 平價精品大賣場所能提供的最好幫助，這間經過改造、略顯樸拙的單間公寓讓她很欣慰。她買下了它，用心布置。這是專屬於她的空間。

如今，她擁有切爾西最佳地段上的一整棟房子，她現在住的公寓以及她五分鐘前還覺得至關重要的許多事物，似乎瞬間變得可笑——她剛獲得的每年一千五百英鎊的加薪、存了六個月旅費好在下個月飛去巴塞隆納參加朋友的單身派對、上星期因為加薪而「允許」自己買下的 MAC 眼影。當她在弗雷澤百貨放下每月嚴格控管的支出預算，手上晃著輕巧的 MAC 包裝袋時的些微激動，還有把黑色小方盒放進化妝包，確認那是自己的所有物時的喜悅，想著她或許有機會在巴塞隆納之行用上這盒眼影，搭上她母親送她當聖誕節禮物的 French Connection 洋裝，上面有她夢想的蕾絲花邊，這一切讓她開心不已。五分鐘前，她生活中的快樂很微小，可以預料、可以追求，要靠辛苦積攢而得。這些無足輕重的小小揮霍，讓她的平淡生活增添光彩，值得讓她每天早上起床去做一份她喜歡但不到熱愛的工作。

現在，她在切爾西擁有一棟房子，過去形成她日常生活的那部份已然改變。

她將信放回昂貴的信封中，喝完她的茶。

2

蔚藍海岸上空正醞釀著一場暴風雨。地平線那端紫黑一片，沉甸甸地襲罩在露西頭上。她一隻手托住頭，另一隻手將女兒的空餐盤放到地板上，讓狗兒舔掉上面殘餘的肉汁和炸雞碎屑。

「馬可，」她對兒子說，「把飯吃完。」

「我不餓，」他回答。

露西感到一股怒氣，太陽穴旁青筋直跳。暴風雨越來越近了，她可以感覺到熱空氣中凝結的濕氣。「只有這些，」她的語氣因為壓抑著不要大吼而顯得急促。「這是今天所有的食物。我們的錢用完了。沒別的東西。不要等睡前才又跟我說你餓了。到時候就太遲了。吃完。拜託。」

馬可百般不情願地搖著頭，切著他的炸雞排。她盯著他的頭頂，濃密的栗色頭髮有著兩個髮旋。她怎樣都想不起來他們上一次洗頭是什麼時候。

史黛拉說，「媽媽，我可以吃甜點嗎？」

露西低頭看著她。今年五歲的史黛拉是露西犯下最美好的錯誤。她應該說不，她對馬可很嚴厲，不應該對他妹妹這麼溫柔。但是史黛拉是個好孩子，聽話又乖巧。她怎麼能拒絕給她甜點？

「等馬可吃完他的炸雞排，」她平和地說，「我們可以叫個冰淇淋一起吃。」

這對史黛拉顯然不公平，她十分鐘前就吃完她那份雞排了，不應該還要等她哥哥。但史黛拉還不知道什麼是不公平，她點了點頭，對馬可說：「馬可，快吃啊！」

露西等馬可吃完，也把他的餐盤放到地上給狗兒。冰淇淋送來了。玻璃碗裡裝了三種口味的冰淇淋，配上了熱巧克力醬、碎果仁，以及插在雞尾酒棒上的粉色鋁箔棕櫚樹。

露西感覺頭又疼了，她望著地平線。她們得找地方躲避風雨，而且要快。她要了帳單，把信用卡放在碟子上，將號碼輸入刷卡機，一想到現在戶頭裡已經沒有錢，也無處找錢，她忍不住屏住呼吸。

她等史黛拉舔乾冰淇淋碗，解開綁在桌腳上的狗繩，然後收拾包包，兩個交給馬可，一個交給史黛拉。

「我們要去哪裡？」馬可問。

他的棕色眼眸顯得嚴肅，眼神透著濃濃的焦慮。

她嘆了口氣，抬頭望向尼斯老城區一路蜿蜒向大海的街道。她甚至看了看那隻狗，彷彿牠可能會有什麼好提議。牠只是熱切地看著她，期待還有餐盤可以舔。眼前只有一個選擇，而那是她最不想去的地方。但她試著掛上笑容。

「我知道了，」她說，「我們去拜訪奶奶吧！」

馬可發出哀號。史黛拉看起來有點不安。他們倆都記得上一次和史黛拉的祖母相處的經驗。薩米亞曾經是阿爾及利亞的電影明星。她現在七十歲，一眼失明，與殘疾的成年女兒一起住在阿里亞納一棟破舊大樓中的七樓。她的丈夫在她五十五歲時去世，而她的獨子，史黛拉的父親則在三年前離開，杳無音訊。薩米亞對此忿忿難平，一直無法接受，而她有這種感受也完全合乎情理。但是她有安身之處，有枕頭和自來水。她擁有露西目前無法提供給子女的一切。

「就住一晚，」她說。「只有今晚，明天我會想出辦法。我保證。」

她們抵達薩米亞的住處時，正好開始下雨。細微的雨滴炸落在炙熱的人行道上。在搭乘布滿塗鴉的電梯通往七樓時，露西可以聞到她們身上散發的氣味：潮濕的髒衣服、油膩的頭髮、穿很久的運動鞋。而那隻有著茂盛濃密毛髮的狗，聞起來更是可怕。

「我沒辦法，」薩米亞在門口這麼說，沒讓她們進門。「真的沒辦法。梅齊生病了。看護今晚得睡在這裡。我沒有空房間。真的擠不下了。」

一道雷聲在頭上轟隆作響。她們身後的天空閃成亮白色。雨幕自空中傾瀉而下。露西懇切地看著薩米亞。「我們無處可去，」她說。

「我知道，」薩米亞說。「我明白。我可以收容史黛拉。但是妳跟那男孩還有那隻狗，妳們得去找其他地方，我很抱歉。」

露西感覺到史黛拉緊貼著她的腿，小小的身軀不安地顫抖著。「我要跟妳待在一起，」她對露西輕聲說。「我不想一個人留在這裡。」

露西蹲下來，握住史黛拉的手。史黛拉的眼睛跟她父親一樣是綠色的，黑髮帶點榛果般的棕色，她的臉經過漫長炎熱的夏天曬成了深褐色。她是個漂亮的孩子，路上經過的人們有時會有些驚艷地特地攔下露西這麼對她說。

「寶貝，」她說。「妳待在這裡才不會淋雨。妳可以洗個澡。奶奶會讀一篇故事給妳聽……。」

薩米亞點著頭。「我會讀妳喜歡的那篇，」她說，「關於月亮的故事。」

史黛拉還是緊緊地抱著露西。露西感覺自己就要失去耐心。如果可以在薩米亞家裡的床上睡覺，聽人讀那本關於月亮的書，好好洗個澡並換上乾淨的睡衣，她願意付出任何代價。

「寶貝，只要一個晚上。我明天第一件事就是到這裡接妳。好嗎？」

她可以感覺到史黛拉靠在她肩膀的頭在顫抖，呼吸帶著哭聲。「好，媽媽。」史黛拉說，露西趕緊趁兩個人都還沒改變主意之前，把她推進薩米亞的公寓門內。接下來，她、馬可和那隻狗，帶著背上那捲瑜伽墊。她們走入大雨，走進漆黑的夜，無處可去。

她們暫時在天橋下躲雨。汽車輪胎不斷壓過濕熱的碎石柏油路面，嘶嘶聲響震耳欲聾。雨下不停。

馬可將狗抱在腿上，臉貼著狗的背。

他抬頭看著露西。「為什麼我們的生活這麼鳥？」他問道。

「你知道為什麼，」她沒好氣地說。

「但為什麼妳不能做些什麼？」

「我正在努力，」她說。

「不，妳沒有。妳只是讓我們陷入困境。」

「**我正在努力**，」她低聲喝斥，生氣地瞪著他。「每一天、每一分鐘都在努力。」

他懷疑地看著她。他太聰明，也太了解她了。她嘆了口氣。「明天我會把我的小提琴拿回來。我可以重新開始賺錢。」

「妳要怎麼付修理費？」他瞇著眼睛看她。

「我會想到辦法的。」

「什麼辦法？」

「我不知道，好嗎？我現在還不知道。但一定會有辦法的。向來如此。」

她轉身背對她兒子，注視著疾駛而來的兩道平行的車頭燈。巨大的雷聲在空中炸裂開來，再次照亮整個天空，雨似乎更大了，如果雨勢真的還能再大的話。她從背包外袋取出一台傷痕累累的智慧手機。她打開手機，看到只剩百分之八電力，正準備關機時，行事曆發送了一則提醒通知。那個通知是幾個星期前傳的，而她一直沒有勇氣刪除它。

上面只寫著：**寶寶二十五歲了。**

3

切爾西大宅，一九八〇年晚期

我的名字和我父親一樣，都叫亨利。同名容易造成混亂，但我母親稱我父親為**親愛的**，我妹妹稱他為**爹地**，而幾乎所有人都稱他**藍柏先生**或直接尊稱他為**先生**，我們克服了同名的問題。

我父親是他父親的唯一繼承者，他父親的財富是靠吃角子老虎得來的。我從沒見過我的祖父，我父親出生時他就已經很老了，但我知道他來自黑潭(Blackpool)，名字叫哈利。我父親一生中從來沒有工作過，只是閒坐著等哈利去世，這樣他才能擁有自己的財富。

他拿到遺產那一天，在切爾西的切恩大道買了我們住的這棟房子。哈利臨終之際那段期間，他就一直在找房子，幾個星期前看上了這個地方，並且因為擔心有人在他繼承遺產之前就出價而緊張兮兮。

房子在他買下時是空的，他花了好幾年時間跟一大筆錢，用他慣稱為**裝飾品**的東西擺滿整間屋子：鑲板牆壁上探出麋鹿頭，門上方掛著兩把交叉的狩獵用劍，有著鏤空扭紋椅背的桃花心木座椅，中世紀風格、滿是刮痕和蟲蛀的十六人宴會餐桌，櫥櫃裡裝滿手槍和皮鞭，一條二十英尺長的壁毯，畫著其他人祖先的陰森油畫，一大堆沒人會去讀的燙金皮革書籍，還有前院一座仿真尺寸的大砲。我們家裡沒有舒適的椅子，沒有讓人感覺溫暖的角落。舉目所及盡是木頭、皮革、金屬。每樣東西看起來都很硬。尤其是我父親。

他在我們的地下室練舉重，在他自己的私人酒吧裡用專屬小酒桶喝健力士啤酒。他在梅菲爾百貨花八百英鎊買手工西服，肌肉和腰身差點塞不進去。他的髮色如舊硬幣，粗糙的手有著緊繃的紅色指節。他開捷豹的車。雖然他討厭高爾夫球，但他還是會去打，討厭的原因是他天生不太會揮桿，他太僵硬、沒有彈性。他會在週末去打獵，通常是星期六早上穿著緊身粗花呢夾克，帶著後車廂的槍消失，然後在星期天傍晚拎著冰桶裡的兩隻斑鳩回家。我大約五歲時，有天他帶著跟街上某個人買來的英國鬥牛犬回家，用的是他經常塞在外套口袋，如薄荷般鮮綠的五十英鎊鈔票。他說這隻狗讓他想起自己。後來，那隻狗在古董地毯上拉屎，立刻被掃地出門。

我母親是個**絕世美女**。

這不是我說的，是我父親說的。

妳媽媽是個絕世美女。

她有一半德國、一半土耳其血統。她叫瑪蒂娜，比我父親小十二歲，在**那些人**來之前，她是個時尚象徵。她會戴上深色墨鏡去斯隆街購物，用我父親的錢買色彩鮮艷的絲巾、有著鑲金包裝的唇膏和濃郁的法國香水，有時會有人邀她拍照，她手上掛著名牌包，照片登上雜誌封面。他們稱她是社交名媛。她其實不是。她會打扮得光鮮亮麗地參加華麗派對，但是當她在家時，她就只是我們的媽媽。不是最好的那種，但也不會是最糟的，而且絕對是我們這個大而陽剛、滿是稜角的切爾西豪宅裡，讓人感覺相對柔軟的部分。

她曾經工作過一年左右，幫重要的時尚人士相互引介。至少在我印象中有這回事。她的皮包裡有幾張銀色名片，上面用粉紅色字體印著「瑪蒂娜．藍柏公司」。她在國王路一間商店上方的明亮閣樓裡有間辦公室，擺了玻璃桌、皮椅、傳真機，整排套著透明塑膠袋的衣服，立柱上擺著插滿白百合的花瓶。我和我妹妹不用上學時，她會帶我們去陪她工作，從箱子裡整疊白紙中抓幾張紙和幾支馬克筆給我們塗鴉。電話不時響起，我媽媽會說：「早安，這裡是瑪蒂娜．藍柏公司。」偶爾會有訪客按下對講機——我妹妹和我會搶著看輪到誰負責按鈕開門。訪客都是激動莫名、瘦巴巴的女性，討論的話題都是衣服和名人。那間公司沒有所謂「同事」，只有我們的母親，有時候會有一臉天真的年輕女孩來實習。我不知道到底發生了什麼事，我只知道那間閣樓辦公室消失了，銀色名片也消失了，我媽媽回來繼續當家庭主婦。

我和妹妹在騎士橋那一帶上學，很可能是倫敦最昂貴的學校。那時我們的父親不怕花錢。他喜歡花錢，花越多越好。我們的制服配色是狗屎棕配上黃疸黃，男孩們還得穿燈芯絨短褲。值得慶幸的是，當我年紀大到會因為服裝感到羞恥的時候，父親已經沒有錢付學費，更別說到哈洛德百貨的制服部買燈芯絨短褲。

他們出現之後，我們的父母、我們的家、以及我們的生活全變了樣，一切發生得如此緩慢，卻又驚人地快速。在柏蒂帶著兩個大皮箱和裝在藤條箱裡的貓，出現在我們家前門台階上的第一晚，我們完全沒有預料到她將對我們帶來什麼影響，她將會把那些人引進我們的生活，以及這一切竟會這樣結束。

我們以為她只是來過個週末。

4

莉比彷彿可以聽到這房間裡曾存在過的每句低語，感受到曾坐在她所坐的這個位置上每個人的氣息。

「一七九九年，」羅伊爾先生正在回答她的上一個問題。「算是倫敦最古老的法律文件之一了。」

羅伊爾先生隔著打過蠟的辦公桌面看著她。他的唇間閃過一絲笑容，說道：「唉呀呀，好極了。可真是不得了的生日禮物，不是嗎？」

莉比緊張地微笑。「我還是沒辦法相信這是真的，」她說。「老覺得會有人跟我說這只是個大笑話。」

她選擇的詞彙——**大笑話**——似乎不太適合這個歷史悠久、帶著沉穩氛圍的地方。她真希望自己能有其他措辭。但是羅伊爾先生似乎不介意。他保持笑容，俯身向前遞給莉比一疊厚厚的文件。「這不是個笑話，我可以跟妳保證，瓊斯女士。」

「這裡，」他說，從那疊文件中抽出一樣東西。「我不確定現在給妳看這個是否合適。又或者應該跟著那封信一起寄給妳。不知道該怎麼說——總之有點為難。它被放在那疊文件中，我保留了下來，只是以防萬一有什麼問題。看來這麼做是正確的。所以，請吧。我不知道妳的養父母跟妳說了多少關於妳原生家庭的故事。但妳或許會想花點時間看看這篇報導。」

她展開那張報紙，攤放在她前面的桌子上。

社交名媛和丈夫雙雙自殺

幼兒失蹤；一名寶寶倖存

警方昨日在接獲可能有三起自殺案的線報後，趕赴前社交名媛瑪蒂娜．藍柏和她丈夫位於切爾西的住處。警方在中午抵達，發現藍柏夫婦的屍體並排躺在廚房地板上。還有一名尚未查出身分的男子也陳屍該處。二樓房間裡找到一名推測約十個月大的女嬰。該嬰兒有受到妥善照料，身體健康。根據鄰居們近年來的觀察，有其他孩子也住在這棟子裡，同時還有很多成年人經常來來去去，但目前並未發現任何蹤跡。

死亡原因尚待確認，初步的血液採樣顯示三人應該是服毒自盡。現年四十八歲的亨利．藍柏是他父親哈利．藍柏位於蘭開夏郡黑潭鎮的房產的唯一受益人。近年來健康不佳，據說需以輪椅代步。

警方目前正在全國各地搜尋這對夫婦的兒子和女兒，據了解他們的年齡介於十四至十六歲。任何有關於孩子行蹤訊息的人請盡快聯繫首都警方。任何近年曾與該家庭一同住在該棟房子的人，也是警方關注的重點。

她盯著羅伊爾先生。「意思是……？那個被留下的嬰兒——是我嗎？」

他點頭。她能看出他眼中真誠的憐憫。「是的，」他說。「真是個悲慘的故事，不是嗎？而且是個謎。我指的是那些小孩。他們也是這棟房子的信託受益人，但他們倆都沒有出現。我只能假設，嗯，他們已經……總之就是現在這樣了。」他向前傾身，抓著領帶並勉力微笑。「需要我拿支筆給妳嗎？」

他遞過一個木製碟子，上面擺了幾支看起來很昂貴的原子筆。她拿了一支，筆身上印著燙金的公司名稱。

莉比茫然地望著那支筆好一會兒。

她有哥哥。還有姐姐。

自殺。

她輕輕甩了甩頭，然後清了清嗓子說：「謝謝。」

她的手指緊攢著那支筆，幾乎想不起來該怎麼簽她的名字。那疊文件的頁面邊緣貼著塑膠標籤紙，指引她該簽名的地方。筆尖不斷劃過紙張的聲音有些令人煩躁。羅伊爾先生和顏悅色地看著她。他將桌上的茶杯往旁邊推了幾吋，然後又移回來。

她可以非常強烈地感受到當她簽下名字那一刻的意涵，此刻生命的無形轉折將她從**此方**帶向了**彼方**。在這堆文件的一邊，是推著車在超市精打細算地購物，一年只有一個星期的假期，還有一台車齡十一年的歐寶汽車；另一邊則是切爾西的一棟豪宅鑰匙。

「很好，」當莉比將簽好的文件遞回給羅伊爾先生時，他這麼說，像是鬆了一口氣。「很好，很好，好極了。」他翻過每一頁，檢視每個箭頭標籤旁的簽名處，然後抬頭看著莉比，帶著微笑說，「好了。我想是時候把這些鑰匙交給妳了。」他從書桌抽屜裡拿出一個米色小麻袋。上面的標籤寫著「切恩大道十六號」。

莉比看了看，袋子裡有三套鑰匙。一套掛了印著捷豹汽車標誌的金屬鑰匙圈。另一套是內附點菸器的黃銅鑰匙圈。還有一套沒有鑰匙圈。

他起身。「要出發了嗎？」他說。「我們可以用走的。離這裡不遠。」

這天是個炎熱的夏日。正午的陽光火熱地穿透薄薄的雲層，莉比可以透過她的帆布鞋鞋底感受到人行道鋪面的熱度。她們沿著街道走去，兩旁都是餐廳，全都對街開放，攤平的桌面架在特製平台上，上方有大型的方形陽傘遮蔽陽光。戴著大墨鏡的女士們三三兩兩地喝著酒，她們當中的一些人和她一樣年輕，而她對於她們能夠在星期一下午坐在豪華餐館裡喝酒感到驚訝。

「嗯，」羅伊爾先生說，「我想這裡可能會是妳的新街坊，如果妳決定住在這棟房子裡的話。」

她搖搖頭，緊張地擠出一絲笑聲。她不知道該怎麼回答。這一切好荒謬。

他們經過小巧的精品店和古董店，裡面滿是狐狸和熊的銅製雕塑，還有跟她浴缸一樣大的吊燈。然後他們經過河邊，莉比還沒走到河邊就先聞到潮濕的狗騷味。大船在河面交錯而過；還有艘載了許多有錢人的小艇噴著水沫駛過，船上擺著放了香檳的銀色冰桶，一隻黃金獵犬在船頭吹著風、瞇著眼睛曬太陽。

「就從這邊過去，」羅伊爾先生說。「再一、兩分鐘。」

莉比的大腿因摩擦而疼痛，她希望自己穿的是短褲而不是裙子。她可以感覺到自己的汗水被胸罩中間的布料吸收，而她看得出來，穿著緊身西裝和襯衫的羅伊爾先生也因為高溫而難受。

「我們到了，」他說，轉身面向有著五或六間紅磚屋的一整排房子，每一間的高度和寬度都不同。莉比還沒看到扇形窗上用捲曲字體寫的十六號數字，就已經猜出哪間是她繼承的房子。這棟房子有三層高、四個窗戶寬。很美。但就像她預想的那樣，被封起來了。煙囪頂端和排水管長滿了雜草。外觀看起來並不討喜。

但依舊非常美麗。莉比深吸一口氣。「這房子好大。」她說。

「是的，」羅伊爾先生說。「總共有十二個房間。不包括地下室。」

這棟房子並沒有緊臨著人行道，外面有著華麗的鐵欄杆和茂密的花壇。一道鍛鐵頂棚通向大門，左邊擺了一座實體尺寸的大砲，固定在混凝土石塊上。

「我有這個榮幸嗎？」羅伊爾先生指著將擋板固定在門前的掛鎖。

莉比點了點頭，於是他解開掛鎖，移開擋板，發出了可怕刺耳的怪聲，後面是一扇巨大的黑門。他搓搓手指，一把一把有條不紊地找出這扇門的鑰匙。

「上一次有人進來是什麼時候？」她問。

「天哪，我想已經是好幾年前了。那時候屋裡淹水，我們不得不緊急找水管工來，修補損壞之類的。來，我們進去吧。」

他們走進門廊。戶外的高溫、車流的嗡嗡聲、河水的迴聲都消失了。裡面很涼爽。深色木地板上有著刮痕和灰塵。前方樓梯配著深色木製扭紋扶手，立柱頂端雕刻著裝滿水果的碗。門上刻有布紋雕飾，搭配華麗的青銅把手。有一半牆面上有著深色的木製鑲板，貼著已破舊的酒紅色羊絨壁紙，紙面已被飛蛾啃噬得光禿一片。空氣的味道很重，感覺滿布塵絮。唯一的光線來自每扇門上方的氣窗。

莉比打了個顫。實在太多木頭了。光線不足，空氣也不足。她覺得自己像在棺材裡。「我可以打開嗎？」她把手伸向其中一扇門。

「想做什麼就什麼。這是妳的房子。」

這扇門通向後方的長形房間，裡面有四扇窗戶，可以望見茂密的樹木和灌木叢。房裡是更多的木頭鑲板壁面、木製百葉窗，還有滿滿的木地板。

「那會通往哪裡？」她指著木製牆面某處的一扇窄門，詢問羅伊爾先生。

「那個，」他回答，「是通往傭人房的樓梯。直接通向閣樓上比較小間的房間，還有一扇隱藏門設在二樓的樓梯平台。這是這種老房子常見的設計。蓋得像倉鼠籠一樣。」

他們一間一間、一層一層地探索整棟屋子。

「家具都到哪裡去了？家飾品呢？」莉比問。

「早就沒了。這家人為了生計全都賣掉了。他們直接睡床墊。自製衣服。」

「所以他們很窮？」

「是的，」他說。「我想，實際上他們很窮。」

莉比點頭。她沒想過自己的親生父母是窮人。這是當然的，她可以隨心所欲地創造想像中的親生父母。就算不是被收養的孩子也都會創造幻想的親生父母。她幻想中的父母很年輕，交遊廣闊。他們在河邊的房子有兩面落地玻璃窗和大片露台。養了兩隻狗，都是母的小型犬，脖子上戴著鑽石。她幻想中的母親是時尚公關，父親則是平面設計師。他們會帶她去吃早餐，把她放在高腳椅上，餵她吃撕成小塊的布里歐麵包，並在桌子底下親暱地互踢對方的腳，小狗蜷曲著趴在桌下。他們是在參加完雞尾酒會開車回來時，死於跟跑車擦撞的車禍事故中。

「還有留下什麼嗎？」她說。「除了遺書？」

羅伊爾先生搖了搖頭。「嗯，沒什麼特別的。除了一樣。當妳被發現時，妳的嬰兒床裡有樣東西。我相信它還放在這裡，在妳的嬰兒床裡。我們要不要去看看？」

她跟著羅伊爾先生進入一樓的大房間。這裡有兩個可以俯瞰河流的大面上下拉窗。房裡空氣凝滯厚重，天花板角落佈滿了厚厚的蜘蛛網和灰塵。房間另一端有個開口，他們將那個角落改裝成另一個小房間。看起來是更衣室，三面都是裝飾著華麗串珠，漆成白色的衣櫥和抽屜。房間的正中央則是一張嬰兒床。

「那是……？」

「是的。那就是他們發現妳的地方。妳那時咯咯地笑，很開心的模樣。」

嬰兒床設計成可晃動的搖籃，附有用來前後推動嬰兒床的金屬槓桿。槓桿漆成了厚重的乳白色，床邊繪製了有點怪的淡藍色玫瑰花樣。嬰兒床的正面有個小金屬徽章，上面是哈洛德百貨的標誌。

羅伊爾先生伸手從後方牆上的架子拿起一個小盒子。「在這裡，」他說，「這東西被放在妳的毯子裡。我們跟警方都認為這是要留給妳的。警方將它當作證據存了好幾年，一直到案件沉寂下來才還給我們。」

「是什麼東西？」

「打開看看。」

她從他手上接過那個小紙盒，打開蓋子。裡面裝滿了撕碎的報紙。她的手指摸到某個硬而滑順的物體。她從盒子裡拿出它，懸在指尖垂下。那是一隻綁在金鍊子上的兔子腳。莉比有點嚇到，鍊子從指縫滑落到木地板上。她伸手撿起來。

她的手指滑過兔腳，光滑的皮毛冷冰冰的，爪子尖銳。她用另一隻手把玩著那條鍊子。一個星期前，她滿腦子都還是新涼鞋、單身派對、頭髮分岔、記得要幫家裡的盆栽澆水，現在已經變成睡床墊的那些人、死兔子，和一間又大又恐怖的房子，整間空蕩蕩的，只放了一張哈洛德百貨買的大嬰兒床，側面畫著詭異的淡藍色玫瑰。她把兔腳放回盒裡，不自在地拿著。然後，慢慢將手放到嬰兒床的床墊上，感受當年在此沉睡的她那小小的身軀，感受最後將她放到這張嬰兒床上的那個人，將她安穩地用毯子包裹好，放上兔腳。當然，現在這裡什麼都沒有。只有一張空床，和陳舊霉味。

「我叫什麼名字？」她說。「有人知道嗎？」

「有，」羅伊爾先生說。「妳父母留下的紙條上寫了妳的名字。寧靜。」

「寧靜？」

「是的，」他說。「很好聽的名字。我這麼認為。帶點……波西米亞風？」

她突然有種要窒息的感覺，很想立刻發狂似地衝出這個房間，但這麼戲劇化不是她的風格。於是，她開口說，「我們可以去看看花園嗎？我需要一些新鮮空氣。」

5

露西關上手機。她得保留電力，薩米亞可能會聯絡她。一轉頭，馬可正好奇地盯著她看。

「怎麼了？」她說。

「那是什麼？手機上顯示的那個訊息？」

「什麼訊息？」

「我看到了。就在剛剛。它說**寶寶二十五歲了**。那是什麼意思？」

「沒什麼。」

「一定有**什麼**。」

「沒有。是在說朋友的小孩，只是要提醒我說他們二十五歲了。我得寄卡片。」

「什麼朋友？」

「住英國的一個朋友。」

「但妳在英國沒有任何朋友。」

「我當然有朋友。我是在英國長大的。」

「好吧，那她叫什麼名字？」

「誰的名字？」

馬可氣餒地咆哮。「當然是妳**朋友**的名字。」

「這很重要嗎？」她沒好氣地回答。

「這很重要，因為妳是我的媽媽，我想了解關於妳的事。說真的，我好像都不了解妳。」

「胡說，你明明知道很多關於我的事。」

他睜大眼睛，不可置信地瞪著她。「例如？我是說，我知道妳的父母小時候就去世了。我知道妳跟著妳阿姨在倫敦長大，她帶妳到了法國，教妳拉小提琴，在妳十八歲時過世。沒錯，我是知道關於妳的一些**故事**，但我不知道細節。比方，妳上哪間學校、有哪些朋友、週末都在做什麼、遇過什麼有趣的事，或是任何日常小事。」

「說起來很複雜。」她說。

「我知道很複雜，」他說。「但是我十二歲了，妳不能老是把我當小寶寶對待。妳應該要告訴我。」

露西凝視著她的兒子。他是對的。他已經十二歲了，對童話故事不再感興趣。他知道人生不只有吃喝拉撒睡這五件大事，人生是由這些事之間的每個時刻所組成的。

她嘆了口氣。「我不能，」她說。「時間還沒到。」

「那要什麼時候？」

「很快，」她說。「等我們去倫敦，我會把一切都告訴你。」

「我們要去嗎？」

她嘆著氣，撥了撥頭髮。「我不知道。我沒有錢。你和史黛拉沒有護照。還有那隻狗。這一切都太……。」

「爸爸，」馬可打斷她。「打電話給爸爸。」

「絕不。」

「我們可以約在公共場合見面。他就不能做什麼了。」

「馬可，我們甚至不知道你爸爸現在在哪裡。」

一陣詭異的沉默。她可以感覺到兒子躁動不安，他再次把臉埋到狗身上。

「我知道。」

她猛地再次轉頭，看著他。

他閉上眼睛，然後睜開。「他有來學校接我。」

「什麼時候！」

馬可聳著肩。「有幾次。上學期末的時候。」

「而你沒有告訴我？」

「他叫我不要說。」

「去你的，馬可。去你的。」露西握拳捶著地面。「然後呢？他帶你去哪裡？」

「沒去哪裡，就一起散步。」

「還有？」

「什麼？」

「他說了什麼？他現在在做什麼？」

「沒做什麼，他跟他太太一起來度假。」

「所以他現在在哪裡？」

「還在這裡。他整個夏天都會在這裡。在那棟房子裡。」

「那棟房子？」

「是的。」

「老天，馬可！你之前怎麼都沒跟我說？」

「因為我知道妳會抓狂。」

「我沒有抓狂。看著我，完全沒有。不過就只是我現在人窩在天橋下又濕又硬的地上，無處棲身，而你爸爸就在不遠處優雅舒適地過日子。我為什麼要抓狂？」

「對不起嘛。」他嘟囔著。「是妳說妳永遠不想再看到他的。」

「那時候我還沒有睡在天橋下。」

「那妳**真的**想再看到他嗎？」

「我不想看到**他**。但我要想辦法擺脫這團混亂。他是我們唯一的選擇。至少他可以給我錢，讓我拿回小提琴。」

「喔，耶咿，這樣我們就會變得很有錢了齁，不是嗎？」

露西生氣地握拳，她的兒子總是能把難堪的事實化成言語，狠狠甩她一巴掌。

「現在是七月中旬。英國和德國所有學校都在放假，會有兩倍的遊客。要賺到去英國的錢應該不用很久。」

「為什麼妳不叫爸爸出錢讓我們去？這樣我們就可以立刻出發了。我真的很想去倫敦，我想離開這裡。我們叫爸爸出錢就好。為什麼妳不願意呢？」

「因為我不想讓他知道我們要去英國。不能讓任何人知道我們要去。包括奶奶。知道嗎？」

他點頭。「好。」

他把頭垂得低低的，經歷這一整週四處流浪的生活，他後腦勺處已經整個亂髮叢生。她看著感到心疼，用手輕輕撫摸他脖子後方。「對不起，我親愛的寶貝，」她說，「我對這一切都很抱歉。明天我們就去找你爸爸，我發誓一切都會好轉的。」

「是啦，」他粗聲地說，「但一切都不會跟以前一樣了，對吧？」

不會，她心想著。確實很可能不會。

6

切爾西大宅，一九八八年

柏蒂是第一個出現的人。柏蒂．鄧洛普——艾佛斯。

我媽媽在某個地方認識了她。可能是在晚會上。柏蒂在名叫「原始版本」(Original version)的流行樂團裡拉小提琴，那個團應該小有名氣。他們有支重金屬單曲差點衝上排行榜第一名，並曾兩次入圍流行音樂排行榜。我其實不太關心這類事情。我從來就不是流行音樂的愛好者，對於名人的偶像崇拜也讓我有點感冒。

她坐在我們的廚房裡，用我們的棕色馬克杯喝茶。我看到她在那裡時，嚇得差點跳起來。那個女人長著一頭稀疏及腰長髮，穿著腰間繫了皮帶的男褲、條紋襯衫和吊帶，套著灰色長大衣和綠色露指手套。看起來和我們家格格不入。出現在我們家的人通常穿著手工縫製的西裝和設計師緞面禮服，身上灑著迪奧的鬍後水和淡香水。

我走進去時，柏蒂抬頭看了我一眼，小小的藍色眼睛上方畫著細細的眼影。僵硬的嘴唇無法完全合攏，露出一小排牙齒，下巴沒什麼特色，而且在一臉嚴肅的表情下顯得扭曲。我以為她會對我笑，但她沒有。

「亨利，」我媽媽說。「這就是柏蒂！我跟你提過的那位在流行樂團裡的女士。」

「妳好。」我說。

「你好。」她回答。我有點被搞迷糊了。她的語氣聽起來像我的校長，但人長得像流浪漢。

「柏蒂的樂團想借我們的房子拍音樂錄影帶！」

我得承認，此刻我確實在假裝不感興趣。我表現得若無其事，一句話也沒說，靜靜地走向流理台上的餅乾桶，拿了我每天放學後的零食。我選了兩塊麥芽牛奶餅乾，倒了一杯牛奶。這才開口問道，「什麼時候？」

「下週，」柏蒂說。「我們本來選好了地方，但他們好像碰到淹水還是什麼問題。**倒楣**。只好取消。」

「我提議，來看看我們家的房子吧，看看是否合適，」我媽媽接著說。

「所以我來啦。」

「所以她就在這兒了。」

我漫不經心地點著頭。我很想問他們是什麼時候要來拍，我能不能跟學校請假在家幫忙，但我那時不是、也從來就不是會熱衷任何事的人。因此，就像我每天會做的那樣，我把我的麥芽牛奶餅乾浸到牛奶裡，浸到餅乾上「麥芽」字樣的「芽」字處，剛好是站著的母牛和躺著的母牛兩個圖案的末端相交處，然後安靜地吃下我的餅乾。

「我覺得這裡很棒，」柏蒂比著四周。「事實上，這地方比其他地方都適合。非常完美。我想可能有些東西要簽。」她翻了個白眼。「妳知道的，豁免條款之類的。免得我們燒了妳的房子。或是，有顆麋鹿頭掉下來砸死我們的團員。諸如此類的事情。」

「沒錯，沒錯，」我媽媽說，彷彿她經常在簽這種避免麋鹿頭造成死亡事故的協議書。「這很有道理。當然我得先跟我先生討論一下。但我想他會很高興的，他很喜歡妳們的音樂。」

我很懷疑我媽說的是真的。我爸只喜歡橄欖球歌曲和不入流的歌劇。但是他也的確喜歡熱鬧和引人注意，而且他喜歡他的房子，任何喜歡他的房子的人，他都會跟他們相處融洽。

柏蒂不久後離開。我發現她的馬克杯旁邊有一小堆乾皮屑，覺得有點噁心。

音樂錄影帶的拍攝持續了兩天，比我想像中要無聊得多。花費了無數時間在調整燈光，還有讓邋遢懶散的樂團成員一遍又一遍地重複動作。他們穿著相同的讓人聯想起大便氣味的棕色衣服，但跟這些衣服是包在透明塑膠袋裡，由一位女士推著掛衣桿送進來無關。等到拍攝結束的那天，這首歌就像被困住的蒼蠅在我腦中盤旋不去。這首歌很糟，卻高踞榜首，可怕地持續了長達九個星期。所到之處的電視螢幕都在播放這支音樂錄影帶，**我們的家**，就在電視上，讓數百萬人觀看。

我得承認，這是一支很好的影片。當我跟其他人說裡面那棟屋子是我家的時候，會有點興奮。但過了幾個星期，這種興奮感就消失了，因為在影片拍攝小組收工離開，還有那支單曲也離開排行榜很久之後，甚至連他們的下一張單曲也都不在排行榜上了，柏蒂跟她那小小的眼睛跟細細的牙齒都還沒離開我們家。

7

莉比在一家高級的廚房設計公司工作。她是中階銷售主管，上班地點在聖奧爾本斯市中心的展示間，就在大教堂附近。她底下有兩名銷售經理和兩名助理銷售經理，上頭有一名助理銷售總監、一名高級銷售總監和一名常務董事。她位於公司階層的中間，這個階層過去五年來是她生活的重心。莉比的腦袋裡已經構築好往她三十歲人生邁進的前景。三十歲時，她將成為銷售總監，如果不是，也會是往其他職位晉升。還有，她將嫁給她現在正同步在網路和現實生活中尋找的那個男人，一個愛笑、養了一隻狗和（或）貓的男人，那個男人擁有有趣的姓氏，和她的姓氏瓊斯很搭，收入與她相同或更高，喜歡擁抱勝於性愛，穿著好看的鞋子，皮膚很好，沒有刺青，有個好相處的母親，還有雙迷人的腳。身高至少五呎十吋，如果有五呎十一吋或更高會更好。沒有過去的感情包袱，有部好車，有腹肌者佳，不過只要沒有小腹凸出也能接受。

這個男人還沒出現，莉比意識到她可能要求過高了。但是她還有五年可以尋找他、嫁給他，接下來再花五年來生一個孩子，也或許生兩個，如果她喜歡第一個孩子的話。她並不著急。還有時間。她會繼續在網路上瀏覽，外出時把自己打扮漂亮，接受各式社交活動邀約，保持正面積極，維持身材苗條，過好自己的生活，繼續前進。

莉比起床準備上班時，天氣依然很熱，而即使在早上八點，空氣中都還帶著些微珠光般的晨曦。

她整夜都開著臥室窗戶睡覺，雖然她知道一般不建議女性這麼做。她在窗台上擺了好幾副眼鏡，假使有人闖入，至少會發出些警告聲響。只不過她昨天整晚輾轉反側，床單在她身體下方捲成一團。

陽光將她從短暫的沉睡中喚醒，光線自窗簾的縫隙透了進來，房間的溫度很快地升高了。有那麼一會兒，一切似乎都如往常，下一刻瞬間改變。她猛然回憶起昨天的經歷，想起黑壓壓的屋子、布紋飾板、秘密樓梯、兔腳、嬰兒床側面的淡藍色玫瑰。這些真的有發生過嗎？那棟屋子確實存在？還是她一覺醒來就成了灰燼？

那天早上她是第二個到辦公室的。首席設計師蒂朵已經坐在她的辦公桌後面，並且開了空調。冷氣貼著她熱黏的肌膚感覺舒適，但她知道半小時後她會覺得太冷，希望自己有帶羊毛衫來。

「早安，」蒂朵沒有抬頭，繼續用著電腦。「結果如何？」

她昨天私下告訴蒂朵要請假去見律師討論遺產繼承問題。她沒有提到自己是被領養的或可能會繼承房產。只說是某個年老的親戚，她可能被列在幾百英鎊遺產的繼承序列上。蒂朵光是對於可能繼承幾百英鎊這件事就已經興奮莫名，莉比不確定如果說出真相，蒂朵會有什麼反應。但是現在她在這裡，只有她們兩個，這天是星期二早晨，她要到週末才會見到她最好的朋友艾波，而且她也沒有其他人可以說，她決定分享這個訊息，或許大她十二歲的蒂朵可以提供一些明智或有益的建議，幫助她理解這一整樁荒謬事件。

「我繼承了一棟屋子，」莉比說，她幫濃縮咖啡機加了水。

「啊哈。」蒂朵顯然沒當真。

「不，我是說真的。在切爾西，鄰近河畔。」

「倫敦的切爾西？」蒂朵驚訝地合不攏嘴。

「是的。」

「像電視上的那種房子？」

「是的，」莉比再次說。「就在河邊。超大間。」

「妳在跟我開玩笑嗎？」

她搖了搖頭。「不是，」她說。

「噢，我的天，」蒂朵說。「所以妳基本上是個百萬富翁？」

「我想是的。」

「然後妳現在人在這裡，在星期二早上來諾斯朋廚房設計公司上班，表現得像個普通人。」

「我還在消化這件事。」

「老天，莉比，如果我是妳，我會馬上放下工作，去坐在聖邁克爾莊園飯店的花園裡喝香檳。」

「現在才早上八點四十分。」

「好吧，那喝茶，吃班尼迪克蛋早餐。妳到底為什麼要來上班？」

莉比放鬆了些，開始思考著，對耶，她不必待在這裡了，她一直以來緊緊抓著好努力往上爬的階梯，現在變成了一堆金幣，一切都不一樣了。

「我昨天才知道這件事！我還沒有賣掉它，」她說。「有可能賣不掉啊。」

「是啦，沒錯，最好沒有人會想要有一棟位於切爾西，還能夠俯瞰泰晤士河的房子。」

市值大約六百或七百萬英鎊。莉比昨天終於鼓起勇氣詢問時，律師給了她這個概估的數字。他補充，得扣除要付給律師事務所的相關支出費用，再加上遺產稅。最後可以實得約三百五十萬英鎊，這是他的說法。大約是這個數字上下。

律師說完還舉起手跟莉比擊掌。這舉動讓她想到報紙上讀過的那些年輕人，感覺有點尷尬。

「屋況很糟，」莉比接著說。「而且有段過去。」

「過去？」

「對。有幾個人死在那裡。有些未解的謎。可能還有沒出現的遠親。」她原本想提起被留在嬰兒床裡的寶寶，但沒說出口。

「真的假的！」

「真的。有點嚇人。所以我目前打算表現得一切如常。」

「妳要繼續推銷廚房設計？在聖奧爾本斯？」

「是的，」莉比說，想到其實一切確實還沒有改變，她的思緒恢復平靜。「我要繼續在這裡做我的工作。」

8

馬可和露西最後露宿海灘。雨在大約凌晨兩點時停了，她們收拾好東西，步行二十分鐘穿過小鎮走到盎格魯步道，在潮濕的鵝卵石上攤開瑜伽墊，拿紗籠裙包在身上，看著殘存的灰色雨雲在呈粉紅色的大月亮旁邊相互追逐，直到太陽從海天交界處露出頭來。

八點鐘，露西翻出背包和錢包裡面所有銅板，湊錢買了可頌和咖啡。她們在長凳上吃早餐，由於缺乏睡眠和前一晚的悲慘經歷而一臉呆滯。然後，他們回到鎮上，去薩米亞的公寓接史黛拉。儘管當時已是正午，而且看得出來她們前一晚過得很糟，但薩米亞並沒有邀她們用餐。史黛拉已經洗過澡，換上乾淨的衣服，柔軟的捲髮經過梳理，別上粉色的蓬軟髮夾。當她們再次走回鎮上時，露西覺得在外人看起來，八成以為史黛拉是被她和馬可拐來的。

「她可以再住一個晚上，」薩米亞把手放在史黛拉的肩膀上。露西看到史黛拉不自覺地微微聳肩想擺脫她的手，並且搖了搖頭。

「妳人真好，但是我們已經找到今晚可以過夜的地方了。」她可以感覺身後的馬可因為這個謊正狠狠地瞪著她。「但我非常、非常感謝妳。真的。」

薩米亞微歪著頭，瞇起眼睛，對露西的境況做出無聲的評斷。露西屏住了呼吸，等著薩米亞嚴厲批評她的外表、教育方式、她怎麼害得薩米亞的寶貝兒子連夜出逃。但相反地，薩米亞慢慢走向走廊中間的桌子，從提袋裡拿出一個小錢包。她看了看錢包裡面，然後掏出一張二十歐元的鈔票，遞給露西。「我只有這些，」她說。「沒有更多了。」

露西接受了這張鈔票，傾身抱住薩米亞。「謝謝，」她說。「上帝祝福妳。」

現在，她、孩子們和狗在午後的炎熱陽光下沿著盎格魯步道前進，揹著一整袋在洗衣店洗好的乾淨衣物，肚子裡滿滿的麵包、起士和可口可樂。他們正前往尼斯海灘眾多的俱樂部之一：藍白海灘俱樂部。

露西曾經到這裡用餐。她和馬可的父親就坐在其中一張桌子旁，奮力對付堆成山一般的海鮮，手邊擺著香檳或氣泡白酒，屋頂有細小的噴頭間歇性的噴出冰水冷卻氣溫。那些穿著過時藍白馬球衫的老服務生們現在應該認不出她。十二年前，她曾是這家餐廳裡相當吸引人的風景。

有個女人坐在餐廳入口。她有著法國南部女人特有的那種金髮，主要來自於香草般的髮色和日曬的深色皮膚間的對比。她冷漠地瞥了一眼，打量著露西、馬可和狗，然後將視線移回電腦螢幕。露西假裝她正在等待海灘上的某個人，她用雙手當望遠鏡看著地平線，直到這個金髮女郎的注意力被某個來用午餐的人吸引過去。

「現在，」她小聲地說，「就是現在。」

她將狗抱在懷裡，將史黛拉推在自己前面。她盡可能冷靜地快步沿著餐廳後方的木製平台往淋浴區前進，心跳不斷加速。她的眼睛直視前方。史黛拉突然停在半路時，她不著痕跡小聲地催促「繼續走」。終於，她們抵達了潮濕、陰暗的淋浴區。

木牆上釘了告示，寫著「僅供藍白沙灘俱樂部顧客使用」。水泥地上滿是沙子和水，空氣不太流通。露西推著史黛拉，只要她們能不引人注目地穿過從餐廳通往淋浴區的木門就沒事了。

她們進來了。淋浴區是空的。這是她和馬可近八天來首次脫下衣服。她把自己的短褲丟到垃圾桶裡，她再也不想穿它。她從背包拿出洗髮精、潤髮乳、一塊肥皂和一條毛巾。她把狗帶進來，用洗髮精抹過全身皮毛，包括尾巴下方、項圈裡層、耳朵後面。他穩穩地站著不動，一副很瞭洗澡是必要的模樣。然後她把狗交給等在外面的史黛拉。他甩著身體，史黛拉咯咯笑著，全身都被噴滿了水。露西站在溫暖的水流下，讓它流下她的頭，經過她的眼睛和耳朵，流淌至手臂下，漫開在她的腿和腳趾之間，感覺過去那一週如地獄般的生活正和塵、土、鹽一起溶解而去。她用洗髮精洗頭，手指拉扯著頭髮發出吱吱聲。然後，她將瓶子從擋板下傳給了馬可。兩人分別沖下的泡沫匯聚在排水道中，呈現令人悲傷的灰色。

「要好好洗脖子後面的頭髮，馬可，」她說。「還有腋下，要認真洗乾淨。」

之後，她們裹著毛巾，並排坐在木板凳上。透過木板的縫隙，可以看到外面經過的人群，藍天在其間閃現，還有陽光曬過的木頭和炒大蒜的味道。露西嘆了口氣。她感覺卸下了重擔，不過還沒力氣進行下一步。

她們換上乾淨的衣服，灑上體香劑，露西往臉上抹保濕霜，然後幫孩子們擦了防曬。盥洗袋底部有一小瓶香水，她噴了些在耳朵後方和乳溝處。她把濕漉漉的頭髮扭到後腦勺捲起來，用塑膠髮夾夾住。現在，鏡子裡的自己接近四十歲，無家可歸，單身。身無分文。她甚至不是自己所稱的那個人。連名字都是假的。她是個幽靈。一個活著、會呼吸的幽靈。

她塗上睫毛膏，一些唇彩，調整著金色項鍊的墜飾，讓它剛好貼在經過陽光浴的乳溝。她看著她的孩子們：他們很漂亮。那隻狗看起來很不賴。每個人身上都很好聞。大家都吃得飽飽的。這是這麼多天來難得的好狀態。「很好，」她對馬可說，她把髒衣服塞進帆布背包，拉上拉鍊。「我們去找你爸爸。」

9

切爾西大宅，一九八八年

我一直待在樓梯上，所以早就看到了。一個有著深色捲髮的男人，戴了一頂有帽簷的帽子，穿著工作服和塞進大繫帶靴子的粗花呢長褲。帶著看起來像老電影道具的舊皮箱，以及用舊皮帶捆著的貓籃。柏蒂站在他身邊，穿著一件像睡袍的洋裝。

「親愛的！」我聽到我媽媽呼喚著父親。「來見見賈斯汀！」

我看到父親從客廳走出來，他的牙齒間叼著雪茄，穿著綠色毛衣。

「所以，」他說，過於用力地捏著那個男人的手，「你是柏蒂的男朋友？」

「同伴，」柏蒂插話。「賈斯汀是我的同伴。」

我父親看著她，每當他以為有人故意讓他看起來像個傻瓜，他就會出現這種看起來像要揍人的神情。但是這個表情一閃即逝，他改掛上微笑。「是的，」他說。「當然了。現在都是這樣，不是嗎？」

柏蒂跟我媽媽說過，她和她的同伴需要找地方住幾天。房東把他們趕出來了，因為他們養了貓，而柏蒂不知道還可以向誰求助——但話說，是哪種無腦笨蛋會不先確認租約規定就養貓？連當時還沒十一歲、從沒租過房子的我都懂。身為如今已四十一歲的成年人，我經常用這種招數讓人們去做我想要他們做的事情。**我不知道還可以向誰求助**。這句話使你想要操縱的人別無選擇，他們唯一的選擇就是投降，我媽媽就是這樣。

「可是我們有很多空房間啊，」當我向她抱怨為何讓柏蒂住進來的時候，我媽媽這麼說，「而且只住幾天。」

在我看來，我媽媽只是想要有個流行歌手住在她家。

我妹妹經過我身邊走下樓梯，她看到大廳裡的貓籃時，屏住呼吸停下腳步。「他叫什麼名字？」她跪下來透過貓籃的柵欄門看著裡面。

「這隻是母貓。她叫蘇姬。」柏蒂說。

「蘇姬。」她說，手指穿過柵欄伸進籃子裡。貓往後退，想避開她的手，大聲地嗚嗚叫。

那個叫賈斯汀的男人拿起他那只像道具的皮箱，說道：「瑪蒂娜，我們的行李要放在哪裡？」

「我們在頂樓幫你們準備了一個漂亮的房間。孩子們，帶我們的客人去黃色房間，好嗎？」

我妹妹帶路。到目前為止，她是我們兩個人中比較善於社交的那個。我覺得大人有點可怕，而她似乎很喜歡他們。她穿著綠色睡衣。我當時穿著格子呢睡衣和藍色毛氈拖鞋。已經快九點了，我們差不多該上床睡覺了。當我妹妹推開木鑲板上那扇通往頂層樓梯的隱藏門時，柏蒂說，「哦，妳到底要帶我們去哪裡？」

「這是後面的樓梯，」我妹妹說。「通往黃色房間。」

「妳是說僕人專用的通道嗎？」柏蒂嗤之以鼻地回應。

「是的，」我妹妹開心地回答。雖然她只比我小一歲半，但她還太小，無法理解並不是每個人都認為睡在秘密樓梯頂端的秘密房間是有趣的冒險之旅；有些人可能會覺得應該給他們適當的大房間，並且覺得這樣是被冒犯了。

在秘密樓梯的頂端，有一扇木門通向一條細長走廊，那裡的牆面凹凸不平，地板也彎曲起伏，感覺有點像在行進間的火車上走動。黃色房間是那四個房間中最好的。天花板上有三個窗戶，還有一張大床，上面鋪著黃色的羽絨被，來搭配黃色的蘿拉艾希利壁紙和帶有藍色玻璃燈罩的現代檯燈。我們母親在花瓶裡插了黃色和紅色的鬱金香。在柏蒂看著整個房間時，我觀察著她的臉，她臉上有點不情願的表情，好像在說：房間勉強能住。

我們把他們留在那兒，我跟著我妹妹跳著下了樓梯，穿過客廳回到廚房。

我爸爸正在開葡萄酒。我媽媽穿著圍裙，正在拌沙拉。「那些人要待多久？」我沒能克制我的無禮，忍不住脫口而出。父親的臉上閃過一絲陰霾。

「哦，不會很久。」我媽媽塞回紅酒醋的軟木塞後，把它放在一邊，和善地笑著。

「我們可以晚點睡嗎？」我妹妹問，她根本沒關心真正重要的事，真是目光短淺。

「今天晚上不行，」我媽媽回答。「明天是週末，可以再看看。」

「到那個時候，他們會離開嗎？」我繼續發問，小心翼翼地遊走在我父親對我的耐心的底線之間。「過了這個週末？」

母親的視線望向我肩膀後方，於是我轉過身。柏蒂正站在門口，懷裡抱著她的貓。貓的毛是棕白相間的，臉像埃及皇后。柏蒂看著我說，「我們不會待很久，小男孩。只要賈斯汀和我找到屬於我們自己的地方。」

「我叫亨利，」我說。我感到驚訝，竟然有個大人在我自己的家裡叫我「小男孩」。

「亨利，」柏蒂重複了一遍，目光銳利地看著我。「是的，當然。」

我妹妹渴望地看著那隻貓，柏蒂說：「妳想抱她嗎？」

她點了點頭，於是貓被放到她懷裡，就在那一瞬間，那隻貓一個大轉身，像一條鬆開的橡皮筋，跳出了她的懷抱。我妹妹的手臂內側出現一道可怕的鮮紅抓痕。我看到她的眼睛滿是淚水，扭曲的嘴角勇敢地保持微笑。

「沒事的。」她說，因為我媽媽正大驚小怪地拿濕布壓住她的手臂。

「亨利，請去我的浴室櫥櫃裡拿創傷軟膏來。」

我經過柏蒂身邊時，往她瞄了一眼，希望她能明白剛剛她把貓抱給我妹妹是多輕忽的舉動。她回看著我，眼睛小到我幾乎看不清它們的顏色。

我現在看得出來，我是個古怪的男孩。我遇過很多像我這樣的男孩：很少笑、神經緊張、對人抱著高度警惕和戒心。我猜柏蒂可能也曾經是這樣一個古怪的女孩。她從我身上看到了她自己。但是我可以說，她從一開始就討厭我。這是顯而易見的。我也討厭她。

我經過走廊時遇到賈斯汀。他捧著一個包裝破爛的照相機，看上去迷路了。「你父母在那邊嗎？」他指著往廚房的方向問。

「是的，」我說。「他們在廚房裡。過了那道拱門。」

「謝啦。」他用法文說。儘管我才十幾歲，也大到明白他是個愛裝模作樣的傢伙。

不久後，我們被送回床上，我妹妹的手臂內側貼了膏藥，而我開始覺得肚子不舒服。我是那種典型的孩子：我的腸胃會反映我的情緒。

那天深夜，我聽見他們在樓上走動的聲音。我拿了個枕頭矇在頭上，繼續睡覺。

第二天早上，我比平常早起，我看到那台還沒拆封的照相機被放在廚房桌上。我很想去撕掉包裝、打開盒子。這個小小的反叛能讓我暫時感覺好一點，但從長遠來看可能會變得更糟。此時，我感到身後有動靜，那隻貓從門後方擠了進來。我想到妹妹手臂上的抓痕，還有柏蒂不耐煩的語氣：「這是個意外，是她沒有好好抱住蘇姬，蘇姬不會故意抓人。」

想到這個，一股火爆怒氣直沖上來，我對那隻貓大聲地發出噓聲，將她趕出房間。

那一天能夠到學校上課，感受幾個小時的正常生活，對我來說幾乎算是一種解脫。我剛開始小學的最後一學期。下個月滿十一歲的我，是那一屆年紀最小的男孩之一，接著我將改去上另一間比較大的學校，離家比較近，不用穿燈籠褲。當時的我對此滿懷期待。相較於目前的學校和同儕，我過於成熟，格格不入。我知道我與眾不同。特立獨行。學校裡沒有像我這樣的人，我幻想著去大間的學校，能遇到很多與我相同的人。在新的學校裡，一切都會變得更好。只要再過十個星期，以及漫長的無聊夏天，之後一切都會重新開始。

我完完全全沒有想過，當那年夏天結束時，我的人生將全然翻轉，我所一直期待的事物很快將成為遙不可及的夢。

10

莉比坐在廚房的桌子旁。後門開著，面向沐浴在傍晚落日餘暉下的庭院，但由於潮濕而不適合坐在外面。她將健怡可樂倒入盛滿冰塊的玻璃杯中，赤著腳，腳上的涼鞋在走進屋裡不久就脫在一旁了。她打開玫瑰金色的筆電，開啟 Chrome 網頁瀏覽器。她很驚訝地發現，四天前，在那封信還沒將她的生活整個翻轉之前，她最後一次上網查的是當地的騷莎舞課程。她已經想不起來自己為什麼要查這個。大概是為了想認識男人，她猜測。

她打開一個新的頁面，緊張地緩緩輸入**瑪蒂娜和亨利．藍柏**。

一篇二〇一五年《衛報》上的報導連結立刻跳了出來。她點開連結。文章的標題是「寧靜．藍柏與兔腳之謎」。

寧靜．藍柏，她想著，是在說我呢，是**我**。我是寧靜．藍柏。我也是莉比．瓊斯。莉比．瓊斯在聖奧爾本斯銷售廚房，並且想去學騷莎舞。寧靜．藍柏躺在切爾西一間有著木製鑲板房間的彩繪嬰兒床上，毯子裡面放了一隻兔腳。

她覺得很難將兩者重疊在一起，合而為一。她想像著她的養母第一次抱著她的樣子。但是當時她還太小，沒有任何記憶。她並不知道她從寧靜變成了莉比，她的身分就這麼默默地改變了。

她喝了一口可樂，開始讀那篇報導。

11

位於安提布的那棟屋子色如枯槁玫瑰，塵土滿布而晦暗，配上漆成淡藍色的百葉窗。嫁給馬可的爸爸時，露西曾經住在裡面，那彷彿是上輩子的事了。即使離婚近十年，她仍然不願提及他的名字。光是想到自己的舌頭和雙唇要發出這些音節，就讓她作嘔。如今，她在這裡，就站在他的房子外面，他的名字是邁克。邁克．里默。

車道上停著一輛紅色的瑪莎拉蒂，毫無疑問地是租來的，邁克或許出手闊綽，但並非**如他自以為應得的富有**。馬可雙眼發亮地緊盯著那輛車。她可以從他的表情、屏住的呼吸和敬畏的目光明顯看出他的渴望。

「不是他的，」她低聲說，「是租來的。」

「妳怎麼知道？」

「我就是知道，可以嗎？」

她緊握住史黛拉的手。史黛拉從未見過馬可的爸爸，但她很清楚露西對他的感受。她們走向大門，露西按下銅製門鈴。穿著白色工作服和戴著乳膠手套的女傭來應門。她微笑。「**早安，女士，**」她說。

「里默先生在嗎？」露西用她咬字清晰的英國口音詢問。

「**在，**」女傭回答。「是的。他在花園裡。請稍候。」她從工作服的口袋裡拉出一台黑色的諾基亞迷你手機，脫下一隻乳膠手套然後撥了一個號碼。她看了露西一眼。「我該說誰要找他？」

「露西，」她說。「還有馬可。」

「先生，里默先生，有位露西女士和一位叫馬可的男孩要找您。」她點著頭。「好。是的。好的。好。」她掛了電話，將手機放回口袋。「里默先生請您過去。來吧。」

露西跟著那位身材矮小的女人經過走廊。儘量將視線避開石製樓梯底座處，邁克在她懷著馬可四個月時，將她推下樓，她就躺在那裡，肋骨和胳膊骨折。她也迴避著走廊牆壁上的某個點，只因為那天工作不順，邁克抓著她的頭猛敲著牆——儘管一個小時後，他解釋說那是因為他非常愛她，想要阻止她離開，因為**沒有她，他活不下去**。喔，多諷刺啊。他現在還在這裡，娶了個新老婆，依舊生龍活虎地活著。

靠近後院入口時，露西的手開始顫抖，她很熟悉這裡，那扇巨大的木質雙扇門直通往充滿熱帶風情的花園，蜂鳥自鐘形花朵中吸吮花蜜，陰暗角落裡種了數株香蕉，開滿鮮花的假山流淌著一道小瀑布，一方碧藍水池在花園最南端閃閃發光，沐浴在午後陽光當中。他在那裡。邁克．里默。坐在池畔的桌子旁，一耳塞著無線耳機，面前擺著打開的筆記本電腦和兩支手機，但一小瓶啤酒讓他的刻意裝忙露了餡。

「露西！」他笑容滿面地起身，緊縮著黝黑的肚腩，試圖掩蓋四十八歲的他已不再擁有十年前，在她逃脫他時那個三十八歲男人的健美體格。他拿出無線耳機，走向她。「露西！」他刻意加強了語調，並且伸出雙臂。

露西往後縮。

「邁克。」她客套地回應，向後退開。

他將展開的雙臂轉向馬可，給了個熊抱。「你告訴她了？」

馬可點頭。邁克做了個苦惱的表情。

「這是誰？」邁克的注意力轉向了緊摟著露西大腿的史黛拉。

「史黛拉，」露西說。「我的女兒。」

「哇喔，」邁克說。「多漂亮的小女孩。很高興認識妳，史黛拉。」他伸出手跟她握了握手，露西克制著想拉開史黛拉的衝動。

「那麼這位是？」他朝下瞅著那隻狗。

「他叫費茲傑羅。或簡稱費茲。」

「作家法蘭西斯．史考特．費茲傑羅的那個費茲？」

「是的，正是。」她的心情起伏：過往記憶浮上腦海，他曾故意要她進行這類問答，好顯示她既愚蠢又沒學問，根本配不上他，能和他在一起有多幸運。但在內心深處，有著微小、堅定而明確的念頭不斷提醒著她，他是錯的，她總有一天能找到機會逃走，從此不再回頭。但現在，她再次站在這裡緊張地回答他的問題，只為了向他要錢，一切彷彿重回原點。

「好吧，哈囉，費茲，」他抓了抓狗的下巴。「你這可愛的小傢伙。」然後他站起來，打量著露西和她的小小家庭成員。他在尋思著要用什麼方法懲罰露西時，也是這麼打量著她。而當他考慮完，可能是大笑和擁抱，也可能是以骨折的指節或扭斷的手腕做結。

「好，好，很好，」他說，「看看妳們。全都可愛極了。我能幫妳們來點什麼？喝點果汁？」他看向露西。「他們可以喝果汁吧？」

她點點頭，邁克喚著在屋子後方露台屋簷下待命的女傭。「喬伊！給孩子們拿點果汁！謝謝！露西，妳呢？葡萄酒？啤酒？」

露西已經好幾個星期沒喝酒了。她極渴望能來杯啤酒。但是她不能。接下來半小時，她得清醒地用上所有腦力。她搖了搖頭。「不，謝謝。果汁就好。」

「要三杯果汁，喬伊。謝啦。也再幫我來杯啤酒。喔，還有一些那個叫什麼來著，妳知道吧？上頭有波浪的馬鈴薯片？好極了。」

他把視線轉回露西身上，依舊帶著淘氣地睜大眼睛。「坐下啊，坐下吧。」

他重新擺好椅子，讓她們坐下。「所以，」他開口，「露西．盧，妳到底都做什麼去了？」

她聳聳肩，微笑。「你懂的。繼續過日子。變老，也變聰明點。」

「這段時間妳一直待在這裡？」

「對。」

「沒回英國？」

「沒有。」

「還有妳的女兒……她爸爸呢？妳結婚了？」

「沒有，」她再次開口。「我們一起生活了兩年。大約三年前，他回阿爾及利亞『探親』，我們從此再也沒有收到他的消息。」

邁克皺起眉頭，彷彿史黛拉的爸爸音訊全無讓他受到莫大衝擊。這真令人覺得諷刺。「好辛苦，」他說。「實在很坎坷。所以妳算是單身媽媽？」

「是的。單親。差不多就是這樣。」

喬伊回到桌旁，手中托盤上放著一瓶冰鎮柳橙汁、三個玻璃杯和紙杯墊、裝著薯片的銀色小碗、小張紙巾和吸管。邁克倒了果汁，逐一遞過玻璃杯，然後把薯片端給她們。孩子們急切地撲向碗中。

「慢一點。」她喝斥。

「不要緊，」邁克說。「我有很多袋這種東西。那麼，妳住在哪裡？」

「四處為家。」

「妳還在……？」他模仿拉奏小提琴的動作。

她苦笑著。「這個嘛，是的。原本是。直到某個讓人鬱卒的晚上，有個喝醉酒的英國渾球搶走它，我追了他和他同伴快半小時，試著在他們把它往牆上扔之前拿回來。現在，那把琴正在修復中。又或者，應該已經修好了。但是……」她因憂慮而口乾舌燥。「我沒有錢把它取回來。」

他對她露出一副**喔，我可憐的寶貝**的表情，正是他過去傷害她後的模樣。

「要多少錢？」他邊說邊扭著身體拿放在後口袋裡的錢包。

「一百一十歐元。」她的聲音微微發顫。

她看著他數了幾張紙鈔，對折後交給她。「來，」他說。「有多一點。讓我的小男孩去理個頭。」他揉了揉馬可的頭髮。「也許妳也可以整理一下。」當他瞥向她的頭髮時，露出極度失望的黯淡神情。**妳太放縱自己了。根本沒有嘗試花點力氣打點一下。我那時候怎麼會喜歡妳。妳、他媽的、完全、沒有努力。**

她拿過那幾張折起的紙鈔，從他抓著鈔票的手中感覺到一絲微乎其微的抗衡力量，暗示著這當中讓人厭惡的權力和控制的遊戲。然後他笑著鬆了手。她把鈔票放進包包：「謝謝。真的非常感謝你。我會在幾週內還錢。我保證。」

「不，」他向後靠，雙腿微開，露出陰險的笑容。「我沒有想要妳還錢。但是……」

露西背脊一陣發涼。

「答應我一件事。」

她的笑容僵硬。

「我很想見到妳。我的意思是，妳們每個人。妳和馬可。當然，還有妳。」他將討人厭的眼光轉向史黛拉，對她眨了眨眼。「我整個夏天都在這裡。一路待到九月中。剛好是工作空檔。妳懂吧。」

「那你的妻子……？」

「瑞秋得回去。**她在英國有很重要的事情要忙**。」他用輕蔑的語氣說道。露西覺得瑞秋可能是一名腦外科醫師或政治家，手中可能掌握數以千計的生命。但對邁克來說，任何轉移了女人對他的注意力的事都不過是可悲的笑話。包括養育小孩。

「喔，」她說。「真可惜。」

「不見得，」他說。「我需要一些空間。猜猜我在做什麼……？」

露西輕快地搖了搖頭，掛上笑容。

「我正在寫書。實際上，應該是回憶錄。或是兩者的融合。半自傳式之類的。我還不確定。」

天哪，他說話時一副洋洋自得的模樣，露西心想，看起來他是想要她回應，哦，哇，邁克，太棒了，你真是太厲害了。但相反，她想朝他大笑，哈，你要寫書？認真的嗎？

「太好了，」她說。「很令人期待。」

「確實是。但我想這當中還是有很多停筆休息的時間。所以，我會很高興能常常看到妳們，多來這兒玩耍。好好利用游泳池。」

露西順著他的目光看向游泳池。她感到呼吸急促，胸部劇烈起伏，心怦怦跳，她想起他用雙手將她的頭壓入那片清澈蔚藍的池水。不斷、不斷施壓。直到她的肺幾乎爆裂。然後突然鬆手讓她浮出水面，嗆得上氣不接下氣，而他自己出了游泳池，從日光躺椅上抓了條毛巾綁在身上，逕自大步回到屋裡，完全沒回頭看她一眼。

「我可以殺了妳，」他事後說。「如果我想的話。妳很清楚，不是嗎？我原本可以弄死妳。」

「你為什麼不這麼做呢？」她那時回問他。

「因為我不想惹麻煩。」

「好，」此刻的她回答，「再看看。雖然今年夏天我們也很忙。」

「好吧，」他語帶施恩地說。「我相信妳們是很忙。」

「你知道，」她轉身看著主屋，「我一直以為你早就賣了這個地方。過去幾年我看到有其他人住在這裡。」

「他們租來度假。」她聽得出他聲音中的羞恥感，光鮮亮麗、外表成功又富有的邁克・里默竟然卑微到得把自己的安提布度假屋租給陌生人。「不然太可惜了，」他打起精神，「這麼讓它一直空著。其他人也可以有機會享受它。」

她點頭。讓他堅持自己可悲的小謊言。他討厭「其他人」。在他回來住之前，可能還把這地方徹頭徹尾地消毒過一遍。

「好了，」她轉向孩子們，「我認為我們該離開了。」

「不，」邁克說。「再多留一會兒！為什麼不呢？我可以再多開點喝的。孩子們可以去泳池玩耍。肯定很好玩。」

「樂器行就快要關門了。」她試著不流露內心的緊張。「我真的很需要趕緊拿回我的琴，今晚才能開始工作。但是謝謝你的邀請。真的很謝謝你。孩子們，你們該說什麼？」

他們跟邁克道謝，他對他們微笑。「漂亮的孩子，」他說，「真的很漂亮。」

他陪著她們到前門。他似乎想擁抱露西，她趕緊蹲下來假裝整理著狗的項圈。邁克越過他那可笑的汽車引擎蓋目送她們離開，嘴角依舊帶著笑意。

有那麼一瞬間，露西以為自己要吐了。她停下腳步，用力呼吸。就在她們要拐彎時，那隻狗突然蹲坐下來，在邁克的屋子外牆邊拉出一小坨屎，剛好落在午後陽光照射之處。露西伸手去拿塑膠袋，準備清理。然後她停了下來。不到一個小時，這坨狗屎就會被烤得像鹹奶酪一樣冒泡。他下次離開家時，這會是他看到的第一幕景象。甚至可能一腳踩上。

她決定把它留在那裡。

12

莉比這個週末原本該參加朋友的烤肉趴。她已經期待很久了。她朋友艾波跟她說她邀請了一個猛男。「我想會是妳的菜。他叫丹尼。」

星期六早晨來臨，今天又是一個萬里無雲的大熱天，她伸手推開窗戶時，窗玻璃已經開始發燙，此刻的莉比完全沒把猛男丹尼放在心上，沒在想艾波著名的辣玉米餅料理，也無心期待自己手拿亮橙色的義式調酒，腳踩在塑膠戲水池裡納涼。她腦裡除了神祕的寧靜．藍柏與她的兔腳吊飾，啥都塞不下。

她發了訊息給艾波。

真的非常、非常、非常對不起。希望妳們今天玩得愉快。要是傍晚大家還沒散的話請跟我說，我會趕去喝一杯。

她沖了澡，換上有著熱帶印花的連身裙，套上金色皮製涼鞋，往手臂和肩膀塗了防曬乳液，將太陽眼鏡戴在頭上，確定那棟屋子的鑰匙在包包裡後，坐上了往倫敦的火車。

莉比將鑰匙插入木頭擋板上的掛鎖中旋轉。鎖打開後，將另一把鑰匙插入大門鑰匙孔。她有種隨時會有人拍她的肩膀問她在做什麼，質問她是否有權拿這些鑰匙打開這扇門的感覺。

她走進屋裡。屬於她的屋子。獨自一人。

她在身後關上大門，早晨的交通嘈雜聲立刻消失；剛曬燙的脖子也涼爽下來。

她就這麼靜靜站了好一陣子。

她想像著當時警察就站在這裡拍照。戴著老式頭盔。當年《衛報》上的報導有照片，所以她知道他們的模樣。那兩個警察是阿里．尚跟約翰．羅賓。他們因接到某個「擔憂的鄰居」匿名的舉報電話而來。後來從沒找到那位所謂的鄰居。

她跟隨尚和羅賓當年的足跡進入廚房。想像著氣味越來越濃烈。

警察尚回憶起蒼蠅的嗡嗡聲。他說他以為是有人忘了關電剪或電動牙刷。而那幾個屍體，他們表示，處於衰變早期，還認得出是個頗具吸引力，有著深色頭髮的三十多歲女性，和年紀稍長留著花白鬍子的男性。他們的手放在一起。旁邊躺著另一個男人的屍體。四十歲左右，黑色頭髮。他們都穿著黑色衣服：女人是長衫配內搭褲，男人們則罩著長袍。看起來是自製衣物。他們在後面的房間裡發現了一台縫紉機，垃圾桶中有著黑色殘餘布料。

除了嗡嗡作響的蒼蠅，屋內一片死寂。如果不是留在餐桌上的紙條有提及，警察這麼說，他們根本不會想到要尋找嬰兒。他們差點兒錯過了主臥室的更衣室，但他們聽到了聲音，一聲「喔咿」，警察尚回憶道。

一聲「喔咿」。

莉比緩步上樓，進入臥室。站在更衣室門邊往內望。

她就在那兒！可愛極了！警察羅賓是這麼說的。**可愛極了！**

她看到彩繪的嬰兒床時，起了陣雞皮疙瘩。她忍住，凝視著嬰兒床，直到克服那股不舒服的感覺。好一些後，她伸手觸摸那張床。她想像著那兩名年輕警察從嬰兒床上方往下望。她想像著自己穿著純白的嬰兒連身衣，儘管才十個月大，頭上已長滿如秀蘭．鄧波兒（Shirley Temple）

般的鬈髮，看到兩張友好的面孔低頭看著她，她興奮地上下踢著腳。

「她試著站起來，」羅賓說。「她拉著嬰兒床側邊的欄杆，急切地想出來。我們不知道該怎麼辦。她是證物啊。我們可以碰她嗎？要不要呼叫支援？我們有點手足無措。」

他們決定不把她抱起來。在他們等待下一步指令的時候，警察尚唱歌給她聽。莉比希望她能記得起來，這個年輕警察到底為她唱了什麼歌？他喜歡唱歌給她聽嗎？還是覺得尷尬？根據那篇報導，他自己後來有五個孩子，但當他在嬰兒床中發現寧靜．藍柏時，他還沒有任何育兒經驗。

一個犯罪調查小組很快到達了現場，包括一名處理嬰兒的專責人員。她的名字叫菲莉絲．麥卓。當時的她四十一歲。如今已六十多歲的她才剛退休，與第三任丈夫一起住在阿爾加維。「她是備受關愛的孩子，」文中引用了她的話，「金黃色的捲髮，受到細心的呵護和餵養。相較於她被留置的那個家的風格，她很愛笑而且很陽光。那是個很哥德式的環境。是的，相當哥德式。」

莉比推了推嬰兒床，搖籃搖動時發出嘎吱聲，顯示這張床已年代久遠。當初是買給誰的？她猜測著。是買給她的嗎？還是她之前好幾代傳下來的？她現在知道故事中還有其他人存在。不只是瑪蒂娜和亨利．藍柏夫婦，跟那個不知名人士。也不只是失蹤的孩子。鄰居說不只兩個，是「很多個」，這屋子很多人「來來去去」。屋裡滿是難以追查的血跡和DNA，各式纖維跡證和遺落毛髮，牆上有著奇怪的筆記和塗鴉，還有詭異的隔板，種滿藥用植物的花園，其中一些很明顯地是她父母用來自殺的藥草。

「我們將自己自破敗的身軀解放，遠離這可鄙的世界，遠離所有痛苦和失望。我們的寶寶叫寧靜・藍柏。她剛出生十個月。請確保她能在一個好家庭長大。願永遠平靜，HL、ML、DT」，腐敗屍體旁留的紙條上這麼寫著。

莉比離開臥房，緩緩巡視屋內，尋找那場自殺事件的遺跡。不管自殺當晚還有誰在屋裡，那篇報導說，之後也全跑了，留下打開的衣櫃、冰箱裡的食物、地板上讀了一半的書，牆壁上遺留著被撕落的許多紙張邊角殘骸。

她在廚房牆上發現已發黃變脆的其中一道膠帶。從上頭摳出一小片紙屑，放在手掌中凝視了片刻。那些逃離這艘沉船的人究竟不想讓其他人看到什麼？

廚房裡有一台巨大、鏽蝕、帶著鄉村風格的美式冰箱，奶油色與白色相間，在八十年代的英國應該並不常見。她打開冰箱門檢視內部。層架已經長斑，裡頭只有一組已破掉裂開的塑膠冰盒，沒別的了。廚房櫥櫃裡是個空的搪瓷罐，一包已久到結塊如石頭的麵粉。還有一套白色茶杯、一個不銹鋼茶壺、裝著藥草或香料的陳舊罐子、烤麵包架和一個被塗成黑色的大托盤。她摳著黑色塗料，露出裡面原本的銀色，不解為什麼有人要把銀色托盤漆成黑色。

她停下動作。似乎有個聲音。從樓上傳來的。她把托盤放回櫥櫃，站到樓梯底部。她再次聽到聲音，有點**悶悶的**撞擊聲。她的心跳加速，踮著腳走上一層樓梯。又一次聲響。然後再一聲。接著——她的心跳飆速——有某個人清了清嗓子。

是羅伊爾先生，她想著，肯定是那位信託律師。不可能是其他任何人。她進來後就把門關上了。她很確定。

「哈囉？」她喊道。「哈囉。羅伊爾先生！」

沒有回應。旋即是刻意的沉默。

屋子上方依舊是不動如山般地寂靜。她幾乎可以聽見某人的脈搏跳動。

「哈囉！」她再次喊道。

她想起雜誌文章提到的其他謎團：逃離這棟屋子的孩子們，那個曾留下照顧她的無名氏。她想到牆上的塗鴉、暖氣上掛的布條、深入牆面的刮痕、她父母怪異的遺書、嬰兒床上繪製的藍色玫瑰、從牆上被撕下的紙張、血跡以及兒童房外頭的鎖。

接著，她想起她朋友艾波打理整齊的草坪、辣玉米餅、亮橙色的義式調酒、和可以讓熱得黏乎乎的雙腳踩進去的冰冷戲水池。還有猛男丹尼，以及他們倆或許可以趕得及在她三十歲前生的寶寶。甚至更早。是啊，為什麼不？有什麼好猶豫的？她可以賣掉這個晦暗、嚇人的遺產，這棟有著發霉的冰箱、枯死的花園，閣樓裡還有莫名清喉嚨聲跟重擊聲的屋子。她現在就可以賣掉它，成為有錢人，跟丹尼生兒育女。她不再關心這裡發生了什麼事情。她不想知道。

她從包包裡找出鑰匙，鎖上厚重的木質大門和外頭的掛鎖，在走到外頭熱燙的人行道時鬆了口氣，然後拿出手機。

幫我留點玉米餅。我一小時後到。

13

露西在樂器行昏黃的燈光下翻來覆去地檢視著她的小提琴。她用下巴夾住琴身，迅速地拉出了三個八度音階的A大調和琶音，好檢查琴音是否平衡勻稱，會不會過度低沉或尖銳。

她朝文森特先生咧嘴而笑。「太神奇了，」她用法語說。「音色比以前更好。」

她漸漸放寬了心。持續露宿在海灘和高速公路橋墩下的驚恐難安，讓她無暇意識到與自己的樂器分離兩地有多難熬，以及她對弄壞它的那個酒醉混球有多憤怒。更加沒有意識到原來自己有多麼想念演奏小提琴。

她數了二十歐元的鈔票放在櫃檯，文森特先生寫好收據，從本子上撕下來交給她。然後，從陳列櫃裡拿出兩根加倍佳棒棒糖，遞給孩子們一人一根。

「照顧好你媽媽，」他對馬可說。「還有你妹妹。」

店外是涼爽的傍晚，露西拆開棒棒糖的玻璃紙包裝，拿給史黛拉。他們朝旅客中心走去，孩子們吮著糖果，狗兒在悶熱的人行道上，四處嗅找著被丟棄的雞骨頭或冰淇淋殘渣。露西仍然沒有胃口，與邁克的會面讓人食慾全消。

幾批比較早用餐的客人剛剛抵達：年長的度假者或帶著小嬰孩的家庭。這群人會比後面那群要難取悅。後來的客人通常已經喝過一輪酒，並不吝於主動接近這位穿著飄逸薄紗裙和綁帶背心，露出結實的古銅色手臂，胸部豐腴，戴了鼻釘和踝鍊的女性，兩個長得很好但看來疲憊不堪的孩子坐在她身後樹蔭下方的瑜珈墊上，一隻邋遢的梗犬把頭靠在前爪上。他們不會被過了睡覺時間而開始吵鬧的小嬰孩分心；也不會尖酸刻薄地懷疑她是否都把錢拿去吸毒或酗酒，或者當錢賺得不夠多時，她會不會回去痛扁只是利用來表演的兩個孩子和那隻狗。這麼多年來，所有這些話她都聽過。人們以此對她提出指控。她早就學會聽而不聞。

她從背包裡拿出馬可曾暱稱為「錢帽」的帽子；現在他改稱它為「乞丐帽」。他討厭那頂帽子。

她把帽子放在自己前方地面，打開了提琴盒。然後回頭確定兩個孩子已經安頓好。馬可在看書。史黛拉忙著著色。馬可疲憊地抬頭看著她，「我們要在這裡待多久？」

好個十幾歲少年的叛逆樣，明明離他滿十三歲還要好幾個月。

「直到我賺夠可以在藍屋住上一星期的錢為止。」

「那要多少錢？」

「一晚十五歐元。」

「我不明白妳為什麼不跟我爸爸要求更多錢。他還有很多閒錢。他可以再多給妳一百塊。根本就不麻煩。」

「馬可。你知道為什麼。現在，請讓我繼續做我的事。」

馬可揚眉不悅地咂著嘴，然後回去繼續看他的書。

露西將小提琴拿高到下巴位置，右腳往外跨步，閉上眼睛，深深吸了口氣，開始演奏。

這是個美好的夜晚；昨晚的暴風雨過後，大地平和許多，不過份炎熱，人們也更加放鬆。今晚很多人停下腳步看露西拉小提琴，她演奏了棒客樂團（The Pogues）和狄克西午夜狂奔者（Dexys

Midnight Runners）的歌曲；光在拉奏《來吧，艾琳》(Come On Eileen) 這首曲子時，帽子裡就多了大約十五歐元的打賞。人們跳著舞，彼此微笑；一對三十多歲情侶因為剛剛訂下婚約，給了她十歐元大鈔；另一個老婦人給了五歐元，因為她父親也曾拉奏小提琴，這讓她憶起快樂的童年時光。到九點半時，露西已經巡迴三個地點演奏，收入近七十歐元。

她聚攏孩子們、狗兒和她們的行囊。史黛拉勉強睜開眼睛，露西不禁懷念起用嬰兒車的日子，她可以在結束一整晚的演奏後將史黛拉放進車裡，然後再直接把她抱出來放到床上。但現在她得努力地叫醒她，強迫她自己走路，並試著不在她抱怨太累時爆氣吼叫。

藍屋離她們所在處約十分鐘的步行路程，位於往城堡公園的半山途中。它是一幢細長型的建築，外牆漆成了淡藍色，曾是一棟可綜覽地中海景觀，風格優雅的聯排別墅，如今牆面已灰濛斑駁，碎裂的窗玻璃和沿著排水管攀生的常春藤讓它看起來飽經風霜。朱塞佩先生在一九六〇年代買下這棟屋子，任其破敗毀壞，然後賣給了另一個專營房間出租的房東，整棟屋子塞滿了房客，一家人得塞同一個房間，浴室共用，蟑螂四竄，不供家電設備，只收現金。房東讓朱塞佩住在底層套房，跟他收取少量租金，同時讓他負責維護、管理。

朱塞佩對露西關愛有加。「如果我有女兒，」他總是說，「肯定就像妳。我發誓。」

在她的小提琴被弄壞後，露西有好幾週無法支付任金，她提心吊膽地等著哪天房東趕她走。直到另一位房客告訴她，朱塞佩一直在幫她付房租。她當天立刻打包行李走人，沒說一聲再見。

露西忐忑不安地到達藍屋轉角處，突然一陣驚慌。如果朱塞佩沒有空房間給她們該怎麼辦？如果他氣她不告而別，直接讓她吃閉門羹？如果他不在？死了？房子燒了？

但他走到門前，從安全鏈下方縫隙窺看著，然後露出了笑容，一排老牙閃現在花白鬍子間。當他看見她的小提琴好端端地躺在盒子裡時，笑容更燦爛了。「我的女孩，」他解開鏈條，打開門。「我的孩子們。親愛的狗狗！進來吧！」

狗兒開心得要命，立刻跳進朱塞佩的懷抱，讓他整個人差點兒往後倒。史黛拉伸出手臂摟著他的腿，馬可緊靠著朱塞佩，讓他親吻他的頭頂。

「我有七十歐元，」她說。「足夠住幾個晚上。」

「妳拿回小提琴啦，隨妳想待多久就多久。妳好像瘦了。妳們個個都是。我只有麵包，還有一些火腿。不是很好的火腿，不過有上好的奶油可以配，來吧……」

她們跟著他進入他位處底層的套房。狗旋即跳上沙發，蜷成一團，看著露西的眼神彷彿在說**終於啊**。朱塞佩從小廚房拿來麵包、火腿和三瓶迷你玻璃瓶裝的橙汁汽水。露西坐在狗旁邊，撫摸著狗的脖子，鬆了口氣，感覺內心不再有不安和掙扎，安適自在。她把手伸進背包摸索著手機。電力已在晚上某個時刻消耗殆盡。她找出充電器，對朱塞佩說，「我可以幫手機充電嗎？」

「當然，親愛的。這裡有一個空插座。」

她插上插頭，按著手機開關鍵，等待重新開機。畫面依舊跳出了那則訊息提示。

寶寶二十五歲了。

她陪著孩子們坐在咖啡桌旁，看著他們吃麵包和火腿。上週所受的種種屈辱，如岸邊的腳印逐漸消失。她的孩子們很安全，有東西可吃。她的小提琴回來了，她們有張床可以棲身，錢包裡也有錢。

朱塞佩也看著孩子們。他瞥了她一眼，笑了笑。「我非常擔心妳們。妳們去哪兒了？」

「喔，」她輕聲回答，「住在朋友那裡。」

「嗯——」馬可想開口。

她用手肘戳了戳他，轉向朱塞佩。「有人跟我說了你為我們做的事，你這淘氣的傢伙。我實在承受不起。而且假使我跟你說我要離開，你肯定會說服我留下，咱們只得直接偷偷溜走。但說實話，我們過得很好。完全沒事兒。我的意思是，看看我們！好得很啊。」她把狗拉到膝頭上，緊緊摟著他。

「小提琴拿回來了？」

「是的，我拿回小提琴了。所以……還有房間嗎？可以不用給我們原來住的那間。有得住就好。任何一間都行。」

「還有一間。在後面那排，所以沒有景觀。有點暗。淋浴設備壞了，只能用水龍頭。一晚十二歐元。」

「好，」露西說，「這間很好！」她放下那隻狗，起身擁抱朱塞佩。他有著老朽的味道，身上有些髒，但她不在乎。「謝謝你，」她說，「萬分感謝。」

那天晚上，她們三個人擠在屋子後排暗房的一張小雙人床上，屋外車輪輾過熱燙柏油碎石路面的嘶嘶聲響，混雜著房間內破塑膠風扇轉向時發出的嘎吱聲、隔壁房間的電視吵雜、困在窗簾和窗戶某處的蒼蠅嗡嗡作響。史黛拉的小拳頭靠在露西的臉上，馬可在睡夢中喃喃低語，狗在打呼。而露西這一週來頭一次陷入深沉而漫長的睡眠。

14

切爾西大宅，一九八八年

一九八八年九月八日這一天，原本該是我進入中學就讀的第二天，但我想，到了此刻，你可能已經猜到我並沒有去學校，我期待著結識我的靈魂伴侶、知心好友和好夥伴們的那所學校。那個夏天，我每隔一段時間就會問媽媽，「我們什麼時候要去哈洛德百貨買我的校服？」她會回我，「等靠近假期尾聲時再去，免得你突然長得太快。」而假期快結束了，我們仍未成行。

我們也沒有去德國。我們往年通常會在祖母位於黑森林裡的優雅大宅待上一或兩週，那裡有滿水位的露天泳池，腳底則是天然的松針地毯。很明顯地，今年夏天我們沒錢去德國，而如果連去德國的錢都沒有，我很懷疑我們是否負擔得起學費？

到了九月初，我的父母向當地公立學校提出入學申請，將我們的名字列入候補名單。他們從未明確說過我們有財務問題，但顯然有。我胃痛了好幾天，擔心被公立學校裡的惡霸欺負。

喔，這些芝麻綠豆般的瑣碎小事。如此微不足道的憂慮。回頭看當時十一歲的我：有點彆扭的男孩，一般身高，骨瘦如柴，有著母親的藍眼睛，父親的栗色頭髮，膝蓋像兩顆馬鈴薯插在細如樹枝的小腿上，薄唇緊抿帶著不屑，舉止有些傲慢，那是一個被寵壞的男孩，堅信自己的未來已經有了妥善安排，並且會按劇本進行。回頭看這個男孩，我只想給那愚蠢、自以為是、天真的小臉一巴掌，好讓他清醒過來。

賈斯汀蹲在花園裡，指著他在那裡種的植物。

「藥師牌自製藥草；全數自己培育、自己種植、自行研發使用，」他用近乎昏迷的緩慢語調對我解釋。「大型製藥公司正在破壞地球。不到二十年時間，我們將成為一個處方藥成癮的國家，國民健康署會疲於為整個國家病態的用藥買單。我想回歸自然，用大地所提供的天然成品治療日常疾病。你不需要用上八種不同類型的藥物就可以治好頭痛。你媽媽說她想停止用藥，開始嘗試我的配方。」

我盯著他。我們是高度仰賴成藥的家庭。花粉症、感冒、肚子痛、頭痛、關節痛、宿醉，通通都靠吃藥解決。我媽媽甚至有所謂的「悲傷專用藥」。我爸爸有心臟用藥和防落髮用的藥物。我們使用各式各樣的藥物。現在，我們顯然打算改種藥草，自行研製處方。這得有充分的信心。

我爸爸在暑假期間經歷了一次小中風。現在走路有點跛、講話有些口齒不清，連回到他原本的模樣都很勉強。看到他變得如此孱弱讓我感到莫名地缺乏安全感，彷彿這個家的防護網出現了細微但明顯的裂痕。

父親送醫過夜回家後，他的醫生布勞頓博士來家裡探望他。布勞頓醫生是個喜怒不形於色，也看不出實際年齡的男人，拐角那棟六層樓高的房子就是他的住處兼診所。他和父親在花園裡抽著雪茄，討論預後情況。「我得說，亨利，你需要的是一個夠強的復健物理治療師。不幸的是，我認識的治療師都糟糕透頂。」

他們大笑著，父親說道，「我不確定耶，我對任何事情都不再那麼有信心了。但我很樂意嘗試。我會認真地去試試看，好重回自我。」

柏蒂正在花園裡照料賈斯汀種的藥草。天氣很熱，她穿著可以清楚看到她的乳頭的棉布上衣。她摘下頭上那頂軟帆布帽，站在我爸爸和他的醫生面前。

「我認識一個人，」她說，雙手叉腰。「一個很棒的人。簡直是奇蹟製造者。他會引導能量，調節人們身體周遭流動的氣。他治好過背痛、偏頭痛的人。我可以請他來看看。」

我聽到我爸爸婉拒這個提議。但是柏蒂逕自繼續，「不。說真的，亨利。這是我至少能幫上忙的。只是件小事。我現在就打電話給他。他叫大衛。大衛．湯森。」

那天早晨，當門鈴響起時，我正在廚房裡看著我母親做奶酪烤餅。她在圍裙上擦了擦手，緊張地調整了整燙過的鮑伯頭捲起的髮尾，說著，「啊，應該是湯森一家人。」

「湯森，」我問道，完全沒想起柏蒂上週的推薦，「是誰？」

「朋友，」她開心地說。「柏蒂和賈斯汀的朋友。湯森先生是物理治療師。會陪著你爸爸，試著幫助他恢復健康。湯森太太是受過訓的老師。可以在這一小段時間裡，幫你們在家自學。這不是很棒嗎？」

在她打開大門前，我根本來不及要求我母親好好解釋這一連串進展神速、令人震驚的過程。我的嘴半開著，看著他們一群人走進來。

最前頭是個大約九或十歲的女孩。黑髮被剪成男生頭，穿著被裁短的棉布工作服，膝蓋有些擦傷，臉頰上留著抹巧克力殘渣，散發著一股微微的陰鬱氣息。喔，她的名字是克萊蒙絲。

接著是個男孩，和我差不多年紀，可能大一些，金髮、身材高挑，如羽毛般的深色睫毛讓稜角分明的顴骨顯得柔和，他的雙手插在藍色短褲的口袋裡，一撮瀏海隨意而自有姿態地垂在他的雙眼間。他叫菲尼亞斯。也可以叫他菲恩，他們這麼告訴我們。

他們的母親緊隨其後。雙肩寬大，面色蒼白，身形扁平，一頭金色長髮，感覺有些神經質。這一位是薩莉．湯森。

在他們身後，是那位一家之主，高大壯碩，身材結實合度，有著古銅色肌膚、黑色短髮、深藍色眼睛和豐厚雙唇。他就是大衛．湯森。他用力地和我握手，然後伸出另一隻手用雙手托住我的手。「很高興認識你，年輕人，」他的聲音低沉而柔和。

然後他放開我的手，依次看著我們每個人微笑，接著開口說道，「很高興認識你們所有人。」

大衛堅持當晚帶大家出去吃晚餐。那天是星期四，即使到傍晚仍然挺熱。我花了很多時間打理自己的外表，不僅只是像平常那樣確保衣著整潔、髮型俐落、袖口和褲管筆直，而是更加用心打扮。那個名叫菲尼亞斯的男孩令我著迷，不只因為他好看的長相，還有他的著裝風格。他為身上那件藍色休閒短褲，搭配了領口有著白色條紋的紅色Polo衫，全白的愛迪達運動鞋加上白色踝襪。那天晚上，我試著在衣櫥裡尋找可以同樣不經意就很有型的物件。我所有的襪子都長到小腿肚，只有我妹妹有踝襪。我所有的短褲都是羊毛製品，上身都是有鈕扣的襯衫。我甚至一度考慮拿舊的運動服應急，但是當我意識到它至今仍被塞在我最後一次上體育課的那個袋子裡，我立刻打消這個念頭。最後，我穿了平凡的藍色T恤和牛仔褲，套了帆布鞋。我試圖像菲尼亞斯一樣，弄一撮頭髮垂到額頭，但它們頑固地拒絕變換位置。在離開房間之前，我瞪著自己看了足足二十秒鐘，討厭自己笨拙的臉龐，身上那件樸素的T恤，還有在約翰．路易斯百貨買的那件剪裁呆笨的兒童牛仔褲。我懊惱地悶哼了一聲，往牆壁踢了一腳，然後下樓。

菲恩在那裡，在走廊上，坐在擺在樓梯兩側的兩張大木頭椅的其中一張。他正在看書。在出聲走下樓前，我越過樓梯欄杆看了他好一會兒。他確實是我一生中見過最美麗的生物。當我凝視著他的輪廓時，我的臉頰漲紅了。他的雙唇精緻柔軟，像是有人以鮮紅的軟黏土揉製而成，再以指尖留下印記；他的雙頰光滑柔嫩如羔羊的皮，感覺吹彈可破；他甚至有著誘人的鬍髭。

他再次撥了撥瀏海，在我下樓時無意地瞥了我一眼，目光旋即又回到他的書上。我想問他在讀什麼，但沒有開口。我覺得很尷尬，不確定該如何自處或怎麼站。幸好其他人很快地出現了：首先是我的父母，接著我妹妹和克萊蒙絲一起出現，她們已經聊得很熱絡，然後是薩莉，再來是賈斯汀和柏蒂，最後出場的則是出現在樓梯頂端，全身籠罩在燈光下的大衛．湯森。

從一個小男孩的角度，當年的我會如何對你描述大衛．湯森這個人？好吧，我得說他很帥。跟他兒子偏屬陰柔型的好看不同，他有著傳統男性的英挺。滿臉鬍渣密佈如畫，濃密鮮明的雙眉，渾身帶著野性氣息，給人強勢的感覺。他能讓任何站在他旁邊的人看起來矮他一截，儘管實際上不是如此。我必須說，他讓我覺得害怕，但同時又被他吸引。而且我看得出來，我媽媽在他面前表現得很奇怪，並不是搔首弄姿，真要說起來，應該是更加矜持，彷彿她擔心自己在他身邊會把持不住。他既盛氣凌人，又平易親和，溫暖中帶著冷酷。我討厭他，但我明白大家為什麼愛他。不過這些都是後來的事了。首先登場的是那第一個晚上，每個人試圖表現出自己最好的那一面的初次晚餐。

我們擠在切爾西餐館的一張原本是八人座的長桌子旁。孩子們都坐在同一端，這意味著我和菲恩是緊貼著彼此相鄰而坐。和他過於親近讓我心神蕩漾，整個神經末梢敏感萬分，感覺全身為了某個當時太年輕的我還不理解的原因，激動地像要迸裂開來甚至隱隱作痛，我別無選擇，只能背對著他。

***

我越過整張長桌，望向坐在另一端主位的父親。

這一眼，讓我的心彷彿被鬆開繩結的繩索往井底直直墜下。我當時不太明白自己的感受是什麼，如今我可以告訴你，我所經歷的是可怕的預知時刻。我看到原本高大的父親在大衛．湯森旁邊突然顯得渺小，原本毫無疑問且明確掌握著桌上主導權的他，如今地位岌岌可危。即使沒有受到中風的影響，這一桌每個人都比他聰明，連我也是如此。他的穿著過時，外套太緊，胸前口袋突出的深粉色手帕和他的深棕髮色不搭。我注意到他坐立難安；大家轟隆隆的熱烈對話籠罩著他，但都與他無關。我注意到他盯著菜單看的時間超過了必要。我看到大衛．湯森向前傾身抵著桌面，好對我母親強調某個論點，然後靠回椅背，觀察她的反應。

我目睹一切，我親眼看到了這一切，儘管令人不安且不願相信，我的某個潛意識明白權力鬥爭已然在我眼前上演，而即使是在那個時刻，一切才剛剛開始的時刻，我的父親已經輸了。

15

星期一早上，莉比晚到了二十分鐘。

蒂朵驚訝地抬頭看著她。莉比從來不曾上班遲到。

「我正要打電話給妳，」她說。「還好嗎？」

莉比點點頭，從手提包裡拿出手機，接著是護唇膏和羊毛衫，然後把包包塞進桌子下方。她鬆開頭髮重新綁了一遍，拉出椅子，重重地坐了下去。「抱歉，」她總算開口。「我昨晚沒睡。」

「我才要跟妳說呢，」蒂朵說。「妳看起來糟透了。太熱了？」

她點頭。但不是天氣熱，是她想事情想到整個頭發燙。

「好吧，我幫妳弄杯濃咖啡。」

如果是平常的莉比，她會婉拒幫忙，不、不、不，我可以自己來。但今天的她雙腿沉重、頭昏腦脹。於是她點了頭說了謝謝。她看著正在泡咖啡的蒂朵，她烏黑的染髮、一手插在黑色連身裙口袋、穿著深綠色絨布運動鞋的小腳站得開開的模樣，莫名地令她感到安心。

「給妳，」蒂朵把咖啡放到莉比桌上。「希望有效。」

莉比認識蒂朵五年了。她知道關於她的各種資訊。母親是著名詩人，父親是有名的報紙編輯，她在聖奧爾本斯的某個豪宅中長大，請家教在家自學。她知道她的弟弟在二十歲時去世，還有她已經十一年沒有性生活。也知道她現在住在她父母那棟大宅邊緣的獨棟小屋，養著她十幾歲開始練騎馬時的那匹馬，馬的名字叫**閃亮**。她也知道在蒂朵父母預立的遺囑中，並沒有將龐大的房產留給她，而是留給國民信託（National Trust），但蒂朵對此沒有意見。

她還知道蒂朵喜歡PG Tips的紅茶、演員班奈狄克．康柏拜區、馬、榛果巧克力醬、椰子水、影集《神秘博士》、昂貴床組、Jo Malone橙花香水、炸薯條、Nando's餐廳和做臉。但她從未去過蒂朵家，也從未見過蒂朵的家人或朋友。除了每年一度在辦公室附近豪華飯店辦的聖誕晚會和偶爾下班小酌外，她從沒在上班時間之外見過蒂朵。她實際上並不真的**認識**蒂朵這個人。

但是她現在看著蒂朵，突然再清楚不過地理解到，蒂朵正是她現在需要的人。她上週六晚上坐在艾波的後院裡，和丹尼打情罵俏——丹尼沒如她聽說到的那麼威猛，他有張如八歲男孩般的稚氣臉龐，手小小的——她很想找人分享最近發生在她身上的瘋狂經歷，關於那棟屋子和那篇報導，關於死去的雙親和閣樓裡咳嗽的神秘人士。但她舉目所及都是像她這樣的人，平凡、過著正常生活，仍然住在父母家裡或與伴侶和朋友一起擠在小公寓，有著尚待清償的學生貸款、做著朝九晚五的工作、有著差不多的夢想、刻意曬成古銅色、養著隻迷你犬、牙齒做了美白、經過整理的亮麗髮型。她感到自己被困在全然不同的兩個世界中間，不到十一點就離開了那個聚會，回到她的筆電前，再次上網試圖了解寧靜．藍柏的故事。

這麼做帶來的問號遠多於答案，凌晨兩點，她總算闔上了筆電，上床睡覺，只是睡得很不安穩，夢裡滿是奇怪的主題和遭遇。

「我需要一些建議，」她對眼前的蒂朵說。「跟切爾西有關的。」

「喔，好啊，」蒂朵把玩著脖子那條鍊子上掛著的一個超大銀盤綴飾。「哪方面的建議？」

「喔，只是想聊一聊，真的。妳應該很懂……**房子**吧。我想妳很熟悉房地產。」

「嗯，我是很懂**某一棟**房子。不是所有房子。但好啊，沒問題，有何不可。一起吃晚餐吧。」

「何時？」

「今晚如何？」

「太好了，」莉比說。「好的，麻煩妳了。」

蒂朵住的小屋很漂亮。門的兩旁是鑲有鉛框紋飾的主窗，粉色玫瑰沿著門前小徑生長，外面停著輛吸睛的黑色飛雅特經典小跑車，搭配可收闔的皮製頂篷。汽車和小屋相得益彰，襯托著彼此的完美，莉比忍不住從包裡拿出手機，拍了張照上傳到Instagram。蒂朵穿著印花寬褲和黑色小背心在門口迎接她。她用紅色大墨鏡往後固定住遮住臉的頭髮，打著赤腳。莉比只見過她穿笨重的工作鞋，很驚訝地看到她有著膚色白潤、打理整齊的秀氣雙足，搭著玫瑰粉色的腳指甲。

「這裡真漂亮，」她說，穿過那扇小門，進入鋪著陶磚地面的白色門廊。「美極了。」

在莉比看來，蒂朵家裡的擺設應該都是傳家寶或骨董；平價百貨家具沒有出場餘地。牆上掛著色彩鮮明的抽象畫，莉比想起蒂朵曾經提過她母親也是一位藝術家。蒂朵領路穿過位於屋子後方的法式推門，此刻她們在她完美的鄉村風小花園裡，坐在上頭鋪著印花軟墊的勞埃德．洛姆(Lloyd Loom)經典藤椅上。莉比走到蒂朵這棟美麗的屋子後方時，突然意識到蒂朵或許根本不需要工作。做這份設計豪華廚房的工作不過出於她的嗜好。

蒂朵準備了一碗藜麥酪梨沙拉，一碗奶油馬鈴薯和一條裸麥麵包，同時拿來兩個香檳杯，準備喝莉比帶來給她的義大利 Prosecco 氣泡酒。

「妳住在這裡多久了？」莉比問，往一片麵包上塗著奶油。

「我二十三歲從香港搬回來時開始住。這是我媽媽的小屋。她把它留給我。至於他們的豪宅本來當然是要留給我弟弟的，不過，嗯，情況有了變化……」

莉比茫然地微笑。豪宅啦、小屋啊。這完全是另一個世界。「真令人悲傷。」她說。

「是的，」蒂朵同意。「但那棟豪宅是個詛咒。我很高興它與我無關。」

莉比點點頭。一個星期前，她可能完全無法理解被詛咒的華麗大宅是什麼意思，現在的她則能夠進一步想像。

「那麼，要跟我聊聊**妳的**房子問題對吧？都告訴我吧。」

莉比喝了口氣泡酒，把杯子放回桌上，往後靠向椅背。「我找到一篇文章，」她開始訴說，「登在《衛報》上。關於某棟屋子。關於我的父母。關於我。」

「妳？」

「是的，」莉比邊說邊揉著自己的手肘。「情況有點詭異。是這樣的，我在快滿一歲的時候被現在的家庭收養。切爾西的那棟屋子屬於我的親生父母。而根據那篇文章，我是出生在某個邪教家庭。」

光說出這個詞彙就讓她覺得可怕極了。她一直在竭力避免用這個詞來形容她的原生處，甚至連這麼想都不願意。這跟她自小夢想的關於自己究竟源出何處的可悲幻想實在差距太大。她看到蒂朵驚訝到有些激動。

「什麼！」

「邪教。根據這篇文章，切爾西那棟屋子裡是某個邪教團體。很多人住在裡面，尊崇簡樸生活，睡在地板上，穿著自製長袍。可是……。」她把手伸進手提包裡拿出那篇文章的列印複本。「看，這是在我出生六年前，我親生父母在一個慈善舞會上的照片。我的意思是，看看他們當時的模樣。」

蒂朵拿過那篇文章看著。「天哪，」她說，「看起來非常迷人。」

「我也這麼認為！我媽媽是個社交名媛。她經營一家時尚公關公司，還曾經和奧地利王子訂婚。她棒極了。」

她母親的長相出眾，染黑的頭髮和耀人的藍色雙眸讓人聯想起普莉希拉．普雷斯利（Priscilla Presley），符合她童年時代曾幻想過的各種美好形象，包括從事公關工作這一項。而她父親，嗯，衣著得體，不過比她想像中要矮，比她母親矮了些，傲慢地略略傾斜著下巴，看向攝影師的方式帶點挑釁意味。他摟著瑪蒂娜．藍柏的腰，鏡頭中可瞥見他的指尖。她用帶著指環的手抓著圍在肩膀上的真絲披肩，髖骨在貼身晚禮服上形成凹痕。根據這篇文章，這是這對「社交名流」消失前所拍攝的最後一張照片，直到七年後被發現死在自家廚房地板上。

「我有個哥哥和姐姐，」她說，感覺這些話就這麼自動地從她嘴裡脫口而出，毫無遲疑。

蒂朵看了她一眼。「哇喔，」她說。「他們發生什麼事了？」

「沒有人知道。律師覺得他們可能都已經死了。」

就是這個。數天來讓她感到沮喪的所有沉痛事實中，最令她感覺沉重的一件事。如一錨定調般，重重地落在她眼前。

「老天啊，」蒂朵說。「那是……我的意思是，怎麼可能？」

她聳了聳肩。「警方是在接到鄰居報案電話後才來的。他們發現我的父母和另外一個男人死在廚房裡。看起來是集體自殺。那時，我十個月大，健康安好地被放在樓上一張嬰兒床裡。沒有找到我的哥哥和姐姐。」

蒂朵詫異地張著嘴往後倒向椅背。一時說不出話來。「好吧。」她往前傾身，用兩隻手掌根部撐著額頭兩邊的太陽穴。「所以，那裡有個邪教。妳父母和某個不知名人士集體自殺……。」

莉比點頭。「她們用花園裡種的藥草毒死了自己。」

蒂朵再次瞠目結舌。「是啦，」她挖苦地說。「當然會選擇這種方式了。他媽的。還有什麼？」

「還有其他人住在房子裡。可能是另一個有孩子的家庭。但是，警察到達那裡時，半個人都沒有。只有那幾個屍體和我。所有其他孩子就這樣……**憑空消失**。再也沒有半點消息。」

蒂朵一隻手撫著胸口，顫抖著說，「包括妳的哥哥和姐姐？」

「是的，」她說。「他們本來已經好幾年沒露面。鄰居們以為他們去讀寄宿學校。但是從來沒有學校提出有收這兩個學生。他們其中一個人肯定有在我父母去世後留在屋裡，因為顯然有人照顧了我好幾天。我身上穿的尿布還很新。當他們把我從嬰兒床抱出來的時候，還發現了這個。」她從手提包裡拿出兔腳吊飾，遞給蒂朵。「塞在我的毯子裡。」

「祈求好運。」蒂朵說。

「我想是這個意思。」莉比回答。

「另外那個死人，」蒂朵問。「他是誰？」

「沒人知道。沒有足以識別的文件，只有留在遺書上的名字縮寫。沒有人陳報失蹤，也沒有人從警方的素描中認出他。可能的推論是他是個遊民。也或許是吉普賽人。」她指了指蒂朵手中的兔腳吊飾。

「吉普賽人。」蒂朵意味深長地重複這個字。「天哪。」

「還有，那棟房子怪怪的。黑壓壓的。我星期六晚上在那兒聽到些動靜。從閣樓上傳來。」

「什麼樣的聲音？」

「嗯，有人。有人在移動。咳嗽。」

「妳確定不是隔壁鄰居？」

「我原本也這麼猜測。但聽起來好像是從屋子的頂部傳來的。我現在怕到不敢再回去。我知道也許我應該就把它賣了，趕緊脫手，繼續過我的日子。但是……。」

「妳的哥哥和姐姐……？」

「我的哥哥和姐姐，事情的真相，我的故事。這些全都與那棟屋子相連，如果我賣了它，可能就永遠找不出到底發生了什麼事。」

蒂朵盯著那篇文章。然後她抬頭看向莉比。

「這個，」她用指尖輕敲著那篇文章的頂端。「他。那個記者。」她瞇著眼睛端詳。「米勒・羅。他就是妳要的人，妳得跟他聯繫。想想看，在他花了那麼多時間調查這個事件後，突然收到妳的訊息，他肯定驚喜交加。寧靜．藍柏本人。完整了整個兔腳吊飾的故事。」

她們各自沉默了片刻，視線集中在花園桌上那個浸淫在傍晚昏黃光暈下的兔子腳。

莉比從蒂朵手裡拿過那篇文章，找到了撰稿人。「米勒．羅」。一個不常見的名字，應該很好搜尋。她從皮包中拿出手機開始輸入，不到一分鐘，她有了他在《衛報》的電郵地址。她將手機螢幕轉過去面向蒂朵。

蒂朵嘉許地點點頭。「做得好，」她說。她舉杯對著莉比。「敬寧靜．藍柏，」她說，「以及米勒．羅。願真相自此逐一揭露。」

16

露西在第二天清晨五點三十分醒來。她小心翼翼地滑下床，狗跟著跳了下來，尾隨她進了廚房，狗爪在亞麻地板上噠噠作響。朱塞佩在櫃檯上放了茶包、研磨咖啡和一袋巧克力布里歐捲。冰箱裡還有一瓶牛奶。露西燒了一鍋水，坐在角落的塑膠椅上盯著窗簾緊閉的窗戶。過了片刻，她起身，拉開窗簾，再次坐下望著對面的建築物，灰暗的窗戶映照出橙色的晨曦，灰色牆面很快地轉趨粉紅色調。天空一片清澈蔚藍，鳥兒成群盤旋。路上還不見車輛往來，唯一的聲響來自咕嘟冒泡即將沸騰的那鍋水，和下方嗖嗖燃燒的瓦斯火焰。

露西看著她的手機。沒有訊息。那隻狗意有所指地瞅著她。她往內拉開門，悄聲推開通往街道的後門，對著狗往外示意。牠經過她身邊，將腳跨出屋外不過半分鐘，又扭頭跑進屋裡。

在屋內，露西拉過背包，拉開內袋的拉鍊。裡面放著她的護照。她翻開內頁，一如她的猜測，護照已經過期三年。她最後一次使用這本護照是在她和邁克帶著兩歲的馬可，前往紐約拜訪邁克雙親那次。之後不久，他們分手了，露西從此沒有再用過護照。

原本是邁克為她辦護照的。他打算預訂馬爾地夫的蜜月假期。「給我妳的護照，親愛的，」他說，「我需要細部資訊。」

「我沒有護照。」她回答。

「好吧，妳得盡快去換本新的，不然蜜月就泡湯了。」

她嘆了口氣，看著他。「嘿，」她說。「我沒有護照。事情就是這樣。我從來沒辦過護照。」

他愣住，望著她好一會兒，驚訝地合不攏嘴。「但是……。」

「我是搭車來法國的。那時候我還很小，沒人要求看我的護照。」

「誰的車？」

「我不知道。就只是一輛車。」

「呃，妳是說，搭陌生人的車？」

「也不完全是這樣。不是。」

「所以毫無計畫嗎？如果當時他們跟妳要護照，該怎麼辦？」

「我不知道。」

「那妳後來是怎麼生活的？我的意思是……。」

「這個嘛，就像你遇到我時那樣，」她回答得很乾脆，「拉小提琴賺錢。晚上花錢找地方棲身。」

「從小就這樣？」

「從小就這樣。」

她當時全然地信任眼前這位高大、友善、掛著迷人笑容的美國人。她曾視他為英雄，這個男人將近一個月每天晚上都來看她的演奏，對她說她是他所見過最美麗的提琴手，將她帶到他有著優雅玫瑰紅色外觀的住處，在鋪了金色馬賽克瓷磚的淋浴間裡沖上半小時的熱水澡，再遞給她柔軟的毛巾擦乾身體，為她梳理潮濕的頭髮，指尖滑過她裸露的雙肩時讓她微微發顫。他將她身上原本骯髒的衣物交給女傭洗淨、熨燙，然後摺得整整齊齊地放回客房的床上。當時的他，舉止盡是溫柔、令人感激且溫文有禮。她當然信任他。

所以她對他傾訴一切，所有的故事，他睜著發亮的淡褐色眼睛看著她說，「不要緊，妳現在安全了。妳現在很安全。」然後他幫她弄了一本護照。她完全不知道他是如何辦到的，或是從誰那裡取得。上頭的資訊並不完全正確：名字不是她的，生日(Barbados)，也讓她到了義大利、西班牙和紐約，沒有任何人問過任何問題。

現在護照過期了，她沒辦法再換發一本新的，也沒辦法回英國。更別提孩子們沒有護照，他們的狗也沒寵物護照的現實。

她闔上護照，嘆了口氣。有兩個突破障礙的方法，其中一種是採取鋌而走險的非法途徑，另一種，則是再回去面對純然的危險。她唯一有的不同選項是乾脆打消離開的念頭。

此刻，她滿腦子都是二十四年前離開英國時的情景。她再次回憶她曾經重播上千次的那一刻：大門在她身後發出最後的咔嗒聲後關上，她在漆黑的深夜裡沿著切恩大道奔跑，呼吸急促地反覆低喃，**我很快就會回來，我保證，我保證，我保證**，隨著每一次心跳、每一次呼吸，她的惡夢結束，同時也開始走入另一場惡夢。

17

切爾西大宅，一九八八年

菲尼亞斯．湯森主動跟我說話是在大約兩個星期之後。也可能相反，其實是我去找他說話的，誰知道呢。我想他肯定對此有自己的觀點。但是在我的記憶中（而這裡當然是以我的記憶為主），是他來跟我說話。

我和往常一樣跟著我媽媽在廚房閒晃，偷聽她和現在似乎已入住我們家的那幾個女人的談話。關於這一點，此時的我已初步確信，要真正了解到底發生了什麼事情的唯一方法，就是聽女人們談話。任何小看女性聒絮閒聊的人基本上就遜掉了。

到目前為止，柏蒂和賈斯汀與我們生活了將近五個月，湯森夫婦則住了快兩個星期。今天在廚房裡進行的是每兩天就會重啟討論的主題：對於薩利和大衛未來住處的憂慮。有關這個問題，我仍然可悲地堅信薩莉和大衛只會在這裡待一陣子的幻象。他們每隔幾天就會提出一種新的方案，並進行詳盡的討論，屋裡飄散著薩莉和大衛即將離開的氛圍，直到又突然浮出疑問，大家發現**那個方案**有無法改善的致命缺點，於是又回到原點。目前的**最新方案**是奇斯威克的一艘船屋。屋主是大衛的一位病人，她準備出發去當一年的背包客，需要有人幫忙照顧她養的鬍鬚蜥。

「不過，只有一間臥室，」薩莉對媽媽和柏蒂說。「而且很小。大衛和我是可以在客廳打地舖，不過養蜥蜴的玻璃箱也擺在那裡，會有點擠。」

「天哪，」柏蒂說，撕著指甲邊的乾燥皮膚，皮屑落在貓的背上。「有幾個？」

「玻璃箱？」

「隨便啦。對。」

「不確定。六個左右。我們可能得想辦法把它們疊起來。」

「但是孩子們呢？」我媽媽問。「他們願意共用？特別是只有一張雙人床。畢竟菲恩也快成年了……。」

「喔，天哪，只住這一陣子。等到我們找到永久住處就好了。」

我瞥了她們一眼。這就是所有方案到最後又行不通的關鍵。每當各方事實顯示這個方案其實很愚蠢時，薩莉會一臉堅忍地說，「喔，忍一下就好，反正只是暫時的。」此時我媽媽會接話，「不，這樣太荒謬了，我們這裡又不是沒地方住。妳們不要有急著決定的壓力。」薩莉的態度會軟化下來，微笑著碰觸我媽媽的手臂，然後說，「我不想一直麻煩妳。」而我美麗的母親會用她優美的德語口音回應，「別鬧了，薩莉。別說傻話。慢慢來。會有更合適的選擇。完美的選擇。」

這個方案就這樣胎死腹中，在九月下旬的某個下午。船屋方案在八分鐘內被提出討論旋即被冷酷地否決，可能還創下了新的紀錄。

老實說，湯森一家的存在讓我很痛苦。一方面是因為他們讓整個家亂哄哄的。並不是指塞了一堆東西，而是他們本身、出現在這屋子裡、他們的聲音和氣味、非自家人的感覺。我妹妹和克萊蒙絲形成了一個不斷製造巨大聲響的邪惡同盟。每天一睜眼，就開始各種莫名的裝扮遊戲，而每個遊戲的目的似乎都在盡可能製造更多的噪音。不僅如此，柏蒂開始教她們拉奏小提琴，效果令人寒毛直豎。

當然，還有大衛．湯森，他的超凡魅力簡直瀰漫整棟屋子。除了樓上的臥室，他還以某種方式佔領了起居室，那裡原本是我父親小酌休憩的地方，他把那裡當成健身室，我曾透過門縫看到他正以指尖做著伏地挺身。

另一個原因則是菲恩。他始終沒有正眼看我，更別提和我說話；菲恩表現得像我根本不在那兒一樣。而他越表現出這種無視我的態度，我越覺得我可能會因此痛苦而死。

然後，終於，那一天到來。在知道薩莉和大衛將會留在我家的這件事已成定論後，我離開廚房，差點撞到迎面而來的菲恩。他穿著上面印著字母的褪色運動衫，牛仔褲的膝蓋處有個破洞。當他看到我時，他停了下來，第一次正眼瞧我。我屏住了呼吸，試圖自混亂的思緒中找話說，啥都沒找到。我往左邊移動；他剛好移向右邊。於是我說了對不起，改往我的右邊移去。我以為他會默默地經過，但他開口了，「你知道我們會留下來的，是吧？」

「什麼？」

「根本就別管我父母說什麼我們會搬走。我們不會去任何地方。你懂吧，」他繼續說，「我們在布列塔尼的那棟房子就住了兩年。而我們原本應該只是去那兒度假。」他停下來，揚起了一邊眉毛。

我顯然應該有某種回應，但我整個人呆住了。我從來不曾和如此美麗的人靠得這麼近。他的呼吸氣息帶著薄荷味。

他盯著我，臉上閃過一抹失望，或甚至不是失望，而是放棄，彷彿他確認了自己對我的懷疑，我既無趣又言語乏味，完全不值得他注意。

「你們為什麼沒有自己的房子？」我終於開口。

他聳了聳肩。「我爸手頭太緊，付不起房租。」

「所以從來沒有過自己的房子？」

「有。曾經有過。他賣掉了，好讓咱們可以去旅行。」

「那學校呢？」

「學校？」

「你要怎麼上學？」

「我六歲起就沒上過學。我媽媽會教我。」

「喔，」我說。「但是朋友呢？」

他狐疑地看著我。

「你不會想交朋友嗎？」

他瞇起眼睛。「不，」他簡潔地說。「一點兒也不。」

他似乎準備走開。我不希望他走掉。我想繼續聞他的薄荷香氣，並進一步了解他。我的目光落在他手上的書。「你在讀什麼？」我問。

他往下看了一眼，把書面朝上。盧克．萊茵哈特(Luke Rhinehart)的《骰子人》(Dice Man)，那時我沒聽過這本小說，自那以後我讀了大約三十遍。「好看嗎？」

「所有的書都好看，」他說。

「並不如此，」我說。「我讀過一些很鳥的書。」我想到的是《紅髮安妮》，這是我們上學期的必讀本，也是我看過最蠢、最惹人厭的書。

「它們不鳥，」菲恩耐心地反駁。「只是不是你喜歡看的書而已。這是兩回事。真正不好的書是那些寫得很差的，根本沒有人會出版。任何已出版的書對於某個人來說都是一本『好書』。」

我點了頭。無法否認他的邏輯。

「我快看完了，」他說，低頭看了下手中的書。「之後可以借你，你想看嗎？」

我再次點頭。「好，」我說。「謝謝。」

然後他走開了。我仍站在原地，頭發暈，手掌潮濕，整個心滿溢著某種特殊而新奇的悸動。

18

米勒．羅在莉比走向他時起身。她透過網路上那張照片認出了他，雖然在拍下那張專欄作家用的照片後，他留了鬍子，體重也些微攀升。他正吃著一個填料繁複的三明治吃到一半，鬍子上黏著黃色沾醬。他往餐巾上擦了擦手後，和莉比握手。「莉比，哇喔，很高興認識妳。真的很高興認識妳！」他有著倫敦腔和深藍色的眼眸。握住她的手很寬厚。「來吧，請坐。要幫妳點什麼？這裡的三明治棒極了。」

她低頭看看他吃得一片狼藉的三明治，「我剛吃過早餐。」

「那要咖啡、還是茶？」

「一杯卡布奇諾。謝謝。」

她看著他走向西尾巷這間時尚咖啡館的櫃檯，這是他建議的會面地點，剛好位於聖奧爾本斯和南諾伍德的中間點。他穿著低腰牛仔褲和褪色T恤，綠色棉製外套和健行鞋。肚子大大的，配上一頭濃密的深棕色頭髮。虎背熊腰地讓人有點不敢直視，但並不會不討人喜歡。

他端回卡布奇諾，放在她面前。「很高興妳來見我。來的路上還順嗎？」他把三明治推到一邊，好像不想再吃了。

「沒什麼問題，」她說，「十五分鐘直達。」

「從聖奧爾本斯出發，對吧？」

「對。」

「聖奧爾本斯是好地方。」

「是的，」她贊同。「我很喜歡。」

「所以，」他開口，然後意味深長地停下來看著她，「妳就是那個嬰兒。」

她緊張地笑著。「看來我是。」

「妳繼承了那棟屋子？」

「是的，沒錯。」

「哇，」他說。「命運大翻盤。」

「徹底翻轉，」她同意。

「妳去看過了嗎？」

「屋子？」

「當然。」

「有，看過幾次。」

「上帝啊。」他讓自己靠回椅背。「我一直試著要他們讓我進去。幾乎打算把我女兒獻祭給那些律師了。甚至還試過在深夜闖進去。」

「所以你從沒有真正看過它？」

「不，沒有。」他苦笑著。「我從窗戶外窺探；還對旁邊鄰居說盡好話，讓我從他們家的窗戶往那棟屋子探看。但從來沒有真的踏進去過。裡面長怎樣？」

「很黑，」她說。「很多木製鑲板裝飾。氣氛詭異。」

「我猜，妳要賣掉它？」

「我要賣掉它。是的。但是……」她用指尖繞著咖啡杯緣，醞釀著下一句話。「我想先知道那裡發生了什麼事。」

米勒．羅發出了低啞的嘶吼，用手捻著他的鬍子，那個黃色的醬斑被抹掉了。「老天，妳跟我都想。那篇文章耗去我兩年的生命，執迷、瘋狂、整個搞砸的兩年。毀了我的婚姻，但我仍然沒找到我想要的答案。差得遠了。」

他對她微笑。她覺得他長得很好看。她試圖猜測他的年紀，但猜不出來。二十五歲到四十歲間都有可能。

她從皮包裡掏出切恩大道那棟房子的鑰匙，將它們放到他面前的桌子上。

他的目光落在鑰匙上頭，她看到一陣渴望掠過他的眼睛。他的手伸向桌面。「喔，我的老天。我可以看看嗎？」

「當然，」她說。「盡管拿。」

他依次凝視著每把鑰匙，撫摸著鑰匙圈。「捷豹的標誌？」他抬頭看著她。

「顯然是。」

「妳知道，亨利．藍柏，也就是妳的父親，他曾經是個大玩咖。週末經常大肆玩鬧，即使是上學日，一樣每天泡在倫敦的俱樂部裡夜夜笙歌。」

「我知道，」她爽快地回答。「我讀了你的文章。」

「喔對，」他說。「當然了。」

一陣短暫的沉默。米勒撕下三明治的吐司邊，放進嘴裡。莉比喝了一口咖啡。

「那麼，」他開口，「接下來呢？」

「我想找到我的手足，」她說。

「他們從沒試過聯繫妳？」

「沒有。從來沒有。你覺得是為什麼？」

「我有一百萬種推論。最大的問題是：他們是否知道這棟屋子是信託給妳？如果知道，他們曉得妳現在已經確實繼承了嗎？」

莉比嘆了口氣。「我不知道。律師說，這份信託在很多年以前就簽署了，在我哥哥出生那時。原本應當在他二十五歲時交給他，但他從未出現。下個順位是他妹妹，她也沒有現身……當然，信託律師根本無法聯絡他們任何一位。但我想是的，他們是有可能知道下個繼承順位是我。假使……」她原本是要說假使他們還活著的話，但沒有說下去。

「還有那個傢伙，」她說。「跟我父母死在一起的那個人。你在文章中說你追查過很多條最後無解的線索。這當中從來沒查出他是誰？」

「沒有，很令人洩氣。」米勒抓了抓鬍子。「不過確實出現過某個名字。我後來不得不放棄尋找他。但是從那以後，這名字一直困擾著我。大衛．湯森。」

莉比不解地看著他。

「遺書上有縮寫，還記得吧？ML、HL和DT。我請警方檢索名字縮寫DT的失蹤人口案件。大衛．湯森是他們搜尋到的三十八個名字之一。有三十八名失蹤人口的姓名縮寫是DT。其中有十個符合那名不知名人士的預估年齡範圍。我逐一排除了不可能的幾個。」

「但是這個人讓我很有興趣。我也不清楚為什麼。關於他，我只能查到部分資訊。來自漢普郡的四十二歲男人。成長過程很平凡。但是自從他在一九八八年帶著名叫薩莉的妻子以及兩個孩子菲尼亞斯和克萊蒙絲，舉家從法國回到英國後，就再也查不到任何有關他的紀錄。他們一家四口從聖馬洛搭乘渡輪，在大概……」他翻了會兒筆記本。「……一九八八年九月時抵達波茲茅斯。接下來就銷聲匿跡：沒有醫療紀錄、沒有稅單、沒有入學登記、沒上過醫院，什麼都沒有。其他家人稱他們為『獨行俠』——家族為了繼承問題鬧翻，就此不相往來，相互怨懟。沒有人想知道他們在哪裡。如此經年失聯，直到大衛．湯森的母親行將就木，決定找到人好在死前大和解，這才通報警方她兒子一家人失蹤。警察敷衍地進行了一些調查，沒發現大衛或他家人的蹤跡，後來，大衛的母親去世了，再也沒人過問大衛或薩莉．湯森的下落。直到我三年前開始翻這件事。」米勒嘆了口氣。「我非常努力地追查他們。菲尼亞斯、克萊蒙絲，這兩個名字都不常見。如果有個蛛絲馬跡，應該很容易循線往下找。但是什麼都沒有。沒有任何痕跡。而我需要能寫出文章，需要能獲得報酬，我必須放棄。」他搖了搖頭。「妳明白了吧？為什麼這花了我兩年時間，幾乎把我逼上絕路？為什麼我妻子要離開我？因為我基本上整個人都陷在這案子的研究裡。我談論的、日思夜想的一切都是這件事。」

他嘆著氣，手指滑過那串鑰匙。「但是，好。來吧。讓我們找出這些人身上發生了什麼事。讓我們找出妳發生了什麼事。」

他伸出手，邀請著她。「我們說定了，寧靜．藍柏？」

「是的，」莉比握住他的手。「就這麼說定。」

在結束與米勒的早餐約會後，莉比直接進了辦公室。時間剛過九點半，蒂朵幾乎沒注意到她晚到。等發現時，她激動地多看了她兩眼，用急促的語氣輕聲說，「喔，老天！妳去見那個記者！怎麼樣！」

「好極了，」莉比回答。「我們約好今晚在那棟屋子碰面。開始進行調查。」

「只有妳，」蒂朵微微皺鼻，「跟他？」

「是的。」

「嗯。妳確定這樣好嗎？」

「什麼？為什麼這麼問？」

「我不確定。或許他不像他看起來那麼單純。」蒂朵瞇起眼睛看著她。「我想我也應該一起去。」

莉比眨眨眼，然後微笑。「妳儘管開口就是。」

「我不懂妳在說啥啦。」蒂朵轉回去對著她的筆電。「我只是想幫忙注意。」

「好啊，」莉比說，依舊帶著笑容。「妳可以幫我好好『監視』對方。我跟他約好七點見。我們得搭上六點十一分那班車。可以吧？」

「可以，」蒂朵的目光堅定地對著電腦螢幕。「沒問題。順帶一句，」她突然抬起頭來，「我看過阿嘉莎．克莉絲蒂出的每一本小說。每一本都看了兩次。我應該會挺有用的。」

19

露西留下還在睡夢中的孩子們，在床頭櫃上留了張紙條給馬可：「我去處理護照的事。大概幾個小時後回。幫你妹妹弄點吃的。狗在朱塞佩那兒。」

她在早上八點出發，長途跋涉地穿越市區到尼斯火車站。途中在長凳上稍坐了一會兒，讓和煦的早晨陽光溫暖她的肌膚。然後在八點四十五分，登上前往安提布的火車。

早上九點剛過，她出現在邁克家門前。費茲前天留下的那坨狗屎上覆蓋了成群蒼蠅。她緊張地笑了笑。胃酸開始緩緩分泌灼燒，她按下邁克家的門鈴。

女傭前來應門。當認出是露西時，她露出了笑容，「早安！妳是邁克的妻子！之前那位！邁克兒子的母親。我都不知道原來邁克有個兒子！」她的雙手緊貼著胸口，看上去是真的很開心。「他真是個好看的男孩。進來吧，快進來！」

屋裡很安靜。露西開口，「邁克在嗎？」

「在，他在。他正在淋浴。妳在露台上等他。可以嗎？」

喬伊領著她走到露台，要她坐著休息，並堅持送上咖啡搭配杏仁餅乾，儘管露西說只要有杯水就好。邁克不配有這麼好的人幫他，她心想。邁克什麼都不配。

她伸手掏出包包裡的舊護照，以及塞了史黛拉和馬可照片的小錢包。喝了口咖啡，但她的胃目前無法消受杏仁餅乾。樹梢上有隻羽翼繽紛的蜂鳥正四處張望著尋找食物。她將杏仁餅乾弄碎，撒在地板上。牠沒有注意到，拍著翅膀離開。露西的胃持續翻攪著。九點半了。

終於，他出現了，穿著清爽的白色T恤和淺綠色短褲，稀疏的頭髮還沒乾透，打著赤腳。

「哇喔，我的老天哪，」他邊說著，用臉頰輕碰了她的雙頰。「兩天內見了兩次。我肯定是在過生日。小孩沒有跟來？」

「沒有。我讓他們多睡一會兒。昨天很晚才睡。」

「那下次吧。」他朝她露出燦爛的笑容，坐下翹起了腿。「那麼，我該怎麼回報妳帶給我的這份快樂？」

「是這樣的。」她將指尖輕擺在護照上，他的眼光也隨之落在那本護照上頭。「我需要回家，」她說。「我的朋友病了。可能快死了。我想回去見她一面，在她……你明白的……以防萬一。」一滴眼淚從她左眼流下，完美地落在護照封面，她擦掉了眼淚。她原本沒有打算哭泣，但既然發生就隨緣吧。

「喔，親愛的。」邁克伸手覆蓋住她的手。

她緊張地微笑，試圖對他的這個手勢表達感謝。

「太可怕了。什麼病呢？癌症？」

她點頭。「卵巢癌。」她將手從他的手下方抽回來，摀著嘴發出輕微的啜泣聲。「我想下個禮拜回去，」她說，「但我的護照過期了。孩子們也都沒有護照。來請你幫這個忙真的很不好意思。你昨天已經很慷慨地資助我贖回小提琴的錢了。如果還有別的辦法可想，我不會跟你開口的。你還有認識的人可以幫忙嗎？那些幫我弄到這本護照的人？」她用手指拭去淚水，抬起頭楚楚可憐地望著他，希望仍有誘人的效果。

「哦，老天，我不確定。應該沒有。但是，聽著，我會去試試。」他拿過那本護照。「交給我吧。」

「這裡。我帶了孩子們的照片。還有，天哪，我知道這聽起來很瘋狂，但是我還需要給我的狗弄一張寵物護照。他有些疫苗過期沒打，我沒辦法用一般方式申請，何況，天知道那得花多長時間……。」

「妳要帶狗？去見一位垂死的朋友？」

「我真的別無選擇。」

「也許，我可以養牠？」

她盡量不要對讓她的寶貝狗跟這個怪物住在一起的提議顯得過於驚駭。「但是你會養狗嗎？」

「呃，天哪，我不知道。跟牠玩？出門散步？餵牠吃飯？」

「比這些要多得多。你得每天一大早起床帶牠們出去上廁所。還得負責清狗屎。」

邁克翻了個白眼，開口說道，「喬伊愛狗。她會很樂意帶牠出去蹓躂。我也是。」

當然了，露西心想，邁克有人可以幫忙撿狗屎。

「嗯，」她說，「我寧願把牠帶在身邊。孩子們很依戀他，我也是……。」

「我看看我能幫上什麼，」他說。「我猜狗護照是有點超出能力範圍。但我盡力試試。」

「老天啊，」她睜大眼睛，眼裡滿是硬擠出的感激。「真的非常謝謝你，邁克。你不知道這有多麼讓我安心。我昨晚剛收到我朋友的消息，失眠了整個晚上，一直煩惱著該怎麼回去看她。謝謝你。」

「別這麼說，我還沒完成任務呢。」

「我知道，」她說。「我知道還沒有。但是我真的非常感激。」

他從原本一派紳士轉變成讓人發毛的詭異表情。「真的、真的非常感激？」

她勉強自己露出笑容。她明白事情會如何演變；她已經做好心理準備。「真的、真的、貨真價實地感激。」

「啊。」他往後靠向椅背微笑著。「我喜歡妳這麼說的聲音。」

她回應了他的微笑，伸手順了順自己的頭髮。

他的目光望向樓上緊閉的百葉窗，那裡是主臥室，發生多次婚內強姦的地點。然後目光回到她身上，讓她忍不住發抖。「也許下次，」她說。

他抬起一側眉毛，一隻手臂懸在椅背右後方晃著。「妳這是在鼓勵我？」

「可能，」她回答。

「我喜歡妳的風格。」

她笑了。坐直身子，拿起手提包的背帶。「但是現在，」她說，「我得回到睡著的孩子們身邊。」

他們同時起身。「你覺得什麼時候……。」她猶豫地說。

「我立刻開始處理這件事，」他說。「給我妳的電話號碼，一有消息我就打電話給妳。」

「我現在沒有電話，」她說。

他做了個怪表情。「妳不是說妳昨晚有接到訊息，關於妳朋友？」

如果說露宿沙灘一整個星期對一個人有什麼幫助，就是教會她如何隨機應變。「喔，她是打到我留宿的旅館。有人幫我留了訊息。寫在紙上。」

「那麼，我要怎麼找妳？也打到旅館嗎？」

「不，」她冷靜地說。「不用。把你的電話號碼給我。我會用公共電話打給你。星期五那天打好嗎？」

他寫下他的電話號碼，遞給她。「好，星期五打給我。還有……」他從口袋掏出一大捆鈔票。從中抽出了幾張二十歐元紙鈔拿給她。「幫自己買支手機吧。看在老天份上。」

她收下那幾張二十歐元紙鈔，跟他說了謝謝。反正她現在沒有什麼可再失去的。她剛剛為了護照出賣了自己的靈魂。

20

切爾西大宅，一九八九年

好幾個月過去。菲尼亞斯十三歲了，兩頰如亞當的蘋果般紅潤，長著金色的小鬍子。我長高了一英吋，頭髮也總算長到可以弄瀏海。我妹妹和克萊蒙絲越來越誇張地成天膩在一起，發明了只有彼此理解的秘密語言，用床單和翻過來的椅子在閣樓空房間的地板上架了藏身洞穴，在裡頭待上好幾個小時。柏蒂的樂團發行了一張糟糕的新單曲，在榜行榜上排名第四十八位，她因而負氣離開樂團，相關的音樂媒體完全沒人注意或關心，她開始以在音樂教室教小提琴為業。

與此同時，賈斯汀在我父親的花園裡經營生意，透過報紙背面的分類廣告出售他產製的藥草，薩莉每天幫圍在廚房桌子旁的我們上四小時課，大衛每個禮拜到世界盡頭區的教堂裡幫人上三堂替代療法的課程，帶著滿滿的現金回家。

菲恩幾個月前的預測完全正確。

湯森一家無處可去。

我能夠回想與湯森一家待在切恩大道那棟屋子裡的歲月，清楚地看到那些關鍵的轉折點，命運就此改變和翻轉，逐步變調成令人厭惡的故事情節。我記得在切爾西餐館用餐的那一晚，我爸爸虛弱到還沒有意識到權力鬥爭開演，就已然失去主導權。也記得我媽媽設法遠離大衛，因為害怕他會想要她，而寧願隱晦光芒。我記得這一切從何時開始，卻不明白從那一晚到九個月後的此刻，我們是如何讓陌生人佔領了我們家的每個角落，而我父母也放任他們。

我爸爸試圖表現出對周遭發生的人事物充滿興趣。他和賈斯汀在花園裡閒逛，假裝著迷於那成排的藥草和植物；每天晚上七點，他會倒兩大玻璃杯的威士忌，和大衛坐在廚房桌旁熱烈地談論政治和國際事務，他的眼睛微凸，努力地試著聽起來好像他知道自己在說什麼。（我爸爸對所有事情的見解都是非黑即白；只有對或錯、好或壞：他對於各種事物的觀點基本上大同小異。這確實有點尷尬。）他有時會在廚房裡看我們上課，然後露出對於我們怎麼那麼聰明感到佩服不已的模樣。我想不透我爸爸發生了什麼事。彷彿亨利．藍柏早就不在這屋子裡，徒留軀殼。

我迫切地想跟他談談正在發生的一切，我的世界整個翻轉了，但我害怕這就像揭開他僅存的自尊上的最後一道瘡疤。而他看起來是如此脆弱、破碎不堪。初夏的某天午餐時間，我看到他拿了他的毛帽和夾克，在前門檢視著皮包。我們那天的課已經上完了，我正無聊著。

「你要去哪裡？」我問。

「去我的俱樂部。」他回答。

啊，他的俱樂部。皮卡地里附近小巷裡那幾間煙霧繚繞的店。我曾經去過一次，那次我媽媽出門了，而我們的保母沒辦法來。與其讓自己和兩個呆板乏味的孩子困在家裡，他帶我們上了黑色出租車，一起去了俱樂部。露西和我坐在角落裡喝檸檬水和吃花生，我爸則跟我沒見過的男人們抽著雪茄和喝威士忌。我對那個地方深深著迷，希望可以不用離開，並且祈禱保母永遠別出現。

「我可以去嗎？」

他茫然地看著我，好像我問了他一個很難的數學問題。

「拜託。我會很安靜的。不會說話。」

他瞥了一眼樓梯，好像解決難題的方法可能會出現在樓梯平台上。「你上完課了？」

「是的。」

「好吧。」

他等著我穿上外套。然後我們一起走到街上，他招了計程車。

到了俱樂部，他沒看到認識的人，在我們等著飲料送上來的時候，他看著我，然後說：「那麼，你還好嗎？」

「很困惑，」我開始說。

「困惑？」

「對。關於我們生活的變化。」我唐突地停下來。過去我爸爸會覺得這種口氣很沒禮貌，對我擺臉色，然後轉向我媽媽嚴肅地問她這種行為是否可以被接受，這是否他們所養育出來的孩子。

但是他用濕潤的藍眼睛看著我，簡單地說，「是的。」目光旋即轉開。

「你也感到困惑嗎？」

「不，兒子，不。我不困惑。我完全知道發生了什麼事。」

我不確定他的意思是他知道發生了什麼，並且有所掌控，還是他知道發生了什麼，但是無能為力。

「那麼——是什麼？」我說。「是怎麼回事？」

我們的飲料來了：我的是擺在白色紙杯墊上的檸檬水，我父親的則是威士忌和水。他沒有回答我的問題，我以為他不打算回答。但是他嘆了口氣。「兒子，」他說，「人生中的某些時候會遇到岔路。你媽媽和我，我們遇上了分叉點。她想走那一條路，而我想走另一條。她贏了。」

我驚訝地抬起了眉毛。「你的意思是媽咪想要讓那些人都住在我們的屋子裡？她是真的想要他們？」

「想要他們？」他冷冷地重複，彷彿我問的問題很荒謬，儘管很顯然並不是。

「她想和所有這些人住在一起？」

「老天啊，我不知道。我不再知道你媽媽想要什麼了。聽著，聽我的建議。永遠不要娶女人。她們看起來很棒，但是會毀了你。」

這些話一點邏輯都沒有。娶不娶女人跟住在樓上那些人有什麼關係？我確實沒有想要娶女人回家，但我想我也別無選擇。不娶女人，那要娶誰？

我瞪著他，希望他把話說清楚和有意義些。但是我爸爸沒那麼有耐性，或者該說，自從中風後，他確實也沒辦法那麼清晰地用字遣詞。他從夾克的口袋裡抽了支雪茄，花了些時間準備著。

「那，你不喜歡他們嗎？」他緩緩開口。

「不，」我回答。「不喜歡。他們會離開吧？」

「這個嘛，如果我能做點什麼……。」

「這是你的房子。你當然可以做點什麼。」

我屏住呼吸，擔心自己說得太過火。

他只是嘆了口氣。「你以為是這樣，不是嗎？」

他的遲緩反應快殺了我。我想尖叫。我說，「你不能就叫他們離開嗎？告訴他們，我們要要回我們的房子。我們想再次上學。我們不想要他們繼續住在這裡。」

「不，」我爸爸說。「不行。我不能。」

「但是為什麼？」

我的聲音提高了八度，我可以看到我爸爸有些退縮。

「我說過了，」他急促地說。「是你媽媽。她需要他們。她需要**他**。」

「他？」我說。「大衛？」

「是的。大衛。顯然他讓她對自己毫無意義的存在覺得好過一些。顯然他給了她人生『意義』。現在，」他咆哮著，打開報紙，「你說過不會說話。請你信守諾言如何？」

21

米勒．羅站在切恩大道的那棟屋子外面，盯著他的手機。看上去比當天早上在西尾巷的咖啡館時更亂糟糟的。他看到莉比和蒂朵走近時站直了身子，露出笑容。

「米勒，這位是蒂朵，我的同事——」她糾正了自己：「我的**朋友**。蒂朵，這位是米勒．羅。」

他們握了手，然後全都轉身面對著房子。它的窗戶在傍晚的陽光下發出金色的光芒。

「莉比．瓊斯，」蒂朵開口，「我的老天。妳擁有一棟真正的豪宅。」

莉比微笑，轉身打開掛鎖。他們聚集在走廊上，環顧四周，她依舊沒有感覺自己是這棟屋子的主人。總覺得信託律師該出現，在前面領著他們參觀。

「我懂妳所謂到處都是木頭的意思了，」米勒說。「妳知道，這屋子原本到處都是動物頭標本和獵刀。顯然還有所謂的寶座，就在這裡……」他比著樓梯兩邊的位置。「他的和她的，」他挖苦地補充。

「誰告訴你寶座的事？」蒂朵問。

「亨利和瑪蒂娜的老朋友，他們曾經在七〇年代和八〇年代初來這裡參加喧騰歡鬧的晚宴。亨利和瑪蒂娜那時是社交名流。他們的孩子還很小。顯然一切都很美好迷人。」

「那麼，那些老朋友們，」蒂朵追問，「事情開始出錯的時候，他們人呢？」

「天哪，他們不是真正的朋友。他們只是孩子們的同學的父母，來來去去不斷變動的鄰居，遊走各地到處蹭飯的過客。沒有人真的關心他們。只是剛好記得他們。」

「還有記得他們的寶座。」莉比說。

「是的。」米勒笑了。「還有他們的寶座。」

「原生家庭呢？」蒂朵問。「他們在哪裡？」

「這個嘛，亨利沒有家人。他是獨子，父母雙亡。瑪蒂娜和父親疏遠了，母親再婚，與第二個家庭住在德國。她確實一直想要來探望他們，但瑪蒂娜一直推遲著。一九九二年的時候，她甚至派了一個兒子過來。他連著五天來這裡敲門，沒有人回應。他說他有聽到聲音，看到窗簾有動靜。電話也不通。那位母親對於自己沒有更努力地嘗試聯繫上她女兒感到內疚，至今沒有恢復過來。我可以往這邊看看……？」他向左轉，走向廚房。莉比和蒂朵跟著他。

「所以，這裡就是教孩子們讀書的地方，」他說。「當時抽屜裡都是紙、課本和練習簿。」

「誰教他們？」

「我們不知道。不會是亨利．藍柏。他連普通教育文憑都沒拿到，也沒有接受高等教育。瑪蒂娜的母語不是英語，也不太可能是她。因此，我們可以猜測是那些神秘『他者』的其中一位。而且很可能是女人。」

「那些課本後來到哪兒去了？」莉比問。

「我不知道，」米勒說。「也許還在這裡？」

莉比看著廚房中央的大木桌，每側有兩組抽屜。她緊張地屏住呼吸，依次將它們拉開。抽屜是空的。她嘆了口氣。

「被警方拿去當物證了，」米勒說。「很有可能已經銷毀。」

「他們還扣了什麼當物證？」蒂朵問。

「長袍。床單。調製藥劑的器具，鍋碗瓢盆之類的。肥皂。洗臉毛巾。大浴巾。當然還包括各類衣物織品。實際上，也沒有別的了。牆上沒掛藝術品，屋裡沒有玩具，連鞋都沒有。」

「沒有鞋子嗎？」蒂朵複述。

莉比點頭。這是米勒那篇《衛報》的文章中令人震驚的細節之一。滿屋子的人，沒有一雙鞋。

蒂朵環顧四周。「這間廚房，」她說，「在七〇年代絕對算得上是頂尖時尚層級。」

「可不是嗎？」米勒同意。「頂級中的頂級。屋裡所有物品——在後來被出清之前——全數購自哈洛德百貨。銷售部門的管理員給我看了所有購買紀錄，一路追溯到亨利剛買下這棟房子的日期。電器、床、燈罩、沙發、衣服、每週固定更換的鮮花、整理頭髮的預約、各式盥洗用品、毛巾、食物，妳想得到的一切。」

「包括我的嬰兒床。」

「是的，包括那張嬰兒床。我記得是在一九七七年，小亨利剛出生時買的。」

「所以我是第三個睡在裡面的孩子？」

「是的。應該是。」

他們朝前方的小房間走去，蒂朵開口問道，「你的推論是什麼？你覺得這裡發生了什麼事？」

「簡單版本嗎？一群陌生人住進富裕人家的豪宅。發生一堆怪事，每個人都死了，除了幾個就此銷聲匿跡的十幾歲小孩。當然，還有一個名叫寧靜的嬰兒。有證據顯示還有某個人也曾經住在這裡，他開闢了那個藥草園。我花了整整一個月追查英國或國外的藥材商，看看有沒有誰當時可能待過倫敦。沒有。沒有。沒有蹤跡。」

他們所在的房間有著木製牆壁和木地板。遠處牆上有個巨大的石頭壁爐，另一邊則殘留有紅木酒吧的遺跡。

「他們在這裡找到了設備，」米勒嚴肅地說。「警察一開始以為是某種刑具，但顯然只是自製的健身器材。兩名自殺者的屍體都很精瘦，肌肉發達。這裡應該是他們鍛鍊身體的房間，好減少從不外出可能帶來的負面影響。我也再次花了一個月的時間，遍詢我找得到的各個健身教練，想知道八〇年代和九〇年代初有沒有誰在切爾西用過這類健身技巧。再一次徒勞無功。」他嘆了口氣，突然轉向莉比。「妳有找到那個祕密樓梯嗎？往閣樓的？」

「有，律師有指給我看。」

「有看到鎖嗎？在孩子們的門上？」

莉比打了個冷顫。「那時我還沒讀你的文章，」她說，「所以我沒上去看。而上一次我來的時候……」她停頓了一下。「上次，我以為我聽到有人在閣樓，立刻嚇得離開了。」

「我們去看看好嗎？」

她點頭。「好。」

「我父母家中也有像這樣的秘密樓梯，」他們爬上狹窄的樓梯時，蒂朵緊抓住扶手。「讓小時候的我一天到晚神經緊張，老覺得幽靈會鎖上進出的那兩扇門，把我永遠地困在裡面。」

聽到這個，莉比加快了腳步，微微喘息地爬上了閣樓。

「還好嗎？」米勒關心地問。

「嗯，」她低聲地說。「還可以。」

他將手靠在耳朵旁。「有聽到嗎？」他問。

「什麼？」

「有嘎吱聲？」

她點著頭，驚訝地瞪大眼睛。

「當老房子因溫度過熱或過冷時，它們就會這樣。吱吱作響。那應該就是妳前幾天聽到的聲音。是房子在抱怨啦。」

她想問他那房子變熱時是否還會咳嗽，但決定算了。

米勒從口袋裡拿出手機，將相機固定在前方，邊走邊拍照。「老天，」他大聲地喃喃自語。

「就是這個。就是這個。」他將相機對準左側第一個房間的門。「看。」他說。

她和蒂朵都看到了。房間外面有一個鎖。她們跟隨他到隔壁房間，上面是另一個鎖，下一間跟再下一間都有。

「全部共四個房間，全都可以從外面上鎖。警方認為這是孩子們睡覺的地方。他們在這裡發現了一些血跡和牆壁上的塗鴉。妳們看，」他說，「連浴室外面都有鎖。我們要打開嗎？」

他把手放在其中一個房間的門把上。莉比點點頭。

初讀米勒的文章時，她快速掠過有關閣樓房間的段落，因為其中隱含的意涵實在讓她難以消受。現在她只想趕緊熬過去。

這個房間大小適中，牆面漆成白色，踢腳板則是亮黃色，木地板光禿禿的，窗戶上掛著破爛的白色窗簾，角落擺了張薄床墊，別無他物。接下來兩個房間都一樣。當她們到達第四個房間時，莉比屏住了呼吸，她深信門後會有一個男人。但是沒有，一樣空蕩蕩，白色房間搭著白色窗簾和木地板。她們正準備關門，米勒停下腳步，拿著相機走到房間那頭對準了床墊。

「怎麼了？」

他靠近床墊，稍微將它拉離開牆面，然後將鏡頭對準塞在旁邊的某個東西。

「那是什麼？」

他拿起那個物體，先讓鏡頭帶過，然後檢視著。「是襪子。」

「襪子？」

「對。男襪。」

那是隻紅藍相間的襪子，在閣樓房間一片淨白當中顯得特別奇異。

「好奇怪，」莉比說。

「不只是奇怪，」米勒說。「根本就不可能。因為，妳們看。」他把襪子遞給莉比和蒂朵。

襪子上有 **GAP** 的標誌。

「怎麼樣呢？」蒂朵說。「我不明白。」

「那是**近期**的 GAP 標誌，」他說。「他們這幾年才開始使用這一款標誌。」他注視著莉比的眼睛。「這隻襪子是新的。」

22

露西在星期五下午五點用路口的公用電話打給邁克。他立刻就接了。「我猜會是妳打來的。」他說，她可以聽出他語調中令人作嘔的笑意。

「你好嗎？」她輕描淡寫地問。

「喔，好極了，妳呢？」

「也不賴。」

「妳買手機了嗎？這是一般電話的號碼吧，是嗎？」

「有個熟人要幫我弄一支，」她撒了小謊。「二手的。明天應該會拿到。」

「很好，」邁克說，「很好。那麼，我想這通電話不是純問候，妳應該會想知道妳提出的小小請求的結果。」

她輕笑。「我很想知道。」她說。

「這個嘛，」他繼續說，「妳他媽的會愛死我了，露西．盧，我全數達標。幫妳、馬可、那個小女孩甚至妳的狗都準備好了護照。事實上，我在護照上花了非常多錢，所以他們免費附送了那張寵物護照！」

她感覺到她的午餐混著膽汁翻攪著她的胃。不願去想邁克到底在護照上花了多少錢，以及他會想得到多少回報。她硬擠出笑容，對他說，「喔！他們人真好！」

「人好個屁，」他回答，然後說，「那麼，妳要過來嗎？來拿它們？」

「當然！」她說。「當然要去。今天不行。也許明天或是星期天？」

「星期天來吧，」他說。「來吃午餐。那天喬伊休息，整間屋子都屬於我們。」

胃裡的膽汁湧上喉嚨。「要約什麼時間？」她努力故作鎮定。

「一點鐘。我會先把牛排放上燒烤架。妳可以做妳之前常做的那個，叫什麼的？加了麵包和番茄的？」

「義大利式麵包沙拉。」

「就是那個。老天，妳以前很會做那道菜。」

「哦，」她說，「謝謝。希望我仍然有這樣的手藝。」

「是啊。妳的手藝。我真的非常想念妳的手藝。」

露西笑了。她跟他說了再見，約好星期天下午一點見。然後她掛上電話，直奔廁所嘔吐。

23

切爾西大宅，一九九〇年

一九九〇年夏天，我剛滿十三歲，某個下午，我在樓下遇到了我媽媽。她正把洗好的床單放進烘衣機。以前，每週會有人開著側面印著金色字體的小貨車來將我們的髒衣物載走，幾天後上面打著緞帶疊得整整齊齊，或掛在木頭衣架上包著塑膠防塵套送回來。

「送洗服務怎麼了嗎？」我問。

「什麼送洗服務？」

她的頭髮長了。我注意到，自從其他人與我們同住以來，她已經兩年沒有剪頭髮。柏蒂留著長髮，薩莉也是。我媽媽原本是鮑勃頭。現在頭髮已經長過肩膀，髮線中分。我在想她是否想讓自己看起來跟另外兩位女性一樣，就像我想效法菲恩。

「妳不記得嗎？那個開著白色貨車來拿送洗衣物的老頭子，他的個頭小到妳曾經擔心他沒辦法一次拿完所有衣物？」

我媽媽的目光緩緩移向左側，像是在回想一個夢，然後她說，「哦，是的。我忘了這個人。」

「他怎麼不來了？」

她揉著雙手，我驚慌地看著她。我知道這個手勢的含義，儘管我早就起了疑心，但這是我第一次當面確認。我們很窮。

「爸爸的錢呢？」

「噓。」

「但是我不懂。」

「噓！」她再次說。然後她輕輕拉著我的手臂把我帶到她的臥室裡，讓我坐在床上。她握住我的手，嚴肅地看著我。我注意到她沒有上任何眼妝，很想知道是什麼時候停止的。有這麼多的變化在漫長的時間裡緩慢發生，以至於有時很難發現開始改變的斷點。

「答應我，你要保證，務必保證信守諾言，」她說，「絕對不要跟任何人談論這件事。不管是你妹妹、其他孩子或大人。誰都不許說，可以嗎？」

我點點頭。

「我告訴你是因為我信任你。你向來很懂事。不要讓我失望，好嗎？」

我更用力地點著頭。

「爸爸的錢很久以前就用光了。」

我倒抽了一口氣。

「全部？」

「基本上是。」

「那我們靠什麼生活的？」

「爸爸一直在賣股票和一些零股。也還有一些存款。如果我們可以每週只花三十英鎊，至少還能撐上幾年。」

「一週三十英鎊？」我瞪大了眼睛。我媽媽過去一週光花在鮮花上的錢就要三十英鎊。「但是那不可能啊！」

「可以的。大衛會一起想辦法，我們一起努力。」

「大衛？大衛對錢了解多少？他甚至買不起自己的房子！」

「噓。」她將手指放在嘴唇上，緊張地朝臥室門口瞥了一眼。「你必須相信我們，亨利。我們是大人，你只需要信任我們。柏蒂有在教小提琴。大衛透過健身班賺錢。賈斯汀也有賺很多錢回來。」

「對，但是他們沒有給過我們任何東西，他們有嗎？」

「嗯，有的。每個人都有做出貢獻。我們正在努力。」

就是這句話讓我如遭雷擊。恐懼而清醒。

「我們現在變成人民公社了嗎？」我驚恐地問。

我媽媽笑了，彷彿這個說法很荒謬。「不！」她說。「當然不是！」

「爸爸為什麼不能賣掉房子？」我問。「我們可以去住小公寓。那樣也很好。然後我們會有很多錢。」

「不只是錢的問題，你應該懂的，不是嗎？」

「什麼？」我說。「那跟什麼有關？」

她輕輕地嘆了口氣，用拇指摩娑著我的手。「我想，是關於我。關於我對自己的感覺，以及這麼長時間以來一直令我感到悲傷的一切，這一切——」她比劃著寬敞臥室裡的華麗窗簾和閃閃發亮的吊燈，「——並無法讓我感到快樂，一點兒也不。大衛來了之後，他向我展示了另一種生活方式，一種不那麼自私的方式。我們擁有得**太多了**，亨利。你懂嗎？實在太多、太多了，當擁有的事物過多時，那反而會拖累你。現在錢快要用光了，正好是改變的時機，好好思考一下我們吃的、用的東西，怎麼花錢以及如何過每一天的生活。我們必須對世界有所貢獻，而不只是一味汲取。你知道，大衛……」她在說出他的名字時，整個語調亮了起來。「……幾乎把所有錢都捐給了慈善事業。在他的引導下，我們也正在這麼做。能夠將東西給予有需要的人，對我們的靈魂有很大的益處。我們以前的生活方式太浪費了。根本大錯特錯。你明白嗎？現在，有了大衛在這裡帶領我們，我們可以開始導正並且回到平衡。」

我花了一點時間來理解剛剛這些話的全部意涵。

「所以，他們會留下來，」我終於開口。「永遠留下來？」

「對，」她帶著微笑回答。「是的。希望如此。」

「然後，我們很窮？」

「不。我們不窮，親愛的。我們現在沒有任何負擔。我們很自由。」

24

莉比、米勒和蒂朵把屋子從上到下地徹底搜了一遍，尋找神秘襪男進入屋內的可能路徑。屋子後方有一扇大玻璃門，外面是可通往花園的石階。這扇門的固定螺栓設在屋內，而且是鎖上的，當他們嘗試打開時還變形了。門和門框間的縫隙攀生著層層厚實的藤蔓，顯示已經好幾個星期甚至有好幾年沒有被打開過。

他們試著推推灰塵滿布的上下拉窗，全都是鎖住的。也搜遍每一個隱蔽的暗處角落，看看是否有密門。

他們逐一試了莉比手上那串鑰匙，總算找到開玻璃門的那把。但是，門依然紋風不動。米勒透過玻璃看著門外下方。「還有一個掛鎖，」他說，「在門外面。妳那串鑰匙裡有小把一點的鑰匙嗎？」

莉比找出最小的那把，遞給米勒。

「介意我弄一塊玻璃出來嗎？」

「弄出來？」她說。「用什麼弄？」

他向她展示了他的手肘。

她縮了一下。「請自便吧。」

他用破爛的印花窗簾布減輕撞擊的衝擊力。玻璃碎裂，不多不少地掉下兩塊碎片。他將手臂伸過那個破口，用小鑰匙轉開掛鎖。終於，門打開了，扯開了叢生的藤蔓。

「就是這裡，」米勒大步走到草地上。「這裡就是那些藥草的種植地。」

「殺死莉比父母的那些？」蒂朵問。

「對。顛茄。又稱死亡之影。警察在這裡發現種了一大欉。」

他們走向花園深處，高大的金合歡形成了陰涼的遮蔽樹蔭。下面擺了張隨著樹影曲折的長椅，面向房屋後方。即使現在是二十多年來倫敦最炎熱的夏天，椅面仍顯得潮濕生黴。莉比將手輕輕放在扶手上。她可以看見瑪蒂娜．藍柏在陽光明媚的早晨坐在這裡休息，望著鳥兒在空中穿梭，一隻手拿著杯茶，就靠在她現在碰觸的地方。她想像著瑪蒂娜的另一隻手輕輕撫著突起的腹部，在感覺到裡頭的胎兒踢著腳轉動時露出了微笑。

然後，她想著一年之後，瑪蒂娜在晚餐時服毒，毫無緣由地死在廚房的地板上，留下樓上孤伶伶的新生兒。

莉比抽回她的手，突然轉身看著屋子。

從這裡，他們可以看到橫跨了客廳後方的四個大窗戶。第二層是另外四個較小的窗戶，每間臥室兩個，正中央則有另一扇小窗剛好位於樓梯平台的頂端。在那上面是八個帶著窗簷的狹長窗戶，閣樓的每間臥室各有兩扇，浴室所在的位置則開了一個很小的圓形窗。再往上是平面屋頂，三根煙囪和藍天。

「快看！」蒂朵踮起腳尖，瘋狂地比劃著。「看！那是梯子嗎？逃生梯？」

「哪裡？」

「那裡！看哪！就藏在那根煙囪後面，紅色那根。妳看。」

莉比看到了，有個金屬物反射著光芒。她的目光跟著它往下到了某個磚製平台，接著到了突起的窗簷，然後是一條橫貼著房屋牆面的水管，離一小段距離可以跳到庭院的圍牆頂端，再向下踩著某個混凝土掩體，最後抵達地面。

她轉過身。對著原本身後那片沿著庭院圍牆叢生的茂密樹叢。她試著找出一條明顯的路徑，用腳尋覓著雜草間比較光禿裸露的地面。她的衣服和頭髮上都沾滿了長年密佈的蜘蛛網。但是她持續前進。她心中有著定見，她知道自己在找什麼。盡頭是一扇破舊的深綠色木頭門，半遮掩著，通向鄰居的庭院底端。

米勒和蒂朵跟在她身後，越過她看著那扇木頭門。她用力把門推開，望著鄰居的庭院。庭院裡雜草蔓生且未經整理。草坪中間是個破敗的日晷，和佈滿塵土的鋪石小徑。沒有其他家具擺設，沒有遊戲器具。而就在主屋旁邊，有一條似乎從這裡直接通往外面街道的小路。

「我知道了，」她說，摸了摸看來是被剪線鉗直接剪開的掛鎖。「你們看。不管是誰在那棟屋裡，應該就是從這扇門進來，穿過花園，跳上那個混凝土的高台——」她領著他們回到花園這一邊，「——爬上圍牆，踩著排水管上到那個突起的平台，看到了吧，就是上面那裡，然後再往上攀到窗簷，接著就到屋頂和梯子那邊了。現在，我們只需要弄清楚梯子會通到屋子哪裡。」

她看著米勒。他回看著她。「我沒什麼運動細胞，」他說。

於是她看向蒂朵，這位小姐鼓起雙頰：「喔，別鬧了。」

他們回到屋子裡，到了閣樓房間。在那裡發現走廊天花板上有一小扇木製活板門。米勒把莉比抬到肩膀上，讓她把門推開。

「看見什麼嗎？」

「灰撲撲的通道。還有另一扇門。把我再推高一點。」

米勒咕噥了一聲，用力推了一把。她撐著木板，讓自己爬進通道。裡面的溫度很高，她可以感覺到衣服因汗水緊貼在身上。她緩慢地沿著通道前進，推開下一個活板門，炫目的陽光迎面而來。此刻她在屋頂平台上，有幾盆枯死的植物，還有兩把塑膠椅。

她將手扶在臀後，俯瞰周圍風景：前方越過那條暗黑色的河道，是沐浴在陽光下，綠意盎然的堤岸花園。在她身後，可以看到密密麻麻的交錯街道，一路延伸至國王路；還有人潮眾多的露天酒吧，各戶人家的後花園和停車格點綴其間。

「妳看到什麼？」她聽到蒂朵在下面吼著。

「一切，」她說，「我什麼都看到了。」

25

馬可瞇起眼睛看著露西。「為什麼我們不能跟？」他說。「我不懂。」

露西嘆了口氣，對著小手鏡調整著眼線。「沒有為什麼，好嗎？他幫了我一個大忙，他說希望我一個人去，所以我就一個人去。」

「萬一他傷害妳呢？」

露西忍著不發抖。「他不會傷害我的，好嗎？儘管我們的婚姻關係很痛苦，但我們已經離婚了。事情都過去了。人是會改變的。」

她說這些謊時，無法正眼看著她的兒子。他會在她的眼中看到恐懼。他會知道她要去做什麼。而他不明白她為什麼非得這麼做，因為他不知道她的童年經歷，不知道她二十四年前逃離了什麼。

「妳需要一個暗號，」馬可下了指令。「我會打電話給妳，如果妳害怕的話，就回我說，**費茲還好吧**？這樣妳懂嗎？」

她點點頭，微笑。「好。」她把他拉到身邊，親親他的耳朵後面。他任她這麼做。

幾分鐘後，史黛拉和馬可站在廚房裡目送她離開。

「妳看起來好漂亮，媽媽。」史黛拉說。

露西感覺沉重。「謝謝妳，寶貝，」她說。「我大概四點回來。我會帶回我們的護照，我們可以開始計劃前往倫敦的旅行。」她燦爛地露齒而笑。史黛拉抱住她的腿。過了一會兒，她拉開史黛西，頭也不回地出發了。

費茲的狗屎還在那裡。蒼蠅數比之前多上兩倍。這景象莫名地令她感到安心。

邁克開了門；頭上戴著墨鏡，穿著寬鬆的短褲和一件明亮的白色T恤。他從她手中拿走那袋雜貨，裡面有她在來的路上順道買的番茄、麵包和鯷魚，然後湊過來親吻她的雙頰。露西聞到啤酒的味道。

「妳看起來是不是很美？」他說。「哇喔。進來吧，進來。」

她跟著他走進廚房。流理臺上有兩塊擺在料理紙上的牛排，銀色酒桶裡放著一瓶酒。他正用無線音響聽著紅髮艾德的歌，看起來心情很好。

「讓我幫妳倒一杯酒，」他說。「妳想喝什麼？琴湯尼？血腥瑪麗？葡萄酒？啤酒？」

「啤酒，」她回答，「謝謝你。」

他遞過一瓶沛羅尼啤酒，她喝了一小口。光這第一口，感覺酒精已經直衝腦門，她意識到自己應該好好吃完早餐再來。

「乾杯。」他拿著酒瓶向她示意。

「乾杯。」她應和著。檯子上有一碗他最愛的波浪薯片，她趕緊吞下一大把。她需要夠清醒好控制場面，但得夠醉才能忍受她來這裡所要完成的事情。

「那麼，」她在一個抽屜裡找到砧板，在另一個抽屜裡找到一把刀，然後從購物袋裡拿出番茄。「你的寫作進展如何？」

「老天，別問，」他翻了個白眼。「這麼說吧，不算是很多產的一週。」

「我猜有時就會這樣，不是嗎？要有靈感。」

「嗯哼，」他說，遞給她一個盤子。「某方面來說是。另一方面，所有真正最棒的作家都不會因此放棄。就像只因為下雨就決定不去慢跑，這只是藉口。所以，我得加倍努力。」他對她微笑，有那麼一刻，他看起來幾乎是真的很謙遜、很真誠，有那麼一刻，她想著也許今天不會像她預想的那樣發展，他們只會好好吃個午餐、聊聊天，然後他會把護照給她，除了在家門口抱她一下，別無其他。

「有道理，」她說，感覺到邁克家那把極鋒利的刀像切奶油一樣滑過柔軟的番茄。「我想，就像任何其他工作一樣。你就是得面對，然後完成它。」

「沒錯，」他說，「完全正確。」他喝下手中啤酒的另一半，將空瓶丟進回收桶。再從冰箱裡拿出另一瓶，也拿了一瓶給露西。她搖了搖頭，給他看了還很滿的酒瓶。

「快把它喝完，」他說。「我還冰了一瓶很棒的桑塞爾白酒，是妳最喜歡的。」

「抱歉，」她說，將酒瓶放到嘴邊。「我已經很久沒喝酒了。」

「是嗎？」

「不是刻意的，」她回答。「只是沒錢喝。」

「好吧，那咱們就把這個當作是讓露西解除酒禁的任務吧，如何？來吧。喝乾它。」

就是這樣，聽起來好像很友善，但遊走在語帶威脅的邊緣。不只是隨意的請求，而是命令。

她帶著微笑，喝下一大半酒。

他專注地看著她。「乖女孩，」他說，「乖女孩。還有一些。」

她堅強地笑著，仰頭一乾而盡，喝得速度太快，差點兒嗆到。

他露出鯊魚般的笑容，對著她說，「乖女孩。**真是個乖女孩**。」

他拿走她手中的空酒瓶，轉身從櫥櫃裡取出兩個酒杯。「我們過去那裡？」他朝通往後院花園的門示意。

「先讓我把這個處理完。」她比著切了一半的番茄。

「待會兒再說，」他下了指令。「先喝一杯。」

她抱著那碗薯片和她的手提包，跟著他走到露台。

他倒了兩大杯酒，將其中一杯推向她。他們再次互相敬酒，然後他雙眼直直地盯著她。「現在，露西．盧，說吧，把一切都告訴我。過去這十年，妳都在做什麼？」

「哈！」她的聲音尖銳。「你要我從哪裡開始說？」

「從讓妳生了個女兒的那個男人開始如何？」

露西緊張得七上八下。從邁克將目光看向史黛拉那一刻起，她就知道他會一直想著她是否有和另一個男人上床。

「哦，沒什麼可說的，」她說，「真的。就是場災難。但是我生了史黛拉。所以，就是你現在看到的這樣了。」

他往前朝她傾身，淡褐色的眼睛直盯著她。他在微笑，但眼神裡沒有笑意。「不，」他說。「我還是毫無頭緒。他是誰？妳在哪裡認識他的？」

她想著正在這房子某處的護照。她無法承擔讓他生氣的後果。她無法告訴他史黛拉的父親是她一生的摯愛，是她遇過最美好的人，他是位技藝精湛的鋼琴家，他彈奏的音樂會令她落淚，還有他讓她傷透了心，從三年前最後一次見他到現在，她仍然抱著破碎的心。

「他是個渾球，」她說，停下來喝了一大口酒。「就只有臉長得好看，他是個腦袋空空的罪犯。連我都為他感到丟臉。他配不上我，當然更不配當史黛拉的父親。」她直視著邁克的眼睛，語氣堅定地說了這段話，他完全不知道她其實在形容他。

這樣的描述似乎讓邁克感到滿意。他的笑容變得柔和，再次顯得真誠。

「那個蠢蛋現在在哪裡？」

「他跑了。回到阿爾及利亞。傷了他媽媽的心。她把錯都怪到我身上。」她聳了聳肩。「說真的，不管怎樣，他哪天還是會讓她失望的。他總是會讓所有人失望。他就是那種人。」

他再次傾身向她。「妳愛他嗎？」

她輕蔑地哼了一聲。「老天，」她說，腦袋裡想的對象仍是眼前的邁克。「完全不愛。」

他像是讚許她般地點點頭。「還有其他對象嗎？這些年來？」

她搖了搖頭。這是另一個謊言，但是講起來比較沒那麼困難。「沒有，」她說。「一個都沒有。我成天忙著掙錢餬口養兩個小孩。就算真遇見哪個對象，也沒戲唱，你懂的。這是根本問題。」她聳聳肩。

「是的。我能理解。而且，露西，」他認真地看著她，「妳知道，任何時刻，只要妳開口，我一定會幫忙。儘管開口就是。」

她憂傷地搖搖頭。

「唉。我懂。妳就是太驕傲了。」

這與事實相去甚遠，讓人覺得可笑，但她還是點了點頭。「你非常了解我。」她說。他笑了。

「在很多方面，我們實在非常糟糕，完全表現出人類的劣根性。我的意思是，天啊，還記得我們曾經做了什麼嗎？老天，我們根本就瘋了！但是從其他方面來看，我們過得真的他媽的棒極了，不是嗎？」

露西露出笑容，點了頭，但她實在無法開口說是。

「也許我們應該更努力嘗試。」他說，幫自己的杯子加滿酒，然後也添滿露西的酒杯，儘管她才喝了兩口。

「生活有時候就是這樣。」她無意義地回應。

「妳說的沒錯，露西，」他表現得彷彿她剛說了什麼發人深省的話。他喝了一大口酒，接著說，「跟我說說我的男孩。他聰明嗎？擅長運動嗎？」

他的個性是不是很好？她在心中默默地問。**心地很善良？把妹妹照顧得很好？讓我很安心？他身上是不是很好聞？會唱歌？總是能畫出美麗的人物肖像？他是否應當有更好的人當他母親，並且擁有比我所能給他的更好的生活？**

「他很聰明，」她回答。「數學和理科都在水準之上，語文、藝術和英語則表現突出。嗯，運動不是他的強項。他不喜歡運動。」

她平靜地看著他，注意著他是否感到失望。但是他似乎能接受現實。「你不可能什麼都要拿第一，」他說。「那男孩長得很好看。有喜歡的女孩子嗎？」

「他才十二歲。」露西有些沒好氣地說。

「夠大了，」他說。「上帝啊，妳該不會認為他可能是同性戀，會嗎？」

她很想把酒直接扔到邁克臉上，拂袖而去。但相反地，她說，「誰知道呢？並沒有這樣的跡象。我要說的是，他現在還沒有很關心這類事情。不管怎樣，」她改變話題，「我可能該去準備麵包沙拉了。得在我們要吃之前，讓醬料浸得夠久。」

她站了起來。他跟著起身說，「我也該去準備烤肉。」她準備朝廚房前進，還沒來得及走開，他抓住了她的手，讓她轉過身面對著他。現在才剛過一點半，她已經可以看出他的眼神迷茫，無法聚焦。他把手放在她的臀部上，將它們拉向他。接著，他撥開她耳邊的頭髮，緊貼著她的耳朵輕聲說，「我當時根本不應該讓妳離開。」

他的唇短暫地掠過她的唇，然後他輕拍了拍她的屁股，看著她走進廚房。

26

切爾西大宅，一九九〇年

在我媽媽對我坦承大衛要我們把所有的錢都捐給慈善機構，並且他將永遠和我們同住之後不久，我看到他親吻了柏蒂。不管從哪個角度來看，這件事都讓我很不舒服。

首先，如你所知，我覺得柏蒂長得很討人厭。想到她那硬薄的小嘴唇緊貼著大衛寬厚的嘴，他的手放在她沒什麼肉的屁股上，她粗野地伸著舌頭在他倆黏答答合在一起的嘴裡和他的舌濕熱交纏。**噁**。

其次，我是個守舊派，通姦這種事嚴重違反我崇尚的核心價值。

再者，嗯，糟糕的倒不是這件事真的對我形成立即的衝擊。畢竟我不經意看到的這一幕到底代表什麼，也還不明確。只是看到大衛和柏蒂在一起，我直覺地感到一陣恐懼，像是打從心底知道，他們對彼此帶來的影響最好被永遠埋葬。

事情發生在星期六早晨。薩莉出門去某個電影製片廠擔任攝影。賈斯汀在市場擺攤賣他的藥草。我父母穿著睡袍坐在花園裡，看著報紙，喝著馬克杯裝的茶。我睡到八點半，對我來說算很晚了。我一直是個早起的人；即使在我十多歲時，也很少睡到九點以後。我睡眼惺忪地走出房間，看見他們兩個人在大衛房門口依依不捨。她穿著棉布睡衣。他則罩著黑色睡袍，腰間繫了腰帶。她的腿夾在他兩膝間，鼠蹊部緊貼。他一隻手撫著她蒼白、正發出低吟聲的喉嚨。她則將一隻手放在他的左臂上。

我立刻退回自己的房間，心臟劇烈跳動，整個胃像是被翻轉過來。我用雙手抓著喉嚨，試著平息那股噁心和恐懼。我用氣音幾乎無聲地發出幹這個字。然後清楚地再說了一遍。過了一會兒，我稍稍將門推開，他們已經離開了。我不知道該怎麼辦。我需要跟別人談談這件事；我得告訴菲恩。

菲恩輕輕撥開遮住他臉龐的金髮。實在很誇張，他進入青春期後變得更好看了。才十四歲就已經有六英尺高。就我所知，他甚至從來沒長過青春痘。如果他有，我會注意到的，老實說，研究菲恩的臉是我的嗜好。

「我需要和你談談，」我對著迎面走來的他急切地開口。「真的非常、非常重要。」

我們走到花園盡頭，那裡有張沐浴在早晨陽光下的彎曲長椅。滿園花葉盛開的樹叢，遮蔽了從屋裡往外看見我們的視線。我們面向彼此。

「我剛剛看到了一件事，」我說。「真的、真的很不妙的事。」

菲恩瞇著眼睛瞅著我。我看得出來他以為我只是要說我看到貓偷吃奶油盤裡的東西，或是啥同樣幼稚而無謂的事。他顯然並不相信我對於傳遞所謂驚天大消息的能力。

「我看見你爸，跟柏蒂……。」

懶散而不耐煩的表情出現了變化，他警戒地看著我。

「他們從柏蒂和賈斯汀的房間出來。而且他們在接吻。」

這些話讓他有些震驚。我成功地吸引了他的注意力。過了整整兩年，菲恩終於正眼看我。

菲恩的下巴抽搐。「你他媽的在騙我嗎？」他幾乎是咆哮著問。

我搖頭。「我發誓，」我說。「親眼所見。就在剛剛。大約二十分鐘前。我發誓。」

我看到菲恩的眼中瞬間滿是淚水，他試圖強迫它們消失。曾有人說我缺乏同理心。這恐怕有點道理。我從來沒想過菲恩會對這件事感到難過。震驚。是的。可能也會憤怒或覺得噁心。但不會難過。

「對不起，」我說。「我只是……。」

他搖搖頭。美麗的金髮掠過他的臉龐後散開，露出心碎但故作堅強的冷酷表情。「沒事，」他說。「我很高興你告訴我。」

一陣沉默。我想不出能做什麼。我讓菲恩注意到我了。但我讓他傷心了。我看著他擺在腿上那雙緊握的曬黑的大手，我想握住那雙手，輕輕撫摸，放在我的唇上，用吻撫平傷痛。我感到自己體內從最底層升起一股強烈的生理慾望，一種痛苦的渴望。我趕緊將視線從他的手移到我赤腳踩踏著的地面。

「你會告訴你媽媽嗎？」我總算開口。

他搖了搖頭。頭髮又垂了下來，讓我看不見他的臉。

「這會殺了她。」他言簡意賅地說。

我點點頭，彷彿我能理解他的意思。但實際上，我不懂。我才十三歲。很幼稚的十三歲。

我知道看到柏蒂和大衛穿著睡衣卿卿我我的景象讓人不舒服。我知道一個已婚男人親吻一個不是他妻子的女人應該是不對的。但是我無法推斷除了我自己之外的那些感覺。無法想像別人對此會有什麼想法。我真的不明白為什麼只因為她丈夫親了柏蒂，薩莉就會想死。

「你會告訴你妹妹嗎？」

「我去他的不會告訴任何人，」他厲聲說。「拜託。你也不可以。我是認真的。不要告訴任何人。除非我跟你說，否則不要做任何事。懂嗎？」

我再次點點頭。這件事非我能力所能理解，我很樂於跟隨菲恩的指示。

屬於我的時刻已經遠離，我能感覺到。我看得出來菲恩準備起身回去屋裡，我會獨自被留在這裡，坐在長椅上盯著屋子後方，體內依舊激動萬分，揣著那些渴求和慾望和滾燙的生理本能。而我很清楚，儘管經歷剛剛的事，我們即將回復原狀，回到相敬如賓的原點。

「我們今天出去晃晃吧，」我幾乎快喘不過氣地說。「一起做點什麼。」

他轉過頭看著我，然後開口，「你有錢嗎？」

「沒有。我可以設法弄一些來。」

「我也可以想點辦法，」他說。「我們十點鐘在大廳見。」

他起身離開。我看著他離去，看著他T恤下挺直的脊梁、寬闊的肩膀，他的大腳踩在地上，美麗的頭頂上籠罩著那個悲劇。

我在爸爸的巴布爾(Barbour)風衣口袋裡找到一些銅板。再從我媽媽的錢包裡拿了兩英鎊。我梳了下瀏海，套上幾週前媽媽從牛津街一家廉價商店幫我買的拉鍊式運動外套，這比我以前從哈洛德百貨或彼得．瓊斯貨買的衣服要好穿一百倍。

菲恩坐在樓梯腳邊他的老位子上，手裡拿著一本平裝書。直到今天，當我想起菲恩時他都是這個模樣——只除了在我的幻想裡，他會放下書本抬頭看著我，因為我的出現而雙眼發亮，露出微笑。在現實中，他通常無視我的存在。

他慢慢起身，小心翼翼地看了周遭一眼。「可以走了。」他示意要我跟著他穿過大門。

「我們要去哪裡？」我氣喘吁吁地追著他問。

他往路邊走去，舉起手臂叫車。計程車停下來讓我們上車。

我說，「我沒錢坐計程車。我只有兩英鎊五十分錢。」

「別擔心。」他冷靜地說。他從夾克口袋裡掏出一捲十英磅的鈔票，對我揚起一邊眉毛。

「老天！你從哪裡拿的？」

「我爸偷藏的私房錢。」

「你爸有私房錢？」

「對。他以為沒人知道。但是我什麼都知道。」

「他會發現錢少了嗎？」

「可能會，」他說。「也可能不會。反正不管怎樣，他都沒辦法追查是誰拿走了。」

計程車將我們送到肯辛頓大街。我仰頭看著正前方的建築物：狹長的立面，上方有十二個拱形窗戶，上頭用鍍金字母寫著「肯辛頓市集」。從入口處傳來重金屬類、刺耳嘈雜的樂聲。我跟著菲恩走進去，發現自己置身在超級擁擠、通道錯綜複雜的空間裡，每個區塊都分隔成很多家小店，迎面而來的男女個個眼神迷茫，打扮得形形色色，有畫著粗黑眼線的、穿著龜裂皮衣的、唇色發白的，又或者是雪紡紗裙、網襪、鉚釘上衣、厚底鞋、鼻子或臉上穿了環的、脖子上戴著狗項圈的、梳著大鬈髮、披著打摺外套、復古襯裙、漂染髮色、粉紅格紋上衣、套著塑料高筒靴、尖頭靴、棒球外套、鬢角男、蜂窩頭、隆重晚禮服、黑色唇膏、鮮豔紅唇、嚼著口香糖的、啃著培根捲的、翹著塗成黑色指甲的小指拿著花茶杯喝著茶的、還有穿著鉚釘皮帶手裡捧著隻雪貂的傢伙。

每家店都播放著自己的音樂；因此當我們沿路走過時，感覺就像不斷在切換廣播頻道。菲恩摸著沿途經過的各式商品：老式的棒球外套、一件背面繡著「比利」字樣的柔軟保齡球衫、一座唱片架、一條鉚釘皮帶。

我什麼都沒碰。我嚇壞了。我們經過的下一間店焚香繚繞。一個有著白髮和白皮膚的女人坐在外面的凳子上，抬頭用冷冷的藍眼睛盯著我，看得我提心吊膽。

再下一個攤位，有個女人的膝上抱著個嬰兒。我很難想像這會是個適合小嬰兒的好地方。

我們在這個奇特空間的走道間晃蕩了一個小時。然後在頂樓一家怪異的咖啡店買了培根捲和濃茶，觀看著人群。菲恩幫自己買了條黑白相間的印花圍巾，類似撒哈拉沙漠裡男人們會圍的那種，還有幾張我從未聽過的單曲黑膠唱片。他試圖說服我讓他幫我買一件上面印著蛇和劍的黑色T恤。我拒絕了，儘管有一部分的我其實還蠻喜歡它的。他試穿了一雙有著橡膠厚底的藍色麂皮鞋，他說這種鞋被暱稱為妓院常客用鞋。他在全身鏡前照了下自己的臉，將瀏海撥開，扭了個捲翹的弧度，讓他看起來瞬間成了某個一九五〇年代的偶像，蒙哥馬利・克利夫特 (Montgomery Clift) 與詹姆斯・迪恩 (James Dean) 的綜合體。

我買了一條有著銀色公羊頭的花邊領帶。要價兩英鎊。一個龐克牛仔風的男人幫我把它裝進紙袋。

大約過了一個小時，我們再次回到尋常的星期六早晨街頭，路上人們忙著進行家庭採買，絡繹不絕地上下公車。

我們走進一英里外的海德公園，坐在長凳上。

「看。」菲恩說，攤開了右手掌。

我低頭看到一個皺巴巴的透明小袋子，裡面有兩個方形小紙片。

「那是什麼？」我問。

「那種玩意兒。」他回答。

我聽不懂。

「迷幻藥。」他說。

我聽說過迷幻藥，是一種毒品，跟嬉皮和幻覺有關。我瞪大眼睛，「啊。但是你怎麼……？為什麼？」

「跟唱片店裡的傢伙買的。他主動跟我說他有。不是我問他的。我猜他以為我的年紀夠大。」

我盯著那個小袋子裡的方形小紙片。那東西代表的意思在我腦海中打轉。「你該不會要……？」

「不會。至少不是今天。也許挑其他時間？等我們在家時？你要跟嗎？」

我點了頭。只要能讓我跟他待在一起，什麼我都跟。

我們在可以俯瞰公園的豪華飯店裡點了三明治。三明治被擺在有著銀色飾邊的盤子上送上桌，配上了刀叉。我們坐在一扇大窗戶旁，我好奇著我們在別人眼中的模樣：一個高大英俊的男孩，以及一臉稚氣、穿著破舊運動外套的矮個子朋友。

「你想大人們現在在做什麼？」我問他。

「我才懶得管。」菲恩說。

「他們可能已經報警了。」

「我有留紙條。」

「哦，」我對於他這麼有規矩驚訝。「上面寫什麼？」

「我說我和亨利要出門，一會兒回來。」

我和亨利。我的心翩翩起舞。

「你們在布列塔尼發生了什麼事？」我問。「為什麼你們要離開？」

他搖著頭。「你不會想知道的。」

「不，我想知道。發生了什麼事？」

他嘆了口氣。「是我父親。他拿了不是他的東西。他的說法是，喔，你懂的啊，我以為我們該分享一切，但那東西其實是那個家庭的傳家之寶。價值約一千英鎊。他就這樣把它帶進城裡賣掉了，然後謊稱有看見『某人』闖進來偷了它。自己把錢藏了起來。那個家庭的父親循線查出了真相。東窗事發。我們第二天就被趕走了。」他聳了聳肩。「當然也還有其他狀況。但這是主要原因。」

我突然明白為何他對於拿他爸爸的錢不感到內疚。大衛聲稱自己透過健身課賺了很多錢，實際上，你可以算算你能從一群每週兩次聚在教堂裡的嬉皮身上賺到多少錢？他可能已經偷偷賣掉很多我們的東西？他已經成功洗腦我媽媽，讓他負責處理我們家的財務。說不定他是直接從我們的銀行帳戶裡提錢。而我媽媽還以為這些錢是要送去慈善機構幫助窮人。

我對於大衛．湯森的所有疑慮開始逐漸成為可怕而具體的事實。

「你喜歡你爸嗎？」我把玩著放在盤子側邊的水芹，開口問他。

「不，」他明快地說。「我鄙視他。」

我點點頭，放下心來。

「你呢？」他說。「你喜歡你爸爸嗎？」

「我爸爸很軟弱。」我回答，內心很清楚確實是這樣。

「人都是軟弱的，」菲恩說。「這是整個世界共通的大麻煩。人們過於軟弱，無法好好地愛。又太軟弱，而不敢犯錯。」

這個說法有力到令我屏息。我立刻知道這是我聽過的最真實的道理。所有壞事發生的根源都來自於人的軟弱。

我看著菲恩從那捲鈔票上抽出兩張十英鎊來支付昂貴的三明治。「真的很抱歉我沒辦法還錢給你。」我說。

他搖了搖頭。「我爸爸將要奪走你擁有的一切，毀了你的人生。這是我至少可以做的。」

27

莉比、蒂朵和米勒將身後的屋子鎖上，前往酒吧。那是莉比剛剛在屋頂上看到的其中一間。店內人潮擁擠，但他們在露天座位區找到一張高腳桌，然後從其他桌邊拉了凳子。

「你們覺得是誰？」蒂朵說，她用吸管攪拌著她的琴湯尼。

米勒回答，「不是遊民。裡面的東西不夠多。對吧。如果他真的住在那裡，應該會有更多東西。」

「你覺得他只是偶爾過來？」莉比說。

「這是我的猜測。」

「所以星期六我在屋裡的時候，有人也在那裡？」

「那也是我的猜測。」

莉比一陣哆嗦。

「妳們聽聽看，」米勒說，「這是我的想法。妳是一九九三年六月左右出生？」

「六月十九日。」她說出這個日期時，心中湧起一股寒意。誰知道呢？也許，這根本是編出來的。社福機構幫她決定的？還是領養她的養母？她感覺對於自己出身的認知開始崩解，充滿了不確定。

「很好。妳的兄姊在妳出生時已經是青少年，他們應該知道妳的生日。那麼，假設他們知道這棟房子被託管到妳滿二十五歲那天將會交給妳，他們可能就想回到房子裡。為了見妳一面……。」

莉比倒抽了一口氣。「你的意思是，你認為那個人可能是我哥哥？」

「是的，我想可能是亨利。」

「但是，如果他知道是我，而他也在那裡，在屋裡，他為什麼不下來找我？」

「這個嘛，我不知道。」

莉比拿起酒杯，輕碰了下嘴唇後再次放下。「不，」她加重力道地說。「這沒有道理。」

「也許他不想嚇到妳？」蒂朵提出她的看法。

「他不能留個訊息給我嗎？」她說。「或者他可以聯繫律師，讓他們知道他想見我？相反地，他寧願像怪胎一樣躲在閣樓裡。」

「好吧，也許他**確實**是個怪人？」蒂朵說。

「你有關於他的其他資訊嗎？」莉比詢問米勒。「除了他是我哥哥這件事之外？」

「說真的，什麼都沒有，」米勒說。「我知道他在三歲到十一歲間就讀波特曼預備學校。他的老師說他是一個聰明的男孩，但是有點自以為是。他沒有交到什麼好朋友。他在一九八八年離開，取得了肯辛頓的聖澤維爾學院入學許可，但後來沒有入學。那是關於他的最後一個消息。」

「我實在無法理解，」莉比說。「他潛伏在周遭，穿過密道和樹叢溜進屋裡，然後在明知道我就在樓下的情況下躲在閣樓裡。你**很確定**是亨利？」

「嗯，不，我當然不確定。但是還有誰會知道妳會出現在那裡？又還有誰會知道如何潛入屋內？」

「他們其中一個，」她回答。「也許是其他人當中的某一個。」

28

趁著邁克被繞著他盤子打轉的蜜蜂分散注意力時，露西看了看手機上顯示的時間。他拿餐巾朝蜜蜂拍打著，但牠還是不斷地飛回來。

已經快三點了。她想在四點時回到家。她需要護照，但心裡明白一旦開口，就會加快前往邁克的床上這個必然過程。

她開始整理餐盤，「讓我們趕緊把這些東西收一收，好擺脫這些煩人的朋友。」

他目光呆滯，感激地對她微笑。「好，」他說。「好主意，順道也來點咖啡。」

她領頭走進廚房，開始操作洗碗機。咖啡機磨豆時，他盯著她看。「妳的身材真的保持得不錯，露西，」他開口。「以一個有了兩個小孩的四十歲媽媽來說還不賴。」

「三十九歲。」她擠出微笑，把兩根叉子放進餐具籃。「但是謝謝。」

氣氛很僵，有點冷場。對於接下來要發生的事，實在拖的太久了。他們喝得太多、吃得太多，在花園懶洋洋的空氣裡坐得太久。露西開口，「我得趕緊回去孩子們身邊。」

「哦，」邁克輕聲說。「馬可是個大男孩。他可以再照顧他妹妹一會兒。」

「是的，當然。但是我不在史黛拉身邊時，她會有點焦慮。」

她看到他的下巴抽動了一下。邁克不喜歡聽到別人的脆弱。就是不想聽。「所以，」他嘆了口氣，「我想妳想要護照，對嗎？」

「是的，拜託你。」她的心臟在肋骨下狂跳，連自己的耳膜深處都感覺得到。

他抬起頭對她微笑。「不要這麼急著離開，好嗎？」

他走去他的書房，她可以聽到他打開和關上抽屜的聲音。過了一會兒，他回來了，手裡拿著裝護照的毛氈束口袋。他朝她揮舞著。

「如果我不守信用，我就什麼都不是。」他說著，眼睛直盯著她地慢慢走向她，在他前方晃著那個毛氈袋。

她不知道他想要做什麼。他希望她從他手上把護照搶走嗎？追逐他？到底要做什麼？

她緊張地微笑。「謝謝。」她說。

然後他站著，靠在她身上，她的下背部緊靠在廚房流理台邊，他的手緊抓著那個毛氈袋，嘴巴朝著她的頸項靠過去。她感到他的嘴唇緊貼著她的喉嚨。她聽到他呻吟。

「哦，露西、露西、露西，」他說。「老天，妳聞起來好香。妳摸起來是這麼……」他在她身上磨蹭。「棒透了，妳……。」他再次呻吟，嘴貼到她的嘴，然後她也回吻了他。這是她來這裡的理由。她來這裡是為了操邁克，現在她即將要這麼做，她以前曾經操過他，現在她可以再這麼做，她做得到，特別是如果她假裝他是她愛的人，甚至假裝他是個陌生人，那麼是的，她做得到，她可以。

她讓他的舌頭伸進嘴裡，用力地、緊緊地閉上眼睛。他的手從背後將她抬高，把她抬到了流理台上，他握住她的腿，纏繞在自己身上，他的手用力抓住她的腳踝，這讓她有點畏縮，但她並沒有停下來，她要繼續下去，因為這就是她來這裡的目的。在他們後面，咖啡機冒出嘶嘶聲。她敲到一個空杯，杯子滾過檯面，撞到水壺側面而碎裂。她試圖將手從碎玻璃上移開，但邁克把她推得離玻璃更近，他的手拉起裙子，並尋找她內褲的褲頭。她想移動，遠離玻璃碎片，但她不想停止正在發生的事情，她需要讓這件事情發生並完成，這樣她就可以穿好她的內衣，拿走護照，回到孩子們的身邊。她試著集中注意力幫他脫下自己的內衣，但是她感覺到下背部下面的玻璃碎片刺入她的肉。她再次試著用點力讓自己離檯面遠一些，邁克突然往後抽身，說道：「該死的，妳就不能不要再他媽的避開我嗎？媽的。」然後他用力把她壓在流理台上，她感覺到玻璃杯刺穿了她的皮膚，她用力地向前挺身，並痛苦地大叫。

「媽的現在是怎樣？操！」

彷彿是慢速放映，她看到他的手朝著自己的臉揮來，然後感覺到自己的牙齒像是被狠狠打進腦裡，當他打她時，她的腦在頭顱內部劇烈震盪。現在有血，溫暖的血液從她的下背部流下來。「我受傷了，」她說。「看那。那邊有玻璃還有……。」

但是他不聽她說話。相反地，他再次把她推回檯面，玻璃刺穿了她背部另一處，然後他用手摀住她的嘴巴，進入了她。不應該是這樣的，應該要雙方都同意。她本來願意的，但是現在她受傷、流血，她可以聞到他手上烤肉的焦味，看到他滿臉怒意。她只是想要護照，想要他媽的護照，她並不想要這樣。她的手摸到一把刀，是她用來切番茄的刀，刀切開番茄表皮跟切奶油一樣，刀子就在這裡，就在她的手上。她把刀從側面沒入邁克的身體，插入他T恤下擺下方的空間中，柔嫩白皙的腹側，這地方的皮膚如孩童般，刀鋒可以輕易插入，在她幾乎沒注意到的時候就已經完成了這一切。

她看到他的眼神短暫地被困惑籠罩，然後了解到發生了什麼事。他從她身上退出，搖搖晃晃地向後退。他望著從他身體側面的洞噴出的血液，試圖用手遮住，但血一直在噴。「他媽的上帝，露西，妳他媽的做了什麼？」他睜大眼睛，難以置信地盯著她。「幫我，他媽的。」

她找出幾條茶巾，放到他手中。「用力壓著，」她喘著氣說，「壓住傷口。」

他拿起那些布製品壓住身側，她看到他的腿站不直了，整個人癱在地板上。她試著想幫他，但他把她推開。露西突然發現，邁克快要死了。她想著，如果自己現在打電話叫救護車，等他們到了這裡，問她發生了什麼事。她會說他強姦了她。現場有證據。還嵌在她背部的碎玻璃就是證據，他掉在腳踝邊的褲子也是證據。是的，他們會相信她，他們會的。

「我來叫救護車，」她對邁克說，他的雙眼茫然地凝視前方。「保持呼吸，繼續呼吸，我來打電話。」

她發抖著從皮包裡拿出手機，正準備按下第一個鍵的時候，她意識到：他們可能會相信她，但不會放她走。她會被留在法國，接受訊問；她得透露自己是非法居留，她在這裡沒有身分。她的孩子們會被帶走，而她的一切，所有的一切，都將可怕、迅速、如同噩夢般地分崩離析。

她的手指還停在手機螢幕上。她瞥了一眼邁克，他在發抖，血持續從他身邊四溢而出。她感到一陣噁心，別過臉去對著水槽，呼吸困難。「天哪、天哪、天哪。哦，上帝、上帝、上帝。」

她轉身，看著她的手機，看著邁克，她不知道該怎麼辦。然後她看到，生命正從邁克的身體抽離消逝。她以前看過，她知道那是什麼樣子，邁克死了。

「天啊。哦，上帝，哦，上帝。」她跌坐在地，摸著他的脈搏，毫無動靜。

她開始自言自語。

「好吧，」她說，站了起來。「好了。好好想想。誰知道妳在這裡？喬伊？他可能有告訴喬伊。但是他會告訴她露西．史密斯來了。是的，露西．史密斯。但這不是我的真實姓名，現在我甚至連露西．史密斯都不是。我是……」她用顫抖的手找到了那個小毛氈袋，拿出護照。她翻開來閱讀上面的文字。「我是瑪莉．維拉莉．克隆。沒錯。很好。我是瑪莉．克隆。是了。露西．史密斯不存在。喬伊不知道我住在哪裡。但是……。」

「學校！」她說。「邁克知道馬可在哪裡上學。他會告訴喬伊嗎？不，他不會告訴喬伊。當然不會。即使他說了，他們也只認識露西．史密斯，而不是瑪莉．克隆。史黛拉和馬可讀不同地方。除了我和薩米亞，沒人知道是哪一所學校。那麼，偽造護照的人呢？不會的，他們是隱姓埋名的地下犯罪組織，沒人會想到他們。啊，還有孩子們，他們知道我在這裡，但他們不會告訴任何人。好，沒問題的。」

她一邊說話，一邊踱步。然後她低頭看著邁克的屍體，她應該不管它嗎？留到明天早晨讓喬伊發現。還是應該搬動他，毀屍滅跡？把他的屍體藏起來？他是個大個子，要藏去哪裡？她無法完全藏起他，但可能可以爭取到足夠的時間讓她和孩子們抵達倫敦。

是的，她決定了，就這麼辦。她要把這裡清理乾淨，把他的屍體拉進酒窖。她會找一些東西蓋著。明天喬伊會來，但是會以為他出門去了。等到他的屍體開始發臭，她才會知道他失蹤了。到那時候，露西和孩子們早已遠離此處。每個人都會以為他是被來自他見不得人的黑社會往來的人給殺了。

她拉開水槽下面的櫥櫃，拿出漂白劑，打開一卷新的超強吸水廚房紙巾。

她開始清理。

29

切爾西大宅，一九九〇年

菲恩和我坐在房子的屋頂露台上。那是菲恩找到的地方。我根本不知道有屋頂可以上去。要到屋頂上，你得推開閣樓走廊天花板上的活板門，爬進低矮的隧道，然後再推開另一扇通往平坦屋頂的活板門，那裡可以看到河對岸的壯觀景色。

看來我們並不是第一個發現這個秘密的屋頂露台的人。那裡已經有一對破爛的塑膠椅，花盆裡有一些枯死的植物，還有一張小桌子。

我不敢相信我爸爸竟然不知道有這個好地方。他總在抱怨我們的花園朝向北方，讓他無法享受傍晚的陽光。這裡根本是個專屬綠洲，全日陽光普照。

菲恩一週前在肯辛頓市集拿到的那兩張方形紙片，裡面是由四個更小的方塊紙組成。每個小方塊上印著笑臉。

「如果我們感覺不對勁怎麼辦？」我問，自覺這麼問有點蠢。

「一人吃一半，」菲恩說。「先從這樣開始。」

我熱切地點點頭。其實我寧願不要吃，我真的不是那種人。但因為是菲恩。用父母親們會用的陳腔濫調教誨來形容的話，只要是他說的話，就算是要我跟著他一起跳下懸崖都沒問題。

我看著他吞下那個小紙片，他也看著我照做。今天的天空是水藍色的。陽光不是太強，但窩在這個藏身處，和煦的陽光照得我們的皮膚暖暖的。有好一段時間，藥物好像沒什麼特別作用。我們談論著眼前所見：在花園裡休息的人群、泰晤士河上怠速的船、河對岸的發電廠。約莫過了半小時，我放鬆了下來，這個藥顯然是假的，什麼也不會發生，我沒事。但接著，我感覺到皮膚下方的血液開始發熱；我望了眼天空，滿是珍珠白的線條在其間流動閃耀，盯的時間越長，就越發明亮。我意識到，天空根本不是藍色，而是數百萬種的炫麗色彩，它們融合在一起創造出了水藍色，天空狡猾地欺騙了我們，它其實比我們聰明得多了，事實上，也許所有我們以為是理所當然的一切存在，其實都比我們聰明，正在嘲笑我們。我看著樹上的葉子，質疑他們的綠色。那真的是綠色的嗎？我問自己。還是其實是眾多紫色、紅色、黃色和金色的微小顆粒聚在一起嬉鬧，笑著、轉著、嘲弄著。我看了看菲恩。我說，「你的皮膚真的是白的嗎？」

他看著他的皮膚。他說，「不。它是……」他看著我，大聲笑了起來。「我有鱗！看哪！我有鱗片！還有你！」他指著我捧腹大笑。「你有羽毛耶！噢，老天，」他說，「我們成了什麼啊？我們變成了別種生物！」

我們在屋頂上互相追逐了一會兒，發出動物的聲音。我撫摸著我的羽毛。菲恩則伸出他的舌頭。我們同時對於舌頭的長度感到震驚和敬畏。「你有我見過最長的舌頭。」

「那是因為我是蜥蜴。」他將舌頭捲進捲出。我緊盯著他的動作。當舌頭又冒出來時，撲過去咬住了它。

「噢！」菲恩伸手護住自己的舌頭，對我笑著。

「抱歉！」我說。「我是隻笨鳥。我以為那是一條蟲。」

我們停止大笑，倒在塑膠椅上，專注、出神地凝視著上方不斷旋轉的北極光，我們的手並排著垂在椅旁，指關節時不時相互碰觸，而每次當菲恩的肌膚碰觸到我時，我感覺他的生命力彷彿直透入我的表皮，他的活力滲入我的身體，我和他正在融成一體，這實在太、太誘人了，我需要將自己更深入他，直達核心地吸取他的所有精髓，我伸手握住他的手，他任由我這麼做，讓我與他十指交纏，我感到他整個人傾注到我體內，就像某次我們去運河船上，看著那個男人打開閘門的鎖，水從一處湧向另一處。

「看，」我轉頭看向菲恩。「那裡。你和我。我們現在是同一個人。」

「我們是嗎？」菲恩睜大眼睛看著我。

「是的，看。」我指著我們的手。「我們是一體的。」

菲恩點了點頭，我們就這麼坐了一段時間，我不知道到底多久，可能是五分鐘，也可能是一個小時，我們牽著手，盯著天空，迷失在因化學藥物誘發的奇幻綺想中。

「我們的體驗還不壞，對吧？」終於，我開口說話。

「對，」菲恩說。「還不錯。」

「最棒的體驗。」我說。

「是的，」他同意。「最棒的體驗。」

「我們應該住在這上面，」我說。「把我們的床拿上來，住在這邊。」

「對，我們應該。就這麼辦。立刻行動！」

我們倆都跳了起來，穿過活板門衝進閣樓上方的通道。通道的牆壁如人體內部構造般晃動著。我感覺像是走入了喉嚨或食道。然後差點兒從活板門直接掉進走廊，一瞬間，我們像是到了某個全然陌生之地，就像《神秘博士》的主角打開 TARDIS 時空飛船的門，卻不知道自己置身何處。

「我們在哪裡？」我問。

「下面，」菲恩說。「在塵世間。」

「我想回去。」

「我們去拿枕頭，」菲恩說。「快點。」他拉著我的手到他的臥室，我們抓了枕頭，正準備爬回上頭的通道時，大衛出現在我們面前。

他剛淋浴完，渾身濕漉漉的，下半身裹著毛巾，裸露著胸膛。我盯著他的乳頭。看起來漆黑硬挺。

「你們兩個在做什麼？」他問，眼神在菲恩和我身上來回檢視。他的聲音如低沉雷鳴。他的身材高大，線條如雕像般堅挺。一看到他，我的熱血瞬間冷卻下來。

「我們正要拿枕頭，」菲恩說。「到上面去。」

「上面？」

「上面，」菲恩複述。「這裡是下面。」

「下面。」

「對，下面。」菲恩說。

「你們兩個到底是怎麼回事？」大衛說。「看著我。」他用手緊抓著菲恩的下巴，盯著他的眼睛。「你嗑藥了？」他問，接著將目光轉向我。「我的老天，你們兩個。你們到底吃了什麼？

是什麼玩意兒？大麻？迷幻藥？還是什麼？」

很快地，我們被命令下樓，我的父母和菲恩的媽媽都被叫來了，大衛仍然只裹了那條毛巾，我仍然盯著他的堅硬乳頭，早餐開始在我胃裡翻攪。我們在四周掛滿了個人肖像油畫、牆上釘著死動物標本的客廳裡，讓四個大人輪番拷問。

是怎麼了？吃了什麼？哪裡來的？怎麼會有錢買？他們知道你們才幾歲嗎？你們可能會死耶。你們太年輕了。你們腦袋到底在想什麼？

而柏蒂就剛好選在那一刻，走進了房間。

「發生什麼事？」她問。

「喔，走開，」菲恩說，「不關妳的事。」

「你不可以這樣跟大人說話。」大衛喝斥。

「那邊那個，」菲恩指著柏蒂，「才不是大人呢。」

「菲恩！」

「她不是大人。她甚至不是人類。她是豬。看哪。看看她粉紅色的皮膚，她的小眼睛。她是豬。」

房間裡每個人都倒抽了一口氣。我看著柏蒂，試著把她跟豬聯想起來。但從我的角度，她看起來更像是一隻老貓，那種皮毛斑駁、眼睛黏濕、骨瘦如柴的老貓。

我看向菲恩，他正盯著他的父親，接著張開了嘴哈哈大笑，然後我聽到他說，「所以，你變成了吻豬人！」

他笑得很激動。

「她是隻豬，而你是吻豬人。你知道是這樣嗎？你親她的時候，知道她是豬嗎？」

「菲恩！」薩莉皺起眉頭。

「亨利看到爸爸在親柏蒂。就在上個星期。這就是為什麼我們拿走爸爸的錢，沒說一聲就出門。因為我在生他的氣。現在我知道他為什麼要親她了。因為……」菲恩現在笑到幾乎無法好好說話。「……因為他想親一隻豬！」

我也想笑，因為我和菲恩應該是一體的，但是我再也感覺不到了，那緊密的連結消失了，我現在只感覺到大難臨頭的冰冷和恐懼。

薩莉衝出房間，菲恩跟在後面，接著是依然裹著那條浴巾的大衛。我尷尬地看著柏蒂。

「抱歉。」我出於某種無以名之的原因這麼說。

她兩眼發直地瞪著我，然後也離開了房間。

只剩下我和我母親以及我父親。

我爸爸站起身。「是誰的主意？」他說。「嗑藥？」

我聳了聳肩。我能感覺到藥物對我的作用已經消褪，我正在回歸現實。「我不知道。」

「是他，對嗎？」

「我不知道。」我重複著。

他嘆了口氣。「會有懲罰的，年輕人，」他口氣很重地說。「我們會需要好好討論這件事。但現在，得先弄點水和吃的給你。能墊肚子的。瑪蒂娜，有吐司吧？」

我媽媽點頭，我順從地跟著她到廚房。

我能聽到頭頂上傳來各種人聲：薩莉尖細質問、大衛低沉回應、柏蒂絮絮叨唸。還聽見了腳步聲，有門不斷被打開及關上。我媽媽幫我把麵包放進烤麵包機時，我們交換了眼神。

「那是真的嗎？」我媽媽問。「菲恩說的關於大衛和柏蒂的事？」

我點了頭。

她清了清喉嚨，但什麼也沒說。

片刻之後，我們聽到前門砰的一聲關上了。我往走廊看，賈斯汀手裡滿是粗麻布袋，剛從星期六的市集回來。很快地，他的聲音加入了從樓上傳下來的叫囂交響曲中。

我母親把吐司遞過來，我默默地吃著。回想起一週前當我看到柏蒂和大衛親吻時那股沒來由的恐懼，有某種腐敗之物被釋放到了人間，彷彿他們是鑰匙，為彼此解除了封印。然後我想起在屋頂上握著菲恩的手的感覺，我們也像是為彼此解鎖的鑰匙，但釋放出的是如此不凡而美好的事物。

「接下來會發生什麼事？」我問。

「我不知道，」我媽媽說。「但不是好事。肯定不是好事。」

30

邁克在地窖裡，露西已經在屋裡打掃了一個多小時。她理出一大袋垃圾放在前門；裡面滿是用來擦拭血跡的紙巾、一雙喬伊的乳膠手套，以及有關他們最後一餐的蛛絲馬跡：空酒瓶、啤酒罐、餐巾紙、沒動過的麵包沙拉。她用從邁克臥室找到的貼布遮好背上的傷口，皮包裡塞了從床頭櫃的抽屜裡找到的三千歐元。

當她經過車道上的瑪莎拉蒂時，她往車子瞥了一眼。心中突然襲上一陣感傷：邁克再也沒有機會開任何一輛跑車。邁克再也不能隨性地訂機票飛往馬丁尼克島度假、無法幫另一瓶陳年香檳開封、不會再寫那本愚蠢的書、不會穿著衣服就跳入泳池，他也無法再送哪個女人一百朵紅玫瑰、和別人上床、或親吻……。

他永遠無法再傷害任何人。

那些感覺都過去了。她將垃圾袋放在臨海處一個巨大的市政垃圾箱中。腎上腺素的作用讓她專注且堅強。她為孩子們買了滿滿兩袋零食和飲料。

馬可準時在下午五點傳來簡訊：**妳在哪兒？**

在店裡，她回答。**很快就到家了。**

孩子們很乖地待在家。他們難以置信地看著那袋零食和糖果。「我們要去英國，」她用興高采烈的語氣對他們說。「我們要去看我朋友的女兒，慶祝她的生日。」

「那個小寶寶！」馬可說。

「對，」她說。「那個小寶寶。我們會待在我小時候住過的房子裡。但首先我們要先來一趟冒險之旅！我們要去巴黎！坐火車去！然後換另一列火車去瑟堡。再搭乘小船到一個名為根西島的小島，在很棒的小木屋裡待一到兩個晚上。接著我們再乘另一艘船去英國，最後開車去倫敦。」

「我們所有人嗎？」史黛拉問。「包括費茲？」

「包括費茲。但是我們需要趕緊打包，好嗎？還要好好睡一覺，因為我們明天早上五點要到車站！好了！現在，讓我們吃點東西，梳洗整齊，收好行李，然後上床睡覺。」

她讓孩子們打包和吃東西，自己去朱塞佩的房間向他道別。狗跳起來迎接她，她讓他舔了下臉。她看著朱塞佩，想著該怎麼開口。他是個能夠保守秘密的朋友，但是他很老了，有時會老糊塗。她決定告訴他一個謊言。

「我明天要帶孩子們去度假，」她說。「我們要去馬爾他。我有朋友在那兒。」

「哦，」朱塞佩說。「馬爾他是個很棒的地方呢。」

「是的。」她應和著，對於必須對她所認識最善良的人之一撒謊感到難過。

「但是很熱，」他說，「特別是每年的這個時候。真的很熱。」他低頭看著那隻狗。「妳要我幫妳照顧牠嗎？」

啊，那隻狗。她完全忘了還有那隻要命的狗。一陣驚慌後，她打起精神回答，「我要帶著牠。牠是輔助犬。可以緩解我的焦慮。」

「妳有焦慮的問題嗎？」

「沒有。但是我對他們說我有，他們說我可以帶我的狗一起去。」

朱塞佩不會對此表示懷疑。他並不完全了解現代世界的運作方式。朱塞佩對世界的想法仍停留在大約一九八七年左右。

「太好了，」他說，撫摸狗的頭。「你可以去度假了，小男孩！一個愉快的假期！妳們要去多久？」

「兩週，」她回答。「也許三週。如果需要，你可以把我們的房間租出去。」

他笑了。「妳們回來的時候，我會確保房間還在。」

她握住他的手。「謝謝，」她說。「真的非常感謝你。」她緊緊地擁抱他；她並不知道，也完全無法確定是否還會再見到他。在眼淚落下之前，她離開了他的房間。

31

「我今晚要待在那棟屋子裡，」米勒說，將空酒杯放到桌上。「如果妳同意的話？」

「你要睡在哪裡？」

「我不睡。」

他一臉下定決心的表情。

莉比點頭。「好吧，」她說。「沒問題。」

她們走回那棟屋子，莉比再次解開門上的掛鎖，拉開那扇木製大門，再一次走進屋內。他們站了一會兒，眼睛望著樓上，聽著動靜。屋內一片寂靜。

「好了，」莉比朝蒂朵看了看。「我想我們該回去了。」

蒂朵點頭，莉比往大門邁了一步。「你確定沒問題？」她說。「待在這裡？自己一個人？」

「嘿，」米勒說，「看看我。我看起來像是會害怕自己一個人待在黑壓壓、空蕩蕩、曾經躺了三個長袍邪教徒屍體的屋子裡的那種人嗎？」

「你想要我也一起留下嗎？」

「不。妳回家，去躺在舒適的床上。」他的手指梳理著鬍子，用迷人的小狗般的眼神看著她。

莉比笑了。「你希望我留下來，不是嗎？」她說。

「才沒有。不、不、不。」

莉比笑著看向蒂朵。「妳不介意吧？」她問。「我明天早上一定會去上班。我保證。」

「留下來吧，」蒂朵說。「明天什麼時候進辦公室都行。不用急。」

莉比送蒂朵到地鐵站後走回屋子，天色才開始漸漸變暗。她享受著切爾西區炎熱夏夜的氛圍，金髮青少年們穿著破牛仔熱褲和超大運動鞋，透過街邊的拉窗可以望見裡面美輪美奐的房間。有那麼一會兒，她幻想著住在這裡的模樣，自己是這稀奇世界的一部分，是個貨真價實的切爾西大小姐。她想像著切恩大道上的那棟屋子滿是古董家具、水滴狀水晶吊燈和當代藝術品。

但是當她打開切恩大道十六號的那扇門時，幻想瞬間消逝。這屋子已經腐朽、破敗。

米勒坐在廚房裡的大木桌旁。她走進去時，他抬頭看著她說，「快來，來看看這個。妳看。」

他用手機當光源，對著抽屜裡的某個東西。她跟著看向裡面。

「快看。」米勒再次說。

在抽屜的最後面，有某人用黑色鉛筆潦草地寫著：「我是菲恩」。

32

切爾西大宅，一九九〇年

幾週後，薩莉搬出了我們的房子。沒過幾天，柏蒂便搬進大衛的房間。但是賈斯汀沒有離開。他仍住在原本和柏蒂同住的房間。

我並沒有因迷幻藥事件受罰，菲恩也沒有。然而，菲恩顯然認為因此失去他母親的後果，比接受他父親所給他的任何懲罰都要嚴重。他首先怪罪自己。接著，他怪罪柏蒂。他鄙視她，稱呼她為「它」。然後他責怪他的父親。而不幸的是，在潛意識裡，他還是把大部分的責任歸咎於我。畢竟，我是將那可怕而致命的資訊轉達給他的人，使他無意中破壞了他父母的婚姻。如果我沒有告訴他，這一切都不會發生：市集購物之旅、迷幻藥、揭露豬吻事件的毀滅性的下午。包括那天我們在屋頂上形成的親密連結感，不僅如煙消逝，那煙還帶著劇毒。

很難說這一切不是我自己造成的。回想當時我告訴他所見所聞的意圖，純粹是急迫地想分享八卦和醜聞，對於自己可能缺乏同理心或未曾想過他的感受，我得說，是的，我有責任。而我也為此付出了代價，確實如此。因為這個事件在無意中破壞了他父母的婚姻，同時不知不覺地毀了我的一生。

薩莉搬出去後不久，有次我剛好看到賈斯汀坐在花園露台的桌子旁，整理著成堆的藥草和花。他和背叛他的女友待在同個屋簷下這件事，讓我為他感到難過也有點訝異。他仍一如往常般地照料和採收著他種的植物，將它們分裝成小布袋包裝的粉狀藥包、小玻璃管盛裝的藥劑，並綁上他的標籤「切爾西藥師」。穿著打扮和生活步調都沒有不同；從外在完全看不出他內心有任何波瀾或傷痛。相較於我與菲恩間短暫的親密關係結束時的心碎，我很想知道賈斯汀是怎麼想的。此外，薩莉離開了，柏蒂和大衛在一起，更別提我父母根本失去自我，存在感越來越小，他看起來像是這棟屋子裡還算正常的人之一。

我在他對面坐下，他抬頭熱情地看著我。

「你好啊，男孩。最近怎麼樣？」

「一切都很……」我本來要說一切都很好，但旋即想起根本就不好。因此我說，「很詭異。」

他仔細地看著我。「嗯哼，」他說。「這是一定的。」

我們沉默了片刻。我看著他從枝椏上細心地摘下嫩芽，放在托盤上。

「你為什麼還住在這裡？」我總算開了口。「在你和柏蒂已經……？」

「好問題，」他說，但沒有抬頭看我。他在托盤上放下另一個嫩芽，搓了搓手指，然後將手放在膝上。「我想，可能是因為即使我不再和她在一起，她仍然是我生命的一部分？你得明白，在愛裡，與性無關的那些部分，不會就這樣消失。或者說，不一定會消失。」

我點了頭。對我來說確實是這樣。儘管我很有可能再也沒有機會握住菲恩的手，甚至無法再和他好好地說上話，這並沒有減損我對他的感覺。

「你認為你們還會重新在一起嗎？」

他嘆了口氣。「是吧，」他說。「也許。但也許不會。」

「你怎麼看待大衛？」

「啊。」

他的肢體語言微妙地改變了。肩膀縮了起來，揉搓著手。

「坦白說，」他最後說。「從某方面來說，我覺得他很棒。但從另一個角度來看……」他搖著頭。「他讓我害怕。」

「沒錯。」我用出乎我本意的熱切語氣大聲回應。「是的，」我這次放輕了聲量。「他也讓我害怕。」

「怎麼說呢？」

「他……」我望著天空，尋找合適的詞彙。「充滿邪惡。」

賈斯汀笑了一陣。「哈，是的，」他說。「非常貼切。沒錯。很邪惡。」

「給你。」他遞給我一整把看起來像雛菊的黃色小花和一串繩子。「把它們分成小捆，繩子綁在花莖那裡。」

「這些是什麼？」

「金盞花。可以緩解肌膚不適。很棒的東西。」

「那是什麼？」我朝那盤黃色的嫩芽示意。

「洋甘菊。用來泡茶。聞一下。」他遞了一個給我。我用鼻子聞著。「那味道不是很香嗎？」

我點點頭，在金盞花的莖上纏了繩子，打了蝴蝶結。「這樣可以嗎？」

「好極了。就是這樣。所以，」他開了另一個話題。「我聽說你和菲恩的事了。就那一週發生的事。你知道我在說什麼，**嗑嗨了**。」

我臉紅了。

「我的老天，」他說，「我到快滿十八歲的時候才碰毒品！你們呢？才十二歲？」

「十三歲，」我態度堅定地回答。「我十三歲了。」

「太年輕了！」他說。「真佩服你。」

我不太明白他的意思。我做的顯然是一件壞事。但我還是笑了。

「你知道，」他意有所指地說道。「我可以在這裡種任何東西。真的是任何東西喔。你懂我的意思嗎？」

我搖了搖頭。

「不只是種對你有好處的東西。還可以種別的玩意兒。你喜歡的都可以。」

我認真地點點頭。然後我說，「比方各種藥物，是這個意思嗎？」

他再次捧著肚子哈哈大笑。「這個嘛，是吧，我想。好的藥。」他輕拍著自己的鼻頭。「當然也有不好的那種。」

這時，往庭院的門打開了。我們都轉過身去看是誰。

是大衛和柏蒂。他們的胳膊纏繞在彼此的腰上。他們朝我們的方向看了一眼，然後坐在花園的另一頭。氣氛改變了。就像是一片烏雲遮住了陽光。

「你還好吧？」我對賈斯汀說。

他點了點頭。「沒事。」

我們在因他們的出現而顯得靜默的氛圍中坐了一會兒，閒聊著各種不同的草本植物以及它們的功效。我問賈斯汀有關毒藥的事，他跟我說了傳說中馬克白的士兵用來毒害入侵的英國軍隊的顛茄，又稱致命的茄屬植物，還有用來處決蘇格拉底的毒芹屬植物。他還分享了關於搭配咒語使用的魔藥，以及如銀杏等壯陽藥的知識。

「你從哪裡學到這些？」

賈斯汀聳聳肩。「大部分是從書上看來的。還有，我媽媽喜歡園藝。所以我差不多是在植物和土壤的包圍下長大。確實就是這樣……耳濡目染的學習過程。」

自從薩莉離開以後，我們至今沒有進行任何學習。孩子們在屋裡成天閒晃，無聊又心浮氣躁。「去看本書」，任何人抱怨沒事做時，會得到這個千篇一律的答案，或者是「去算數學」。我想我已經夠大了，可以學習一些新知識，但屋裡可提供的只有大衛那些奇特的健身訓練，或柏蒂的小提琴。

「有沒有哪種植物可以讓人們做出類似，你懂吧——不是出於自己意志的行為？」

「嗯，能引起幻覺的植物，當然有了，像迷幻蘑菇之類的。」

「你種得出來嗎？」我問。「在像這樣的花園裡？」

「我基本上什麼都種得出來，孩子啊，無論身在何處。」

「我可以幫忙嗎？」我問。「我能幫你種東西嗎？」

「當然，」賈斯汀說。「你可以成為我的小徒弟。一定很酷。」

我不知道在大衛和柏蒂那扇可怕的房門後面有啥枕邊細語；我不想太認真地去思考在那扇門後發生的任何事情。直到三十年後的今天，回想起許多當年聽到的事情仍然令我不寒而慄。每天晚上我都用枕頭蒙著頭睡覺。

每天早晨，他們會一副滿足且帶著優越感地相偕走下樓梯。大衛著迷於柏蒂及腰的長髮。他無時無刻不在撫摸它。他用手指纏繞著它，將髮束握在掌中；當他和她說話時，他的手會不斷往下順著她的頭髮，捲著她的髮尾。我曾經見過他握起一把頭髮，放在鼻子下方，深深嗅聞。

「柏蒂的頭髮是不是很神奇？」他有次說。他望向我妹妹和克萊蒙絲，她們都留著及肩短髮。「女孩們，妳們不想要這樣的頭髮嗎？」他問。

「你要知道，」柏蒂說，「在很多信仰中，女性留長髮是一種高度靈性的象徵。」

儘管根本沒有特別的宗教信仰，大衛和柏蒂在他們交往初期談論了很多宗教問題。他們談論生命的意義以及人們隨意棄置所有物品的劣根性。他們談論極簡主義和風水。他們問我母親是否可以將臥室重新粉刷成白色，移走金屬復古床架，改將床墊放在地板上。他們厭惡噴霧罐、速食、成藥、人造纖維製品、塑膠袋、汽車和飛機。他們已經開始討論全球暖化問題，憂慮著自身碳足跡帶來的影響。在二〇一八的現在，人們關注氣候變遷帶來的末日來襲議題，包括海中充斥讓海洋生物窒息的塑膠廢棄物、逐漸冰融的冰帽讓北極熊難以維生，從這個角度來看，他們所關注的議題實際上是先於時代。但是在一九九〇年的時代背景下，世界剛剛接受所有現代化帶來的便利並樂於擁抱速食文化，他們成了異數。

假使大衛並沒有要求所有人都必須遵照他的期望生活，我或許會對大衛和柏蒂保護地球的承諾感到敬佩。但只有他和柏蒂睡在地板上的床墊還不夠，我們所有人都必須睡在直接放在地板上的床墊。他和柏蒂摒棄汽車、阿斯匹靈和炸魚薯條。於是我們所有人也必須如此。幾個星期前當我看到大衛和柏蒂接吻時那一閃而逝的預感，現在看來已然成真。她釋放了大衛身上某個可怕的本質，現在她希望大衛控制一切。

我們似乎不再自由了。

33

直到接近晚上十點，天才開始變黑。莉比和米勒坐在花園裡的桌子旁談話，完全沒有注意到天色漸暗，直到他們發現看不清楚對方的眼睛。他們點燃了蠟燭，燭火在微風中搖曳跳躍。他們趁著天色還亮的最後一小時把屋裡搜了一圈，剛剛也正在討論這個話題：在屋裡發現了什麼。

除了在桌子抽屜內部邊上寫著「我是菲恩」，他們在閣樓浴室的水盆下、樓上其中一間臥室的門框邊、一樓某個房間的訂製衣櫃裡發現了相同字樣。樓下一個比較小的接待室裡放了一些琴弦線，還有一個樂譜架被塞在角落的櫃子裡。在發現躺在搖籃裡的嬰兒的房間櫃子裡，有一堆乾淨的布製尿布、安全別針、嬰兒乳霜和嬰兒連身衣。屋子後方走廊上的大箱子裡有一堆發霉、滿是灰塵的書，關於治療、藥草和植物特性、中世紀巫術和咒語。這些書被包裹在一條舊毯子裡，上面蓋著些看起來曾用來放在花園裡當裝飾的軟墊。

他們發現一枚細細的金戒指卡在木頭地板和踢腳板間。上頭有個檢驗標章，米勒用相機拍了下來，然後放大。他們在Google上搜尋，發現應該是一九七五年，亨利和瑪蒂娜結婚那一年的標章。這個小東西在黑暗中藏了二十五年甚至更長的時間，躲過入侵者和各方窺探者的目光，獨自隱身於世界。

莉比現在就戴著那個戒指，戴在左手無名指上。**原本屬於她媽媽的戒指**。非常適合她。他們說話時，她不斷旋轉著它。

他們每隔幾分鐘便中斷談話，傾聽灌木叢中的聲響。米勒時不時地走到花園後方，在陰影處搜尋，看看是否有人從牆邊的後門闖入。他們拿了幾個在箱子中找到的軟墊，吹滅了蠟燭，坐在離後門最遠的庭院角落處等待。兩個人正低聲交談時，米勒突然瞪大了眼睛看著她，手指放到唇上。「噓。」然後眼神望向花園後方。有東西在那裡。她坐直了身子。就在那裡，在花園後面。他們觀看著，有個男人正穿過草地，一個高個子、身形苗條的男人，短髮、鏡片映著月光、穿著白色運動鞋、肩上有個包包。他們看著他把肩包放到那個掩體上方，人跟著攀了上去。然後聽到他沿著水管到一樓突起的窗簷。他們悄悄地移動著腳步，剛好看到他消失在屋頂上。

莉比的心猛跳。「喔，我的天，」她小聲說道，「喔，我的老天爺啊。我們該怎麼辦？」

「見鬼了，我還真沒有想法。」米勒低聲說。

「我們要和他當面對質嗎？」

「我不知道。妳覺得呢？」

她搖著頭。她半是恐懼又半是渴望地想要見見這個男人。她看著米勒。他可以保護她。至少他看起來給人能夠保護她的印象。他們看到的那個人個頭比他小，還戴著個眼鏡。此刻她點了點頭，說道：「就這麼辦吧，我們進去。當面和他談談。」

米勒一時有點呆住，但很快就反應過來，「好。就這麼辦。」

屋裡很暗，只靠外面隱約的路燈和河面映照的月光打亮。莉比跟著米勒的腳步，他寬厚的體型讓她很安心。他們在樓梯底部停了一下。然後緩慢而確定地一步步邁進，直到抵達第一層樓梯平台。這裡比較亮，透過能夠俯瞰街道的大窗戶可以看到月亮。他們同時往上方看了一眼，然後互看。

「可以嗎？」米勒小聲說。

「沒問題。」莉比回答。

閣樓天花板上的活板門開著，浴室的門則被關上了。他們可以聽到小便打在馬桶邊上的聲音、快尿完時的滴答聲、水龍頭的水聲、還有人在清喉嚨。然後門開了，一個男人走了出來。他長得很好看。這是莉比的第一個念頭。一個好看的傢伙，俐落的金髮、年輕光滑的臉龐、健美的手臂，穿了件灰色T恤、黑色窄管牛仔褲、很潮的眼鏡和運動鞋。

看到他們站在那裡，他驚訝地整個人跳了起來，緊緊摀著胸口。「噢，我的老天哪。」他說。

莉比和米勒也跳了起來。

他們彼此對視了好一陣子。

「妳是……？」那個男人說話了，莉比也正打算開口問他，「你是……？」

他們指著對方，然後都轉頭看向米勒，彷彿他能夠為他們提供答案。那個男人再次轉向莉比，問道：「妳是寧靜？」

莉比點頭。「你是亨利？」

那個男人入神地看著他們片刻，接著回過神來，他說：「不，我不是亨利。我是菲恩。」

II

34

切爾西大宅，一九九〇年

我媽媽是德國人，很清楚要如何好好過聖誕節。這是她的專長。從十二月初開始，這屋子就被裝飾得熱鬧非凡，到處都是如蜜漬橙片、聖誕紅格紋和彩繪松果等親手自製的裝飾品，空氣中瀰漫著薑餅、甜麵包和甜酒的香氣。她絕不用金蔥紙或紙花環蒙混過關，也不允許出現雀巢花街巧克力或吉百利聖誕禮盒的糖果包裝。

甚至連我爸爸也很愛過聖誕節。在我們小時候，他在每次聖誕夜都會來一個老爸版聖誕特別裝扮，至今我仍無法解釋為何我可以同時知道那就是他，卻又感覺不是他。回頭想想，我發現在每個人與大衛·湯森的相處中，與此相同的可怕的自我欺騙也發揮了作用。人們所能看到和實際上看到的就只是一個男人，但同時，他們以為看到了他們所有問題的答案。

這次聖誕夜，我爸爸沒有做特別裝扮。他說我們都太大了，不適合這個遊戲，他可能是對的。但是他也說他感覺不太舒服。無論如何，我媽媽還是如常地舉辦了聖誕夜慶祝活動。我們圍坐在（比平常小）聖誕樹周圍，解開（比平常少）的禮物，收音機播放著聖誕頌歌，壁爐的火焰劈啪作響。過了大約半小時，就在準備吃晚餐前，我爸爸說他需要去躺一躺，他頭疼得厲害。

三十秒後，他躺在客廳的地板上中風了。

我們當時並不知道這是中風。我們以為他很算健康。又或者是心臟病發。我爸爸的私人醫生布勞頓博士趕來家裡看他，身上還穿著聖誕夜的紅色V領羊毛衫和冬青印花領結。我仍記得當我爸爸說他已經沒有私人醫療保險時，布勞頓醫生臉上的表情，他離開房子的速度，以及瞬間撤下虛情假意的噓寒問暖。他讓公立醫院的救護車將我爸爸直接送往醫院，沒有說再見就離開了。

我爸爸在節禮日回家。他們說他沒事，可能會有一段時間的認知失調或運動障礙，但是他的大腦會自我修復，幾週之內就會恢復正常。也許還會更快一些。

但是，就像第一次中風一樣，他從未真正康復。腦中的空缺更大了。他會用錯字，或根本說不出話。他整天都坐在臥室裡的扶手椅上，用極其緩慢的速度吃著餅乾。有時他會在不適當的時間大笑。更多時候他根本聽不懂笑話。他的動作緩慢，儘量避開樓梯。

他再也沒有離開過那棟屋子。

我父親越弱，我們就越加接近大衛．湯森接管一切的轉捩點。

到一九九一年五月我滿十四歲時，我們有了規定。不是那種腳不准踩在家具上、看電視前要先做完功課之類的一般家庭常見規矩。也不是我們人生中常會遇到的各類繁文縟節。

沒錯，我們現在有的是瘋狂、專制的規定。用黑色馬克筆寫在貼在廚房牆上的大張海報紙上。我至今難忘上面的內容：

未經大衛和（或）柏蒂的許可不准剪頭髮

不准看電視
未經大衛和（或）柏蒂的允許不准有訪客
不准梳妝打扮
不准貪心
沒有明確地得到大衛和（或）柏蒂的許可，任何人不得外出
不吃肉
不用動物製品
拒用皮革／人造皮革／羊毛／羽絨
不用塑膠容器
每人每天製造的垃圾不能超過四件，包括剩下的食物
不穿使用人工染劑的衣服
不用藥
不使用化學藥劑
每人每天洗／淋一次澡
每週洗一次頭
所有成員每天必須與大衛一起在健身房至少兩個小時
所有兒童每天必須與柏蒂一起在音樂室至少兩個小時
所有食物必須使用有機佐料自行烹煮

不用電力或煤氣加熱
不准大聲說話
不准罵人
不准奔跑

這個規定列表剛開始很短，隨著大衛對我們的控制越來越強而定期添加。

這段時間裡，薩莉仍然習慣每週一次或兩次來家裡，帶孩子們出去喝茶。她暫住在布里克斯頓一位朋友家的沙發，迫切地想要找到一間能夠容納她和孩子們的住處。在與他母親共度時光後，菲恩會顯得更加悶悶不樂。他會把自己鎖在房間裡，錯過接下來的幾餐。實際上，有好幾條規定正是因菲恩而起。大衛發現自己的心情因此起伏。他無法忍受食物被浪費，也無法忍受開不了門。他沒辦法容忍有人做出沒有回應他自己的世界觀的事情。他沒辦法容忍青少年的古怪，於是又加了兩個新規定：

不准鎖門
家庭的所有成員必須出席每一餐飯

有天早晨，在菲恩第五次出門與他母親度過午茶時光，並違反「不准鎖門」這條規定後不久，我上樓時看到大衛正在菲恩的房裡拆著門鎖，他繃著臉，用力地擰著螺絲起子的把手。

菲恩坐在床上看著，雙臂交叉在胸前。

到了晚餐時間，菲恩仍然坐在床上，雙臂交叉，如槁木死灰般靜默。大衛拽著他——依舊交叉著的雙臂——下樓，把他扔到椅子上。

他強行將椅子推到位，弄了一大碗咖哩排骨和白飯給菲恩。菲恩依然交叉雙臂。大衛站了起來，用湯匙舀了一些咖哩，硬塞到菲恩嘴邊。菲恩緊閉雙唇。我可以聽見湯匙碰到他牙齒的聲音。現場氣氛很嚇人。此時的菲恩才十五歲半，看上去卻很成熟。他既高且壯。整個場面看來隨時有可能轉變成暴力相向。但是菲恩定在原地，眼睛直盯著對面的牆彷彿要鑽出一個洞來，臉上滿是憤怒和堅決。

最後，大衛放棄硬要用湯匙餵食他兒子的企圖，他將湯匙扔過房間，咖哩在牆壁上留下一道醜陋的黃色月牙，湯匙撞上地板時發出了尖銳的金屬撞擊聲。

「回你的房間！」大衛大喊。「現在！」他太陽穴旁的青筋跳動，脖子繃緊著呈紫紅色。我從沒見過有人像大衛當時那樣充滿怒氣。

「我很樂意。」菲恩不屑地說。

大衛舉起了手；然後，彷彿是慢動作般，在菲恩經過他時，碰上了他的後腦勺。菲恩轉過身；他的目光與他父親的目光相遇，我看見真實的恨意在其間傳遞。

菲恩繼續往前走。我們聽見他的腳步聲篤定，穩穩地踩上樓梯。有人清了清嗓子。我看到柏蒂和大衛交換了一下眼神。柏蒂的表情不悅，顯示著她並不認同：**你正在失去主導權。你得採取行動**。大衛的表情陰沉，帶著憤怒：**我正打算這麼做**。

吃完飯後，我去了菲恩的房間。

他坐在床上，屈著膝讓下巴緊靠在膝頭。他瞥了我一眼。「幹嘛？」

「你還好嗎？」

「你說呢？」

我往房間裡走去，稍微更靠近他。我等著他開口要我離開，但他沒有。

「會痛嗎？」我問。「他打你的時候？」

儘管我父母都有些古怪，但他們從未打過我。我完全無法想像有這種事。

「沒那麼痛。」

我再次靠近。突然，菲恩抬頭看著我，我再次看到那種眼神了。他是在看我。確實地看著我。

「我不能留在這裡，」他搖搖頭說。「我必須離開。」

我的心跳加速。菲恩是唯一能讓一切變得可能的人。

「你要去哪裡？」

「不知道。去找我媽媽。」

「但是——」

我原本想說他媽媽現在是借住在別人家的沙發。但是他打斷我。「我也不確定，好嗎？我只是需要離開這個地方。我待不下去了。」

「什麼時候？」

「現在。」

他用那有著美到荒謬的睫毛的眼睛看著我。我試圖解讀他的表情，覺得看到了某種挑釁。

「你認為……我應該……跟你一起離開嗎？」

「不！該死的。當然不。」

我縮了回來。不是這個意思。當然了。

「那我應該怎麼說？如果大人們問起來？」

「不要說，」他不悅地說。「啥都別說。什麼都不要說。」

我點點頭，瞪大了眼睛。他把東西扔進束口背袋裡：褲子和襪子、一件T恤、一本書、一把牙刷。他轉身看到我在看著他。

「離開吧，」他說。「麻煩你。」

我離開房間，慢慢走到後面樓梯，我坐在第三層台階上，半掩著樓梯口的門留下一道縫隙，從那兒我能看到菲恩帶著他的背包穿過活板門消失在閣樓的通道中。我無法想像他在做什麼或他要去哪裡。有那麼一會兒，我在想他可能打算住在屋頂上。但儘管是五月，外面依然很冷，他不可能這麼做。外面傳來些騷動的聲音，我衝進了菲恩的臥室，將手抵在對外的窗戶上，看著後花園。他在那兒：穿過黑暗的花園，鑽進陰暗的樹叢陰影中。然後突然就消失了。

我轉身面對他空蕩蕩的房間。我拿起他的枕頭，放在臉上。深深地吸著他的氣息。

35

露西在第二天早上離開藍屋時，天還沒亮。孩子們睡眼惺忪，不發一語。她緊張兮兮地拿現金跟一位女士買下往巴黎的火車票，她看起來彷彿知道露西所有不可告人的秘密。在他們登上火車時、在查票員進入車廂要求查看火車票時，她都繃緊了神經。每次火車一減速，她也提心吊膽地看著車廂外是否有手電筒的藍光掃過，是否出現了憲警隊的海軍藍帽。到了巴黎，她和孩子們跟狗坐在一間沒什麼人的咖啡館裡最隱蔽的角落，等著去瑟堡的火車。然後再一次循環：每一步、每個關卡，不斷地恐懼。到了午餐時間，她們已經登上下一班火車，她想像著喬伊可能已經在好奇邁克去了哪裡，腎上腺素在她體內快速地作用著，她覺得自己可能就要昏死過去。她在腦中上下檢視著邁克的房子，確定是否有遺漏之處，是否有什麼可能會立刻讓喬伊起疑想到該趕緊去酒窖查看。沒有，她可以肯定，百分之百確定，她沒有留下任何線索，也沒有留下任何痕跡。她為自己爭取了時間。至少一天。甚至三到四天。但即便如此，喬伊會提起有關於她，一個名叫露西的好女人，邁克兒子的母親，讓警方因此懷疑到她嗎？不，她會告訴他們邁克與黑社會間的暗通款曲，這些長相凶狠的男人有時會上門來討論「生意」。她會帶領他們轉向完全不同的調查方向，當他們最終發現一無所獲時，露西已經消失無蹤。

那天晚上，當火車駛入瑟堡時，她的心跳慢了下來，開始有足夠的食慾吃她在巴黎買的可頌。

在出租車站，她們爬進了一個破舊的雷諾休旅車後座，她請駕駛將她們載到迪萊特。狗坐在她的膝蓋上，下巴靠著半開的窗戶。已經很晚了。孩子們都睡著了。

迪萊特是個濱海小鎮，綠意盎然，丘陵起伏。當天乘坐夜間渡輪往根西島的只有來自英國的遊客，大多數是帶著小孩的家庭。露西用汗濕的手緊緊地抓著護照。她拿著法國護照，但她看起來是英國人。兩個孩子的護照上還有著不同的姓氏。史黛拉的護照身分跟她的膚色並不一致。她們的背包大而骯髒，因為過度疲憊而臉色不佳。重點是她們的護照是假的。露西很確定，非常確定她們會被叫到一旁盤問。她刻意設計了這段漫長而曲折的回倫敦的旅程，好消去她們的行蹤，當她向渡輪口的檢查員展示護照時，她的心跳依舊如此劇烈，她幾乎以為他會聽到。但他翻著護照，從照片對到人，再往照片看了一眼，然後遞回護照，用眼睛示意她們通過。

如今，她們身在海上，在英吉利海峽灰藍色的滾滾海潮中，法國很快地被拋在後方。她坐在渡輪面向後方的甲板，將史黛拉抱在自己膝上，好讓小女孩可以望著她自己出生的國家，那是她目前所知道唯一的家，此刻在地平線上漸行漸遠成一圈夢幻光環。

「掰掰，法國，」史黛拉揮著手說，「掰掰，法國。」

36

莉比盯著菲恩。

他也盯著她看。「我之前住在這裡，」他說，雖然並沒有人要求他解釋自己的身份。很快地，在莉比對此做出回應之前，他又說了，「妳真的很漂亮。」

莉比說，「噢。」

然後他看向米勒，「你是誰？」

「嗨。」米勒伸出他的大手。「我是米勒．羅。」

菲恩困惑地瞅著他。「我是不是聽過這個名字？」

米勒聳聳肩，發出了不自在的咕噥聲。

「你是那個記者，對嗎？」

「是的。」

「那篇文章根本是狗屎。幾乎每件事都是錯的。」

「沒錯，」米勒再次說，「我現在知道了。」

「我真不敢相信妳有多漂亮，」他轉回去看著莉比。「妳看起來真像……。」

「我的母親？」

「是的，」他說。「很像妳媽媽。」

莉比回想她母親的照片，染得像普莉希拉．普雷斯利的黑髮，畫著深色眼線的眼眸。她感到受寵若驚。

然後她說，「你在這裡做什麼？」

菲恩回答：「等妳。」

「但是我前幾天在這裡。有聽見你在樓上走動。那時你為什麼不下來呢？」

他聳著肩。「我有啊。但等我到樓下時，妳已經離開了。」

「哦。」

「我們可以往……？」菲恩比著樓梯。

他們跟著他下樓，走進廚房。菲恩坐在桌子一側；米勒和莉比坐在另一側。莉比端詳著菲恩的臉。他應該有四十多歲了，但是看起來年輕得多。他的睫毛特別長。

「所以，」他張開雙臂說，「這些全部都是妳的。」

莉比點頭。「不過，實際上，應該也屬於我哥哥和姐姐的？」

「嗯，只能說他們傻囉。喔，我想我應該祝妳生日快樂。有點遲了。」

「謝謝，」她說。「距離你之前住在這裡有多長時間了？」

「幾十年。」

一陣氣氛有些緊張的沉默。菲恩打破沉默：「我想妳有些問題想問。」

米勒和莉比很快地看了彼此一眼。莉比點頭。

「那麼，」菲恩說，「我們要離開這個地方嗎？我就住在河對岸。有冰酒。有露台。還有軟綿綿像靠墊的貓。」

他們又交換了一下眼色。

「我不會對你們下毒手，」菲恩說。「我的貓也不會。來吧。我會把所有故事一五一十地都告訴你們。」

二十分鐘後，莉比和米勒跟著菲恩走出豪華的電梯，走進鋪著大理石地板的長廊。他的公寓在另一頭。

當他領著他們沿著通道走向一間起居室時，燈自動亮起。起居室的玻璃門通往可以俯瞰河流的露台。屋內擺設沒有太多色彩。一張巨大的白色羊皮披掛在一張奶油色長沙發的椅背上。大量的百合和玫瑰插在一個如果擺在北歐風廚房裡並不顯得突兀的花瓶裡。

菲恩使用小型遙控器打開往露台的門，邀請他們坐在矮桌旁的一對沙發上。當他去拿酒時，莉比和米勒面面相覷。

「這地方起碼要價幾百萬英鎊。」米勒說。

「沒錯，」莉比說。她站起來，欣賞河對岸的景色。「看！」她說。「是那棟屋子。我們剛好正對著它。」

米勒加入觀看的行列。「很好，」他挖苦地說，「我想我們可以假設這不只是個巧合。」

「你認為他一直在監看嗎？」

「是的，我確實這麼認為。不然為什麼要選擇有這種景觀的公寓？」

「你對他有什麼看法？」她小聲說。

米勒聳了聳肩。「我覺得他有點……。」

「奇怪？」

「是的，有點奇怪。還有一點……。」

菲恩回來了，一隻手拿著裝了一瓶酒和三個酒杯的冰桶，有隻貓被他緊抱在胸前。他把冰桶放到桌子上，但把貓抱在懷裡。「這是明蒂，」他說，舉起貓的腳掌做出類似打招呼的動作。「明蒂，這是莉比和米勒。」

這隻貓無視他們，並試圖掙脫菲恩的懷抱。「噢，」他對著那隻作勢撤退的貓說，「好極了。要傲嬌吧，看我理不理妳。」然後他再次轉向他們，「她是我的最愛。我總是愛上那些不能忍受我的人。這就是為什麼我單身。」

他打開酒，幫他們每個人倒了一大杯。

「乾杯，」他說，「為團聚。」

他們碰了杯，隨之是一陣有些凝重的沉默。

「這裡的景觀超棒的，」米勒說。「你在這裡住多久了？」

「沒有很久。我是說，他們去年才剛蓋好。」

「太棒了，是吧，就在切恩大道對面。」

菲恩點頭。「我希望能近一點，」他對莉比說，「因為要等妳回來。」

另一隻波斯貓出現在露台上。這隻貓超重，眼睛鼓鼓的。「啊，」菲恩說，「他在這兒。這位『熱愛關注』先生。他聽到我有訪客了。」他撈起那隻碩大的貓，將他放在膝蓋上。「這是老二。我幫他取這個名字，好確保我確實還算有個老二。」

莉比笑著喝了一口酒。換做另一個情境，這會是一個很棒的夜晚：兩個英俊的男人，一個溫暖的夏日之夜，一個能夠俯瞰泰晤士河的迷人露台，一杯冰白酒。但是在這個情境下，一切都有些扭曲還隱約帶點威脅。甚至是貓。

「那麼，」米勒說，「如果你要告訴我們關於切恩大道那棟屋子裡發生的真實故事，會是不公開的？還是我可以以記者的身分記錄？」

「隨你想怎麼做。」

「我可以錄音嗎？」米勒從後面口袋拿出手機。

「當然可以，」菲恩說，他的手梳著貓背上厚厚的毛。「有何不可？已經沒什麼好顧慮的了。請便吧。」

米勒操作著手機。莉比注意到他的手微微顫抖，洩漏出他的激動。她又喝了一大口酒，好讓自己放鬆一些。終於，米勒把手機設定好放到桌上，開口問道：「好了。你剛剛說我的文章整個搞錯方向。我們可以從那裡開始嗎？」

「沒問題。」那隻肥貓從菲恩的腿上跳下來，他漫不經心地用雙手側邊掃著褲管上的毛。「我在為這篇文章進行研究時，有找到一個名叫大衛．湯森的人。名字裡有個E的湯森。」

「是的，」菲恩說。「他是我父親。」

莉比看到米勒臉上浮出勝利的表情。他鬆了口氣，繼續說，「還有你的母親薩莉？」

「是的，薩莉是我母親。」

「那麼克萊蒙絲……？」

「我的妹妹，沒錯。」

「那第三具屍體……。」

「是我父親。」菲恩點頭。「完全正確。真可惜，你之前寫文章時沒追根究底找到答案。」

「嗯，我其實算有。但我找不到你們任何人。我搜尋了好幾個月，沒有任何線索。所以，你們到底都發生了什麼事？」

「這個嘛，我知道我自己發生了什麼事。但我恐怕不清楚我媽媽和克萊蒙絲後來怎麼了。」

「你們沒有保持聯繫？」

「離太遠了。我還是青少年時就沒有再見過她們。據我所知，我媽媽住在康沃爾郡，我想我妹妹應該也在那裡。」他聳聳肩，拿起酒杯。「彭瑞斯。」他說。

米勒不解地看著他。

「我想她應該是住在彭瑞斯。」

「喔，」米勒說。「太好了，謝謝。」

「不客氣，」他回答。然後他搓著雙手說，「再問我一些別的事！問我每個人都死掉的那天晚上到底發生了什麼事。」

米勒表情嚴肅地笑了笑，然後說：「好。那麼，到底發生了什麼事？在每個人都死掉的那天晚上？」

菲恩帶著淘氣的神色看著他們兩個，俯身將嘴直接對著米勒手機的麥克風說：「這個嘛，首先，這並不是自殺。是謀殺。」

37

切爾西大宅，一九九一年

菲恩離開了一個星期。我幾乎無法忍受因為沒有他在而顯得毫無意義的一切。當他在屋裡，每一次前往廚房的路程都代表著或許能看到他的臉，每一天的早晨都是以可能的相遇展開。沒有他，我所置身的就只是個滿是陌生人的黑暗空間。

一週後，我聽到前門砰地關上，走廊傳來了說話聲，是菲恩，身後跟著薩莉，她用急切的語氣在跟兩手交叉擺在小腹前的大衛交談。

「我**沒有**叫他來找我。看在老天份上。那是我最不可能做的一件事。光是**我自己**硬是一直借住在湯尼家已經夠糟了。更別提再加上個青春期的兒子。」

大衛說，「妳為什麼不打電話？」

「他跟我說你知道他要去找我！我哪曉得怎麼回事？我現在打給你了，不是嗎？」

「我以為他出事了。我們擔心得要命。」

「我們？去他媽的哪個『我們』？」

「就是我們，」大衛說。「我們所有人。還有，麻煩請不要在我們家中講髒話。」

「菲恩跟我說你揍他。」

「哦，我沒有。老天爺。不過就是一巴掌。」

「你打了他一巴掌？」

「天哪，薩莉，妳完全不曉得，根本就不知道跟這個孩子一起生活是什麼樣子。他很沒教養。還會偷東西。他吸毒。他不尊重其他家庭成員……。」

薩利舉起手制止他。「夠了，」她說。「他只是個青少年。他是個好孩子，但他還小。這是必然的過程。」

「嗯，從妳那有點可悲的觀點來看可能是這樣。但這世界其他人可不會同意。這種行為沒有任何藉口。我在他這個年紀的時候，從來沒想過做出他那樣的行為。根本就是個惡魔。」

我看到薩莉抓著菲恩的肩膀。整個臉垮了下來。然後她說，「我明天就去找公寓。在哈默史密斯。會有兩個房間。我們可以開始討論怎麼分配孩子們的探視時間。」

大衛一臉懷疑。「妳有錢？」

「我有在工作，也有存錢。」

「好吧，我們拭目以待。但說真的，我不認為菲恩適合讓妳管教。妳對他太寬容了。」

「我不是寬容，大衛，我是愛他。你或許哪天願意試試這個方式。」

薩莉待了幾個小時。屋內氣氛詭譎。柏蒂並沒有出她的房間下樓來，但我偶爾會聽到她咳嗽、嘆氣和踱步的聲音。一等薩莉離開，柏蒂立刻衝下樓投入大衛的懷抱，用誇張的語氣在他耳邊說：「還好吧，我的親親？」

大衛平靜地點點頭。「我沒事。」

然後，他盯著菲恩，瞇起眼睛說出了那句惡夢將要開始成真的警告。

他說，「這裡的一切將會改變。你好好記住我的話。」

第一個改變是當大衛或柏蒂沒辦法監督他時，菲恩會被鎖在他的臥室。大人們串通好說法，試著說服我們這是正常、可解釋的，甚至是有道理的。他們的口頭禪是**這是為了他的安全**。

他只被准許離開房間去洗澡、照料花園、在廚房裡幫忙、學小提琴、吃飯和上健身課。

由於我們大部分空閒時間本來也大多待在房間裡，這種安排似乎感覺並不像現在寫出來這樣恐怖。回想起來，孩子們竟然能夠接受這麼奇異的景象實在很奇怪。此刻，當這一切寫成文字，看起來確實相當可怕。

菲恩被他母親帶回來後，某天，我正盤腿坐在床上，讀著幾週前他借給我的一本書。當我看到他時，我嚇了一跳，因為已經晚上了，我以為他的門在晚上都是被鎖上的。

「你怎麼……？」我開口。

「賈斯汀在晚飯後帶我上樓，」他說。「故意不小心忘了把門鎖好。」

「老好人賈斯汀，」我說。「那你要做什麼？你不會跑掉吧，會嗎？」

「不，」他說。「現在這樣做沒有意義。我媽媽下週就要搬去新公寓，我會去跟她一起住。這些狗屁事都會結束。」

我感覺他彷彿勒住了我的喉嚨。我聲音嘶啞地回應：「但是你爸爸——他會讓你去嗎？」

「我去他的才不管他准不准。我十二月就滿十六歲了。我想和我媽住在一起。他沒有權力管我。」

「那克萊蒙絲呢？」

「她會一起去。」

「你覺得你爸和柏蒂會不會也搬出去？如果你和克萊蒙絲都離開了？」

他嘲諷地笑。「不會。想都別想。他在這裡好得很。地位穩固。什麼都照他的意思來。」

我們有些相對無言。菲恩接著說，「還記得那天晚上？我們在屋頂上？嗑藥那晚？」

我熱切地點著頭。我怎麼可能會不記得？

「你知道還有另一顆吧。還在嗎？」

「另一顆……？」

「迷幻藥。另一顆迷幻藥啊。肯辛頓市集那個傢伙給了我兩顆。我們只吃了一顆。」

我花了點時間試著消化他說的這件事，「你是說……？」

「我猜還在。我的意思是，他們都以為我被關得好好的。女孩們都睡了。沒有人會上樓來。你可以下去跟大家說你要睡了，順道拿杯水。我在這裡等。」

當然，我完全按照他的指示進行。我們抓了毯子，穿上套頭衫。我先穿過活板門，菲恩把水遞給我，然後跟在我後面。那是七月，但是空氣又濕又涼。菲恩找出他留在花盆裡的一個小袋子。我其實沒有很想吃。內心希望被丟在外頭這麼多個月後，藥性或多或少已經揮發殆盡。或者來陣風把它吹走。又或者菲恩會放下它，改口說，「我們不需要這個。我們擁有彼此。」

我們拍掉塑膠椅上的枯葉，並肩坐下。菲恩將藥平放在手掌上。

天空驚人地美麗，幻化著寶藍色、淡琥珀色、深粉紅色的光彩。同時倒影在河面上相互輝映。而遠處，巴特西大橋閃閃發亮。

菲恩也正看著天空。感覺與我們上一次在這裡時有些不同。菲恩有點不一樣了。他顯得心事重重，少了叛逆感。

「你覺得你以後會做什麼？」他問我。「長大以後？」

「跟電腦有關的吧，」我說。「或是拍電影。」

「或許二者兼具？」他這麼建議。

「好耶，」我很開心地附和。「用電腦來拍電影。」

「很酷。」他說。

「那你呢？」

「我想去非洲生活，」他說。「當野生動物園裡的導遊。」

我笑了。「這是哪兒來的想法？」

「我們在旅行時去過野生動物園。那時我六歲。我們有看到正在交配的河馬。這是我記得最清楚的印象。還有那個導遊。一個很酷的英國人。他叫傑森。」

我注意到當他說到這裡時，聲音裡帶著某種渴望。不知為何，這讓我感覺與他很親近。

「我記得我對父母說，那是我長大後想做的事。我爸說，開著越野車載著遊客跑來跑去賺不了多少錢。彷彿錢是最重要的事情……。」

他嘆了口氣，往下看著手掌。「所以，」他說，「要嗎？」

「一點點，」我說。「真的一點點就好。」

接下來的幾個小時如一場美麗的夢。我們望著天空，直到所有繽紛色彩逐漸沒入黑暗。高談闊論地胡亂聊著所謂存在的意義。不斷咯咯笑到打起了嗝。

菲恩突然說，「等我搬到哈默史密斯時，你一定要偶爾來找我。一定要來待一陣。」

「好的。好，請務必讓我去。」

然後在某一刻我說：「如果我親你，你會怎麼做？」

菲恩笑到停不下來，直到開始猛咳。他臉上滿是笑意，我茫然地看著他，試圖理解他的反應。

「別這樣，」我說，「說真的，你會怎麼做？」

「我會把你推下屋頂，」他微笑著說。然後他張開手指，說：「**啪嗒**。」

我試著讓自己跟著笑。啊哈哈。真有趣。

他接著說，「來吧，讓我們離開這裡。」

「去哪裡？」

「我帶你去。跟著我。」

我就這麼跟著他了。那時我就是個傻兮兮的蠢男孩。我跟著他回到閣樓那層的樓梯平台，爬出窗戶，像腦袋不清醒似地，完全無懼危險的沿著屋子側邊牆面驚險地往下爬。

「你要做什麼？」我不斷發問，我的指甲摳著裸露的磚塊，褲腿布料不斷磨著粗糙牆面。

「我們要去哪裡？」

「這是我的秘密路線！」他睜大了眼睛看著我。「我們去河邊！沒有人會知道！」

等我們笨手笨腳地抵達草地時，我身上有三個不同地方受傷流血，但我不在乎。我跟著他穿過樹叢陰影，走到一扇我從來不知道就在我們花園底端的門。瞬間，就像納尼亞王國那樣，我們置身於別人的花園裡，菲恩抓住我的手，拉著我飛奔過兩個轉角，進入幽暗的切爾西堤岸區，穿過四個路口，直奔至河邊。然後，他放開我的手。我們無聲地並排站了好一會兒，看著水面上的波光粼粼。我一直盯著菲恩，他在黑暗中比以往任何時候都更美麗，彷彿自帶光芒。

我更執著地看著他。

「別盯著我看，」他說。

「我是說真的，」他說。「不要看了。」

但是我仍然更專注地看著。

他用雙手推了我，然後更用力地把我推進黑黑的河水裡，我掉到水裡，耳朵滿是咕咕作響的氣泡聲。我的衣服吸水潮濕，黏著我的皮膚，我想要尖叫，相反地卻吞了一大口水，我的手摸到了河床，雙腳踢到某種厚重、毛茸茸的不知名物體。我睜開了眼睛，看到了臉：一群黝黑的臉在我面前盤旋，我試圖與他們交談，試圖請他們幫助我，但他們全都轉身離開，然後我被拉起來了，手腕處感覺疼痛，抬頭望見菲恩的臉，他正把我拖上石階到岸邊。

「你這要命的瘋子。」他笑著說，好像我才是那個自己想要掉進泰晤士河的人，好像這只是場嘻鬧。

我用力地推了他。「該死的混蛋！」我尖叫著，我還沒完全變聲的聲音聽起來刺耳而難以忍受。「你這該死的混蛋！」

我衝過他身邊，一路闖過四個路口，有人對我狂按喇叭，我跑回屋子大門前。

菲恩氣喘吁吁地追著我到了大門，「你他媽在幹什麼？」

我應該就在那兒停下來，我真的應該。我應該深吸一口氣，評估一下情況並做出不同的決定。但是我非常生氣，不是因為被推入冰冷的、骯髒的泰晤士河而生氣，而是因為菲恩這麼多年來對我總是時冷時熱，在他有想做什麼的時候刻意關注我，沒興趣的時候卻完全無視我。我看著他，他整個人清爽好看，我則渾身濕透、狼狽不堪，我轉過身，非常用力地按著門鈴。

他盯著我。我可以看出他正在盤算要留下還是要逃跑。但一秒鐘後，那扇門打開了，大衛站在那裡，來回看著我和菲恩，他的肩膀緊繃，抿緊了嘴，看起來像一隻即將從籠中撲出來的野獸。他一字一句大聲地說，「**現在就給我進門來**。」

菲恩扭頭就跑，但他父親比他高，動作比他敏捷；他在菲恩甚至還沒到轉角前就趕上了他，把他撲倒在人行道上。當時還是孩子的我抱著雙臂，下巴微仰地看著這一切，牙齒打著顫。

我媽媽出現在門口。「到底發生了什麼事？」她問，越過我的頭頂看著。「你們到底做了什麼？」

「菲恩把我推到河裡。」我結結巴巴地說。

「親愛的耶穌基督啊，」她說，試著把我拉進屋子。「老天。快進來。把那些衣服脫掉。這真是……。」

我沒有進屋去換衣服。我站在那裡，看著大衛拖著他已然成人的兒子走過人行道，像是拖著一具屍體。

就是這樣了，我在心裡想著，**就是這樣**。

38

星期三早上，在一個附早餐的普通旅館住了兩個晚上，接著渡過英吉利海峽另一半波瀾後，露西在波茲茅斯租了輛車，開車前往倫敦。

她離開英國的時候是冬天，在她的記憶中，英國總是冷冰冰的，光禿禿的樹木，人們穿著厚重好抵禦惡劣的天氣。但此時的英國正處於漫長的炎熱夏季，街上滿是穿著短褲、戴著太陽眼鏡，渾身曬得黝黑的快樂人群，人行道被桌子佔據，孩子們圍著噴泉玩水，店外擺滿躺椅。

後座的史黛拉盯著窗外，費茲躺在她的膝頭。這是她第一次離開法國。她以前從未離開過蔚藍海岸。她時日尚短的一生都在尼斯過活，移動路線介於藍屋、奶奶的公寓和托兒所之間。

「那麼，妳覺得英國如何？」露西問，從後照鏡看著她。

「我喜歡，」史黛拉說。「顏色很漂亮。」

「漂亮的顏色，嗯？」

「是啊。樹特別綠。」

露西微笑，馬可用Google地圖的應用程式幫她指出往高速公路的方向。

三個小時後，倫敦老舊大街開始出現在視線中。

她看到馬可轉頭看向窗外，期待看到大笨鐘和白金漢宮，沿途經過迪克西炸雞跟二手電器商店。

終於，她們越過了河，這是一個燦爛的晴天：陽光灑落在河面上如鑽石般閃閃發亮，切恩大道上的屋子也閃著光芒。

「我們到了，」她對馬可說。「就是這個地方。」

「哪一棟？」他興奮地問。

「在那裡。」露西指著十六號。她的語氣輕快，但看著那棟屋子卻一陣心痛。

「有檔板圍起來的那間？」馬可說。「是那一間？」

「是的。」她說，用眼神很快地朝那棟屋子示意，同時找著停車位。

「很大間。」他說。

「是的，」她說。「的確如此。」

奇怪的是，從現在的眼光來看，她覺得屋子看起來變小了。小時候她以為這裡是個豪華大廈。如今她看得出來這只是一間房子，很漂亮，但只是一間房子。

那棟屋子附近顯然沒有停車位，最後她們停在國王路的另一端，位在世界盡頭區的停車位，她還得先在手機上下載應用程式才能停車。

氣溫攝氏三十度，跟法國南部一樣熱。

她們汗流浹背地走到那棟屋子，狗大口地喘著氣。

木頭檔板上有個掛鎖。她們站成一排，研究著這棟建築。

「妳確定是這裡嗎？」馬可說。「這裡能住人嗎？」

「目前沒有人住在這裡，」她說。「但是我們要進去，等其他人來。」

「我們要怎麼進去？」

露西深吸一口氣，回答：「跟我來。」

39

第二天早上，莉比在明亮的陽光下醒來。她伸手摸了摸床下的地板，然後再往床頭櫃上方找著手機。都沒有。前一晚的記憶模糊又混亂。她迅速坐起來，掃視整個房間。這是一個白色的小房間，她躺在一張低矮的木床上，上面有個巨大的床墊。米勒也是。

她本能地拉起被單蓋住胸口，接著才意識到自己有穿衣服。她穿著她前一天晚上的上衣和內衣。她模糊地記得她在米勒去浴室時脫下短褲，鑽進被單裡面。也隱約想起有用牙膏刷牙，而且感覺到牙膏仍然黏在她牙齒上。每件事情都模模糊糊。

她在菲恩的公寓裡。

她和米勒躺在床上。

他們穿著衣服，躺在一起睡覺。

昨晚，菲恩為他們倒了一杯又一杯的酒，並堅持要他們留下來，幾乎到了有點詭異的地步。

「別走，」他說。「拜託，我才剛找到妳，我不想再失去妳。」

而她說，「你不會失去我。事實上，我們現在算是鄰居了。看！」她指著河對岸那排豪宅中的十六號。

「拜託，」他喘著氣，長長的睫毛碰觸到他那完美的眉毛。「這裡比睡在那裡的破舊床墊上要舒服得多吧。來嘛。明天早上我為妳做一頓美味的早餐！我有酪梨。這是千禧世代喜歡吃的，對嗎？」

「我比較喜歡吃蛋。」米勒回答。

「你可以算是千禧世代嗎？」菲恩問他，瞇著眼睛，帶點苛薄的語氣。

「剛好趕上，」米勒回答。「但是我錯過酪梨大流行的時刻。」

莉比看著床頭櫃上的鬧鐘，盤算著如果她在八分鐘內動身，還可以趕在九點鐘到辦公室。這個時間對她來說已經算晚了，但是就接聽來電和接待顧客來說還可以。

她套回短褲，離開那座矮床。

米勒動了一下。

她看了他一眼。

他T恤的袖子捲了起來，露出上臂的刺青。她不能忍受刺青，這一點在這個年代來說常會讓約會變得尷尬。但他看起來很可愛，她不由自主地想著。溫柔而富吸引力。

她收回目光，不再看他睡覺的模樣，踮起腳尖走到她隱約記得昨天很晚有在房間裡用過的浴室。鏡子裡的她看起來安然無恙。前一天早上吹好的髮型看來並未受到其後各式冒險的摧殘。她再次用牙膏刷牙，用自來水漱口。她把頭髮拉起來綁了個馬尾，在浴室櫃子裡找到一罐體香劑。

當她回到臥室時，米勒已經睡醒了。

他對她微笑。「早安，」他說。他往上伸展著雙臂，她看到了他整個刺青的樣子。看起來像是段凱爾特文字 (Celtic)。但也可能更糟。

「我要走了。」她拿起手提包說。

「去哪裡？」

「工作。」她說。

「老天，妳當真嗎？妳老闆不會同意妳請一個早上的假嗎？」

她停頓了一下。當然，她會同意讓她請假。但這不是莉比的工作態度。光是想到這件事就讓她覺得不舒服。

「不，」她說。「我想去上班。今天的行程很重要。我排好了要和客戶開會。」

「妳不喜歡讓其他人失望？」

「我不喜歡讓其他人失望。」

「好吧，」他說，把被單扔回床上，露出他的紅藍相間四角短褲，和橄欖球員般健壯的腿，「等我三十秒，我和妳一起走。」

「你有看到我的手機嗎？」她問。

「沒有。」他說，跳下床來，穿上褲子。

他的頭髮亂七八糟，鬍鬚也是。她擠出一個微笑。「你要不要去照一下鏡子？」

「我應該去嗎？」他看上去很困惑。

沒什麼時間了，於是她說，「不。你看起來挺好。我們先找手機，然後離開這裡。」

她把手放在門把上往下推，門沒開。她再推了一次，還是打不開。她接著又推了四次。

然後她轉身對米勒說：「門鎖住了。」

40

切爾西大宅，一九九一年

在菲恩把我推到河裡那晚之後，大衛讓他在房裡關了一個星期。整整一個星期。這讓我很高興，因為我無法面對菲恩。他是把我推進河裡沒錯，但我的行為遠遠比他要糟糕得多。

我主要是感到痛苦。因後悔、懊惱、憤怒、無助和想念他而痛苦。每天的餐食會直接送到他房裡，一天有兩次可以出來上洗手間。他父親交叉著雙臂，像惡棍般在他房門外來回看守著。

那段時間，整棟屋子瀰漫在沉重而謎樣的氛圍裡。一切都是大衛說了算。他散發著嚇人的黑暗能量，每個人都避免激怒他，我也是。

菲恩被監禁期間的某個下午，我和賈斯汀坐在一起整理著藥草。我抬頭看向屋子後方菲恩的窗戶。

「你不覺得這樣很不好嗎？」我說，「大衛就這樣把菲恩關起來？」

他聳了聳肩。「他可能弄死你耶，小夥子。你可能會死。」

「是的，我知道。但是他沒有。我的意思是，**我**沒有死啊。這樣實在很……**不好**。」

「嗯，大概吧，我可能就不會這麼做，但我不是個父親，我不知道要怎麼教小孩。我想，大衛只是在**盡他的職責**。」他邊說邊比著手勢強調。

「他的職責？」我說。「這是什麼意思？」

「這個嘛，這樣說吧，讓一切都在自己的掌控之下。」

「我恨他。」我說，我的聲音意外地嘶啞。

「嗯哼，那麼，我們倆的想法一致。」

「你為什麼不離開？」

他先看了我一眼，然後望向後門。「我打算要，」他小聲說。「不要告訴任何人，好嗎？」

我點了頭。

「有個小農場。在威爾士。我在市集上遇到的女人說的。他們正在找人幫忙弄個藥草園。就像這裡，提供免費食宿之類的。但是沒有他媽的耀武揚威的惡霸。」他再次將目光轉向屋子。

我笑了。**耀武揚威的惡霸**。我喜歡這個形容。

「你什麼時候要走？」

「很快，」他說。「非常快。」他突然抬頭看著我。「想一起來嗎？」

我眨了眨眼。「去威爾士？」

「是的。到威爾士。你可以繼續當我的小徒弟。」

「但是我只有十四歲。」

他沒說話，只是點了點頭，繼續捆紮藥草。直到過了一段時間，我才突然意識到他這番話的真正意思，他並不是在邀請我一起去威爾士繼續幫他的忙；他不是因為需要而邀請我。他之所以邀請我，是因為他認為我在那裡會比留在這個家裡安全。

賈斯汀在兩天後離開。他沒有跟任何人說他要去哪裡，而且一大早就動身了，連大衛都還沒醒來。基於從菲恩身上學到的關於轉述故事的教訓，我沒有跟任何人說有關威爾士小農場的事。我清楚記得他不想讓任何人知道他要去的地方。那天稍晚，我走進他的房間。他來的時候一身輕便，離開時更身無長物。我走到窗邊，他所有的書在窗台上排成一列：《現代巫術與咒語》、《威卡教義入門》、《關於藥草的魔法咒語》。

我非常確定他是故意把書留下來給我的。

我瞥了眼走廊，確定附近沒有人後，把整堆書都塞進身上的套頭衫。當我正準備回自己的房間時，床頭櫃上的某個東西吸引了我的目光。那是個毛茸茸的小玩意兒。一開始我以為是死老鼠，再仔細一看發現是附在短鍊上的兔子腳。我隱約有個印象這是種幸運符，就像石南花和四葉酢漿草。我迅速地把它塞進口袋，跑回房間，把所有東西都藏在我的床墊底下。

我一直希望能再次收到賈斯汀的訊息。

在人們發現屍體，警方進行調查，並試圖追查藍柏家族的「失蹤兒童」慘案時，我等待著，等著賈斯汀突然出現在六點鐘的新聞裡，談論他在屋裡度過的那段時間，關於大衛．湯森如何將十幾歲的兒子鎖在臥室裡，強制決定每個人吃什麼、穿什麼、可以和不可以去哪裡。

我不斷地在網路上搜索著賈斯汀，但完全沒有他的蹤跡。我只能假設他死了，或者移居到隱蔽而遙遠的地方，又或者他知道我們發生了什麼事，但決定保持沉默不要涉入。不管真相如何，我總是暗自鬆一口氣。但他毫無音信，又讓我掛念。我一開始並不喜歡他，但事實證明，他是所有要命問題裡最不惱人的一個。

幾個月過去了。夏天變成冬天。我接管了賈斯汀的藥草園。大衛對此積極鼓勵，因為這符合他的理念。孩子們應該努力從事有益身心健康的事務，而非學習任何可能讓他們陷入邪惡的資本主義的技能。他不知道我床底下的書，也不知道我正在發展的特殊才能。每天晚上，我會摘來少許新鮮羅勒和薄荷葉供烹飪使用，這個行為經過許可並得到讚賞。某天晚上，柏蒂甚至因為看到我在雨中忙著遮蔽稚嫩的新苗，幫我放了洗澡水。

「你做得很好，」她在我上樓梯時遞給我一條毛巾。「大衛對你很滿意。」

大衛對你很滿意。

我想像狗一樣咬她。

不出所料，薩莉並沒有租到哈默史密斯的公寓，至今仍窩在布里克斯頓朋友家的沙發上，最近討論的是要搬到康沃爾郡。

有天晚上，她身後跟著下午一同去參加朋友聚會的菲恩和克萊蒙絲回到家，比他們預計回來的時間晚了三個小時，而她顯然喝得醉醺醺。我過去很常看到大人們喝醉的模樣，那時我的父母熱愛交際，每個週末都開派對。但是我不確定我曾見過有人醉得像那天晚上的薩莉。

「我不敢相信，」我聽到大衛怒氣沖沖地說，「天殺的妳怎麼認為會有任何機會讓孩子們和妳一起生活。看看妳這副模樣。」

「你！」薩莉說。「你敢說！看看你自己！你以為你是誰？你這可悲的人。丟臉。你和那個醜陋的女孩。天知道你他媽的還有跟誰上床。天知道。」

我看到大衛試圖把薩莉推向門邊。看得出來他真的很想打她，正竭盡全力忍耐。

然後我媽媽出現了。「我幫妳煮杯咖啡，」她扶著薩莉的手肘，向大衛丟了個警告的眼神。「來吧。我們幫妳整理一下。」

我假裝不知道有這場好戲，在不久後走進廚房。「只是想喝點水。」我說，儘管沒人理我。我假裝要離開，但悄悄躲在儲藏室門邊。

薩莉無聲地掉著眼淚，手帕壓在臉上。我聽到她說，「請好好照顧他們。請幫我好好照顧他們。我真的不知道我是否能夠……。」剩下的話被門外傳來的渡船鳴笛聲淹沒。「我很擔心。菲恩說了他被鎖在房間裡的事，我明白，他是做了件壞事。我是說，上帝啊，我知道，亨利可能會死。但是這麼做實在是很……冷酷？不是嗎？像這樣把孩子關起來？他真的是個冷酷的人……。」

「妳了解大衛，」我媽媽回答。「這是他讓一切事物維持秩序的方式。他拯救了我們，薩莉。他確實做到了。在他出現之前，我看不到每天生活的意義。但是現在我每天早晨醒來，對自己的存在感到高興。我對自己感到喜悅。我沒有在消耗地球，沒有掠奪地球的能量。地球不會因我而暖化。我的孩子們以後不會坐在辦公桌後面，從窮人身上賺錢。我只希望，」她說，「大衛可以再早幾年進入我們的生活。」

41

莉比握拳敲著門。米勒也這麼做。那扇門是堅固的防火門。他走向窗邊，看看是否有其他逃生途徑，但窗戶是密閉的，而且窗外距離地面有十層樓高。

他們再次在房裡尋找手機，沒有找到。

半小時後，他們停止敲門，背倚著床腳坐在地板上。

「現在該怎麼辦？」莉比開口。

「讓我們等個半小時，然後我會試著把門踢開。」

「你為什麼不現在就踢踢看？」

「說真的，我不像看起來那麼壯。我背上有個舊傷。得小心點。」

「那十分鐘吧。」

「好，十分鐘。」

「你覺得他在玩什麼把戲？」她問。

「我毫無頭緒。」

「他要殺了我們嗎？」

「喔，我不這麼認為。」

「那他為什麼把我們鎖在這裡？」

「也許是不小心的？」

莉比難以置信地瞪了他一眼。「你不是真的這麼想吧，是嗎？」鬧鐘顯示現在的時間是早上七點三十七分。當他們聽見關門聲而坐挺了身子時，她正盤算著今天上班會遲到多久。有人在說話。是菲恩，他正在對其中一隻貓講話。接著是親貓的嘖嘖聲。他們跳起來，再次開始敲打房門。

過了片刻，門開了，菲恩望著他們。

「天哪，」他說，一手摀住了嘴。「天啊。我很抱歉。我有可怕的夢遊習慣。之前曾經跑進客房裡頭，呃，其實是不小心窩上了客房的床。所以我昨晚睡覺前把房門鎖起來了。今天早上又特別早起，決定去跑步。完全忘記你們還在。真是非常對不起。快過來。來。我們來吃早餐吧。」

「我沒辦法吃早餐。上班要遲到了。」

「喔，打個電話給他們吧，跟他們解釋一下。我相信他們會理解的。來吧。我有新鮮橙汁和各式食物。今天又是好天氣。我們可以在露台上用餐。留下來嘛。」

他甜言蜜語地哄著他們，跟昨天晚上一樣。莉比覺得自己被騙了。

「你為什麼不說一聲？」她說，「昨天晚上？你為什麼不告訴我們你要鎖門？或者你可以讓我們從裡面反鎖就好？」

「很晚了，」他回答，「而且我太醉，腦袋不清楚。」

「你知道，你真的嚇到我們了。我非常害怕。」莉比的聲音有些沙啞，剛剛的緊張感逐漸消失。

「請原諒我，」他說。「我是個蠢蛋。根本沒想清楚。你們已經睡了，我不想吵醒你們。

就這麼把門鎖上了。真的是不小心的。別這樣。來吃點東西吧。」她和米勒交換了眼神。她看得出來他想留下，於是她點頭。「好吧，不過大概只能待一下。還有，菲恩？」

他甜膩地看著她。

「我們的手機呢？」

「哦，」他說。「不在你們的房間嗎？」

「沒有，」她回答。「兩支都不在。」

「這樣啊，你們昨晚肯定放在哪裡了。我們來找找。」

他們跟著他經過走廊，回到開放式客廳。「喔，」他輕聲說。「在這裡。你們昨天留在廚房充電。昨天晚上我們一定都喝得非常、非常醉，竟然這麼有條理呢。去吧，」他說，「先去露台坐著。我去準備早餐。」

他們並排坐在沙發上。陽光在河對岸閃耀，照亮了切恩大道上房屋的窗。

米勒往她坐近了些。「他騙不了我，」他在她耳邊悄聲說。「我不相信所謂『喝得太醉，忘了說要把你們鎖起來』的故事。也不相信關於手機的那部分。昨晚我是醉了沒錯，但我清楚記得上床睡覺時手裡握著手機。肯定有鬼。」

莉比點頭表示同意。「我懂，」她說。「有些事情前後對不起來。」

她打開手機撥給蒂朵，進了語音信箱。「說來話長，」她說。「我還在切爾西。可以請妳麻煩克萊兒幫忙處理十點鐘跟摩根家的會面嗎？她知道所有細節。系統上有最新報價，只需要印出來就好。我保證會在下場會議前趕到。真的很抱歉，等見到妳時我會解釋一切。如果我十點三十分還沒出現，打電話給我。要是我沒接，」她迅速往身後看了看屋裡，菲恩仍站在廚房流理台後切著麵包，「我人在巴特西這區，正對著那棟豪宅的一棟公寓裡。懂吧？我不知道這裡是幾號，但是我們在十樓。一會兒見。對不起。掰。」

她結束通話，看著米勒。

他斜眼瞅著她，帶著微笑。「我不會讓妳出事的。」他說。「我會確保妳可以在下場會議前，活著趕到辦公室。好嗎？」

一股暖意流過心頭，她微笑著點了點頭。

菲恩端著托盤出現，將餐點擺在他們面前。炒蛋、撒了堅果的酪梨泥、幾片黑麥吐司、一小塊奶油和一壺冰橙汁。「看起來很棒吧。」他邊說邊遞出餐盤。

「美味極了。」米勒搓搓雙手，拿了好幾片吐司到盤子裡。

「咖啡？」菲恩詢問。「還是茶？」

莉比要了咖啡，加了放在壺裡的牛奶。她拿起一片吐司，但發現自己沒有胃口。

她看著菲恩。她想再多問問他昨晚那些故事的細節，她還是不了解全貌；抓不住真相。似乎有個叫柏蒂的拉小提琴的女人。有隻貓。還有一堆規矩、狂熱信仰，還有個叫亨利做了很不好的事之類的。但一切都如此模糊，她想著，就好像他根本沒跟他們說過任何事情。最後，她開口，「你有你們小時候的照片嗎？」

「沒有，」他抱歉地回答。「一張都沒有。還記得吧，我們離開時，屋裡空無一物。我父親把東西都賣了，一樣不剩。沒有拿去賣的，就丟去慈善機構。不過……」他停頓。「妳記得一首歌嗎？八十年代的歌……喔，不，妳當然不可能知道，妳太年輕了。當時有首歌，那個樂團應該是叫『原始版本』吧？在我們來到那棟屋子前的那個夏天，他們在排行榜上蟬聯了數週榜首。我昨晚跟妳提到的那個女人柏蒂，她在那個樂團待過一段時間。柏蒂和賈斯汀都是。那支音樂錄影帶是在切爾西大宅拍的。妳想看看嗎？」

莉比喘著氣。除了米勒那篇《衛報》文章刊登的那張她父母穿晚禮服的照片外，她能夠更靠近地看到自己當年出生之處。

他們進了客廳，菲恩將手機連接到那台有著巨大螢幕的電漿電視。他搜索著YouTube，然後按下播放。

莉比立刻認出了那首歌。她從來不知道歌名或是誰唱的，但是她很熟悉這個旋律。影片一開始是樂團在河邊演出。打扮都差不多，格紋衫、吊帶褲、帽子和馬汀鞋。人數眾多，大約有十個團員。其中兩個是女人，其中一個拉小提琴，另一個則負責某種皮鼓。

「那位，」菲恩按了暫停，指著螢幕。「那就是柏蒂。留著長髮的那個。」

莉比盯著螢幕上那個女人。她的身材瘦削，下巴瘦小，表情嚴肅。她用小提琴緊緊抵著下巴，傲慢地緊盯著鏡頭。「那就是柏蒂？」她說。她很難把這個瘦弱、貌不驚人的女子和昨晚菲恩故事中的那個女人連結起來，那個性格偏執，冷酷地掌控和凌虐整個家的女人。

菲恩點頭。「對。該死的邪惡婊子。」

他再次按下播放鍵，樂團現在在一間房子裡面，這是一棟美輪美奐的房子，裡面裝滿了油畫和誇張的家具，紅色的天鵝絨寶座，閃亮的劍和拋光的木頭鑲板，垂掛的窗簾，麋鹿的頭，填充的狐狸和閃閃發光的樹枝狀吊燈。樂團在屋裡一邊走動一邊演奏，攝影機跟著他們。樂團在華麗的雕花樓梯上擺姿勢，從鋪著木地板的走廊上往前衝，用劍比鬥，戴上頭盔模仿騎士，騎上前庭花園的大砲。還有在一個巨大石壁爐前面攝影，爐裡滿是燃燒著的原木。

「哦，天哪，」莉比說。「真美。」

「沒錯，」菲恩冷冷地說，「可不是嗎？那個賤人和我父親一步步摧毀了它。」

莉比將目光移回電視上的影像。十個年輕人，一棟充滿生命力、財富、活力和溫暖的房子。

「我不明白，」她靜靜地說，「這一切究竟是怎麼變了樣。」

42

露西帶著孩子們和狗，拐過街角走到切恩大道十六號後面的公寓街區，剛過午的陽光仍然炙熱地曬著她們的肌膚。她們踮步迅速走過社區花園，穿過那座不太牢靠的後方邊門。當她們穿過灌木叢到達被漫長酷暑曬成褐色的草坪時，她示意孩子們保持安靜。

露西驚訝地發現屋子的後門沒鎖，有塊玻璃被打破了，上面的裂痕看起來是新的，她感到背脊發涼。

她將手伸過玻璃的破口，轉動裡面的把手。門打開了，她鬆了一口氣，這樣就不必爬上屋子從屋頂進去了。

「這裡很恐怖。」史黛拉說，一邊跟著露西走進屋裡。

「是的，」露西同意，「沒錯，有點嚇人。」

「我覺得這裡很棒。」馬可碰觸著一台大型的直立式暖氣，環視整個房間。露西領著孩子們參觀屋內，感覺這個地方彷彿從她離開之後，就陷入一種靜止狀態，等著她回來，連一顆塵埃或一條蜘蛛絲都沒動過。空氣中的味道雖然帶有霉味，但也有著隱約的熟悉感。光線照入陰暗房間的方式、她的腳踩在地板上的聲音、牆上的影子。全部都一模一樣。當她們在屋子裡走動時，她用手指在牆上劃著軌跡。在一個星期之內，她重新造訪了她一生中最重要的兩間屋子，安提布和切爾西，兩個令她受傷、心碎、被迫逃離的地方。過往的一切沉甸甸地壓在她的心上。

看完房子後，她們坐在花園裡，蔓生的枝葉形成寬廣而涼爽的遮蔭。

露西看著馬可拿著一根棍子在花園裡晃盪，身上穿著黑色T恤。有一瞬間，她把馬可看成了亨利，正在照顧他的藥草園。她差點兒跳起來去確認他的臉，但她馬上就想起來：亨利已經長大了，不再是小孩子。

她試著想像亨利現在的模樣，不太成功，她只想得起他在最後那個晚上的樣子。那天晚上他下定決心的表情、燭光在他臉頰處閃爍，還有他讓人不安的沉默。

「這是什麼？」馬可大聲問她。

露西把手放到額頭上遮住陽光，看向花園的另一端。

「噢，」她站起來向他走過去。「這是一個舊的藥草園。住在這裡的人曾經在這裡種植藥草。」

馬可停下來，把棍子像權杖一樣立在兩腳中間，抬頭望向屋子後方。「在那裡面發生了什麼事？」他問。

「什麼意思？」

「我的意思是，我們抵達這裡以後妳有點奇怪。妳的手在發抖。雖然妳總說因為妳是孤兒，所以妳姑姑把妳帶去法國。但是我開始認為，她把妳帶去一定是因為發生了非常、非常糟糕的事情，而且是在這間房子裡發生的。」

「我們之後再說，」她說。「這是一個很長的故事。」

「妳的媽媽和爸爸在哪裡？」他說。她明白，當她把馬可帶來這裡，等於開啟了他之前從沒開口問過的問題之門。「他們埋在哪裡？」

她屏住呼吸，僵硬地微笑說道，「我不確定。我完全不知道。」

露西年輕的時候習慣把事情都寫下來，從不間斷。她會買一本有畫線的筆記本和一支筆，隨意坐下，不論在哪裡都行，就這麼開始寫、不斷地寫、一直寫。寫下所有思緒。菲恩被綁在房間的水管，大人們都死了，引擎轟隆作響的貨車在暗處等待，暗夜裡的漫長車程；在極度驚嚇後陷入寂靜，然後等待、等著事情發生，但它從來沒有發生。直到現在，過了二十四年之後，她仍在等待它的到來，而這次它是如此接近，她甚至可以品嚐到它的味道。

這是她寫了一遍又一遍的故事。她寫好之後會把筆記本撕下來揉成紙團，然後扔進垃圾桶，或扔進大海，或是扔進潮濕的井裡。她會用火把撕下來的紙燒掉，用水泡爛或是撕成碎片。但是她必須把這件事寫下來，讓它變得像在說一個故事，而不是她生命的真相。

一直以來，這個真相讓她神經緊繃、胃痛，時不時緊張到心跳加速，在她的夢裡嘲笑她，讓她清醒時想要嘔吐，在夜晚閉上眼睛卻無法入眠。

她很清楚，唯一能讓她回到倫敦，回到一切可怕事實的源頭，就只有那個寶寶。

但是她在哪裡？她很明顯有來過這裡。屋子裡有近期有人活動的跡象，冰箱裡有飲料，水槽裡有用過的玻璃杯，還有後門玻璃上的破洞。

現在，她只需要等著寶寶回來。

43

切爾西大宅，一九九二年

接下來發生的事情是我媽媽懷孕了。

好吧，擺明了這不會是我爸爸的小孩。他幾乎無法從椅子站起來。奇特的是，這個消息宣布的時候，我並不感到驚訝。因為到了此時，我已經很明顯地看出我媽媽對大衛著迷。

大衛第一次來我們家的那個晚上，我發現我媽媽刻意避開他，那時候我就知道，那是因為她被他吸引。當我爸爸變得越來越虛弱，而大衛的影響力越來越強時，一開始的吸引力變成了癡迷。我看得出來我媽媽完全被大衛迷住了，她願意為了大衛、為了討他歡心犧牲一切，包括她的家庭。

最近我也注意到了其他事情。

深夜裡有門打開又關上的聲音。我看到母親的脖子潮紅，空氣中飄著緊張氛圍，還聽到急切的輕聲細語，在大衛的頭髮上聞到她的髮香。我注意到柏蒂發現大衛的眼睛盯著我媽媽身上某些部位，而對她抱著戒心。我媽媽和大衛之間發生的事顯然狂放且毫無遮掩，在屋裡每個角落蔓延開來。

懷孕的消息就跟其他消息一樣，是在餐桌上宣布的。當然，由大衛宣告，他坐在柏蒂和我母親之間，她們各握著他的一隻手。你幾乎可以看出他內心驕傲到血脈賁張。他對自己很滿意。可真是了不起的傢伙。有兩個伴侶。還讓一個懷孕了。了．不．起。

我妹妹立刻哭了出來，克萊蒙絲則跑開餐桌，我們聽到她在後面用力甩上廁所的門。

我極度驚恐地看著我母親。雖然我對這樣的發展並不是非常驚訝，但我驚訝的是，她這樣公開而快樂地宣布這個消息。我不敢相信她難道不認為也許私下找個角落，靜靜地將這件事告訴她的孩子們會比較好？她不覺得尷尬嗎？她不感到羞恥？

看起來沒有。她握住我妹妹的手說，「親愛的，妳不是一直想要一個弟弟或妹妹嗎？」

「是。但不是這樣！不是像現在這樣！」

我妹妹的反應向來很戲劇化。這次我不會怪她。

「爸爸呢？」我絕望地突然提出。

「爸爸知道，」她現在緊緊抓住我的手，緊緊捏著。「爸爸了解。爸爸希望我開心。」

大衛坐在柏蒂和我媽媽之間，仔細地觀察我們。我看得出來，他讓她安撫我們只是為了遷就她。我看得出來他不在乎我們對他的觀感，以及對他侵犯我們母親甚至讓她懷孕這種噁心行為的看法。他只關心他自己。

我看著柏蒂。她看起來一臉詭異的得意，宛如這是她親自擘劃的偉大計畫的成果。

「我沒辦法生小孩。」她說，彷彿讀得出我的心思。

「所以我媽媽是——什麼？」我發現我的問題很尖銳。「人體孵化器？」

大衛嘆了口氣，他用他手指側面碰觸嘴唇，他常常故意做出這種動作，一直到今天，我看到有人這麼做時，仍然會感到緊張。「這個家需要一個焦點，」他說。「讓大家凝聚的核心。一個生活的理由。這屋子需要一個寶寶。你了不起的母親正為了我們所有人做這件事。她是個女神。」

柏蒂裝聰明地點著頭表示同意。

此時，克萊蒙絲回來了，看起來臉色蒼白。她重重地坐回椅子上，顫抖著。

「親愛的，」大衛對她說。「試著這樣看待吧。這件事將把我們兩個家庭連結在一起。你們四個將有一個共同的小弟弟或妹妹。兩個家庭——」他伸手到桌子中央，「——結合在一起。」

我妹妹再次流下眼淚，克萊蒙絲握緊了拳頭。

柏蒂嘆了口氣。「喔，天哪，妳們兩個，」她語帶不悅地說，「成熟一點。」

我看到大衛對她投了個警告的眼色。她不太高興地甩過頭去。

「我了解，要花一點時間才能習慣這個想法，」大衛說。「但是妳們一定要相信我。這會把我們全部的人凝聚在一起。真的。這個寶寶將是我們這個群體的未來。這個寶寶將是我們的一切。」

***

我媽媽以一種我無法想像的方式不斷變大。她的臀部原本穠纖合度，腰部有著曲線，突然間，她成了家裡身形最龐大的人。她不停地被餵養食物，同時被要求什麼都不要做。

這個「嬰兒」顯然需要每天額外給予一千大卡的熱量，當我們大家吃著蘑菇印度香飯和胡蘿蔔湯，我媽媽則大啖義大利麵和巧克力慕斯。我應該有提過那時候我們都很瘦？當然，我們當中也沒有人原本就特別壯，除了我爸爸之外。總之，當我媽媽被餵得像隻獻祭用的羊時，我們基本上都很瘦弱。我那時已經快十五歲了，還穿著十一歲的衣服。克萊蒙絲和我妹妹看起來像有厭食症。而柏蒂基本上瘦得跟樹枝一樣。容我免費奉送一個資訊，純素食品會直接通過你的身體，什麼都不會留下來。即使如此，當這些食物以少少的份量上桌，還有人不斷告誡你別那麼貪吃地再要一份，以及當負責烹煮的其中一位廚師討厭奶油，所以永遠不會有足夠的脂肪（而小孩子必須攝取脂肪）；而另一位討厭鹽，所以味道總是很平淡；還有一位廚師不吃小麥，因為會引起胃脹氣，所以澱粉永遠不足，這些真的都足以讓人變得非常瘦弱、營養不良。

屍體被發現後不久，帶著麥克風和手持攝影機的媒體在我們家附近聚集，有一天晚上，有個鄰居在新聞中談論我們看起來是多麼的瘦。這位鄰居（我這輩子從來沒見過她）表示：「我真的很懷疑他們是否有被好好照顧。我確實有點擔心。他們都瘦得很誇張。不過我們也不會想去干涉，不是嗎？」

是的，神秘的鄰居女士，沒錯，妳確實沒有管。

當我們逐漸消瘦，我媽媽卻持續變胖。柏蒂用黑色棉布做了件孕婦裝，幾個月前，她在特賣時用便宜的價格買了好幾捆棉布來製作背袋，拿去卡姆登市集上賣。她總共才賣出了兩個，就被其他有牌照的攤商趕出來了，她立刻放棄了這個計畫。但是現在，她正滿腹熱忱地縫製衣服，迫切地想要在我母親的懷孕過程中有參與感。大衛和柏蒂很快也穿上柏蒂縫的黑色長袍。他們把其他衣物都捐出去了。他們看起來非常怪異。

而我應該要猜得到，不久後小孩子們也被要求做這樣的打扮。

柏蒂有天拿著垃圾袋走進我的房間。「我們要把所有衣服都捐給慈善機構，」她說。「其他人比我們更需要這些衣服。我來幫你收拾。」

如今回想，我不敢相信自己這麼輕易就屈服。我從未屈從於大衛的價值觀，但我很害怕他。我看過他在前一年那個可怕的晚上，把菲恩摔在屋外人行道上。我看到他打他。我知道他可以變得更誇張、更恐怖。我也一樣害怕柏蒂。她是那個釋放出他體內怪物的人。因此，儘管我經常抱怨或發牢騷，但我從未拒絕。因此，我在四月下旬的一個星期二下午三點，把抽屜和櫃子裡的衣服都清空放進了垃圾袋。送走我最喜歡的牛仔褲、很好看的 H&M 連帽衫，那是菲恩看我很喜歡所以送給我的。還有我的T恤、套頭衫和短褲，全都送走。

「那我出門時要穿什麼？」我問道。「總不能不穿。」

「這個，」她拿給我一件黑色長袍和一件黑色內搭褲。「從現在開始，我們都要穿這些衣服。這很適合。」

「我不能穿這樣出門。」我震驚地說。

「我們有把大衣留著，」她回答。「反正你也不會出門。」

這是實話。我現在像個隱士。基於那些「住屋守則」，以及「不上學」的規定，還有我實際上無處可去的情況下，我幾乎沒離開過屋子。我從她手上拿走黑色長袍和內搭褲，抱在胸前。她意有所指地看著我。「那麼，拿來吧，」她說。「其他的衣服。」

我往下看。她指的是我身上穿的衣服。

我嘆了口氣。「可以給我一點隱私嗎？」

她懷疑地看著我，但隨後離開了房間。

「快點，」她在門外喊。「我很忙。」

我以最快的速度脫下衣服，然後隨便的將它們堆成一疊。

「我可以留著我的內褲嗎？」我隔著門喊。

「當然可以。」她不耐煩地回答。

我穿上愚蠢的黑色長袍和內搭褲，看著鏡子裡的自己。我看起來像個很小、很瘦的和尚。我克制住想大聲笑出來的衝動，把手伸到抽屜後面迅速地摸索著，我的手指撈出了一樣東西，我認真地看著它。那是我兩年前在肯辛頓市集買的細領帶。我從來沒戴過。但是我無法忍受我可能永遠沒機會戴它。我把領帶跟賈斯汀的巫術書，還有他的兔腳吊飾一起放在我床墊下，然後我打開門，把疊好的衣服拿給柏蒂。

「好孩子，」她說。她有一度看起來像是想摸摸我的頭的樣子。但最後她只微笑，又說了一次，「好孩子。」

我沉默了一會兒，既然她現在似乎很溫柔，也許我可以試著問我很想問的問題。我吸了口氣，然後衝口說出。「妳不覺得嫉妒嗎？」我問。「妳不嫉妒我媽媽懷了那個孩子嗎？」

那一瞬間，她看起來很難過。我覺得我好像突然可以看透她，看進她的內心深處。但她馬上又收回去，恢復原本的樣子。她說，「當然不會。大衛想要一個孩子。我很感謝你母親讓他可以有個孩子。」

「但他不就得跟她發生……性關係？」

我不太確定自己之前有沒有大聲說過**性**這個字，但我的臉開始泛紅。

「是的，」她一本正經地說。「當然。」

「但他是你的男朋友？」

「同伴，」她說，「他是我的同伴。我不擁有他，他也不擁有我。重要的是他幸福。」

「了解，」我若有所思地說。「那妳的幸福呢？」

她沒有回答。

我妹妹在我母親宣布懷孕之後的幾天滿十三歲。我要說，儘管我不是選美專家，但她逐漸變成一個非常漂亮的女孩。她跟我母親一樣身材高挑，而且自從實行「不剪髮」規定以來，她的黑髮垂在腰間，不像克萊蒙絲或柏蒂那樣髮尾稀疏乾燥，她的頭髮濃密而有光澤。她跟我們一樣很瘦，但她有某種體態。我可以想像（我可以向你保證，我並沒有一直想像這件事情），如果她再多個幾公斤，她的身材就會非常棒。在我從小已經看習慣的她的娃娃臉後面，有張帶有某種邪惡魅力、讓人感興趣的面孔開始浮現。你可以稱之為美麗。

我提到這所有的一切，不是因為我覺得應該讓你知道我對我妹妹外表的看法，而是因為你對她的印象可能還停留在一個小女孩，但她其實已經不再是個小女孩了。

等到另一件事發生時，她實際上更接近成為一個女人。

44

莉比氣喘吁吁地趕到辦公室，比她和塞里安・泰哈尼約好碰面的時間晚了兩分鐘。塞里安是小有名氣的當地DJ，準備在新廚房花上五萬英鎊，她只要一走進展示間，彷彿就會響起無形的警鈴。莉比通常會為她們的會面預做準備，備妥文件、擺好咖啡，檢視自己的妝容、吃顆薄荷糖並打理好裙子。而今天，塞里安已經就座，在莉比出現時，她正緊盯著手機。

「我真的非常、非常抱歉，」她說。「真的很抱歉。」

「不要緊，」塞里安關上手機，放進手提包裡。「我們趕緊開始吧，好嗎？」

接下來一個小時，莉比完全沒時間去想過去幾天發生的事情。腦袋裡只有卡拉拉大理石檯面、餐具抽屜、抽油煙機、銅製吊燈或琺瑯吊燈這類問題。這讓她很安心。她喜歡討論這些，她很擅長廚房規劃。但時間稍縱即逝，塞里安收起了閱讀用的眼鏡，抱了下莉比說了再見，當她離開後，展示間的氣氛變得平和、輕鬆，每個人都像鬆了口氣。

蒂朵把她叫進後面的辦公室。「所以，」她說，手指敲著健怡可樂罐子上的標籤，「到底發生了什麼事？」

莉比眨了眨眼。「我也不確定。整件事實在太怪了。」

莉比開始講述她們在頂樓遇見菲恩，跟著他穿過阿爾伯特大橋，到了讓人讚嘆的位於巴特西的河景公寓，露台正對面就是對岸那棟大宅。也轉述了她所能記得的菲恩在露台上跟她們說的那些故事。還有她今天早上醒來，發現自己和米勒兩個人緊貼著彼此躺在一張大雙人床上，此時蒂朵說話了：「嗯哼，我就說會發生這種事吧。」

莉比不解地看著她。「什麼意思？」

「妳和米勒啊。妳們有火花。」

「我們沒有。」

「妳們確實有。相信我，我對這種事很厲害的。我曾經準確地預測出三對佳偶，而他們甚至才剛碰面。我是說真的。」

莉比駁斥這段胡言亂語。「我們喝醉了，就這麼穿著衣服躺到床上。今天早上醒來的時候，衣服也都還穿在身上。喔，還有，他身上有刺青，我可不喜歡刺青男。」

「現在很多人都挺愛刺青的。」

「對，我想他們愛，但是我不愛。」

此時，手機震動了，她拿了起來。「說人人到。」螢幕上閃著米勒的名字。

「嗨！」

「聽著，」他劈頭說道。「怪事。我剛要打開昨晚的檔案，就是錄下菲恩講故事的那段檔案。它不見了。」

「不見了？」

「對。被刪除了。」

「你在哪裡？」

「我在維多利亞區的一間咖啡館裡。正準備要把它轉錄成文字，但是檔案不見了。」

「可是——你確定是錄在那個檔案夾裡？也許你沒有按好錄音鍵？」

「我絕對有正確地按下錄音鍵。我記得很清楚，就在昨天晚上，我才檢查過那段錄音。還聽了一遍。它就在那裡。我甚至幫檔案取了名字。」

「所以，你認為……？」

「一定是菲恩搞的。還記得妳說印象中妳上床睡覺時有帶著手機嗎？嗯，我也是。而且我的手機有指紋辨識功能。我的意思是，他肯定是在我們睡覺時進了房間，趁我昏睡的時候，**用我自己的手指**解鎖了我的手機。也把妳的手機拿走了，再把我們鎖在房裡。還不只這樣。我用Google搜尋了他，菲恩．湯森，網路上根本查不到關於他的任何資訊。我也搜了他住的公寓地址。那是放在短期出租網上的住宿空間。根據上面的預訂資料顯示，他是從六月中旬開始租的。差不多就是從……。」

「從我生日那天開始。」

「對。」他嘆了口氣，用手摸著鬍鬚。「我完全摸不透那傢伙是誰。他狡猾得要命。」

「那個故事，」她說。「你還記得他說的那個故事嗎？應該可以讓我們搞清楚真相。」

他停頓了一會兒。「有點模糊，」他說。「大部分還記得。但是最後那一段實在是……。」

「我也是，」她說。「朦朦朧朧的。而且我睡著了……。」

「睡得跟死人一樣沉。」

「我這一整天都覺得……。」

「有哪裡怪怪的。」

「真的很怪，」她同意。

「我在想是不是——」

「沒錯，」她插話，「我也這麼想。我覺得他對我們下藥。但是為什麼？」

「這個，」米勒說，「我不知道。但妳應該檢查一下手機。妳有設密碼嗎？」

「有，」她回答。

「是什麼？」

她嘆氣，垂下肩膀。「我的生日。」

「好吧，」米勒說。「那麼，檢查看看手機裡有沒有多了什麼奇怪的東西。他可能裝了什麼上去，間諜程式之類的。」

「間諜程式？」

「老天，誰知道呢。他是個怪咖。昨晚發生的一切都太詭異了。他闖入妳的屋子，對我們下藥——」

「是**可能**有對我們下藥。」

「好吧，可能有對我們下藥。至少，他有趁我們睡覺時，偷偷溜進我們的房間，用我的指紋打開我的手機，從妳的包包拿走了妳的手機，然後把我們關在房裡。我認為這個傢伙可能做出任何事情。」

「是的，」她輕聲說。「是的，你是對的。我會的，我會檢查手機。我在想，他甚至可能正在聽我們講話。」

「沒錯。有可能。那聽好了，你這傢伙，如果你在聽，我們跟你沒完，你這混蛋變態。」

她聽得到他用力的呼吸聲。「我們應該再碰個面。盡快。我一直在查柏蒂．鄧洛普——艾佛斯。她的背景挺有意思。還有，我可能有找到更多曾經住在這裡的人，比方柏蒂的男朋友賈斯汀。妳什麼時候有空？」

莉比的脈搏因為可能將看到更多進展而加速。「今天晚上，」她的呼吸急促。「我是說，甚至是……。」她抬頭看著正熱切地盯著她的蒂朵。「現在嗎？」她對著正瘋狂地點著頭，無聲地說著**走，現在就走**的蒂朵詢問著。

「我現在就可以去找你。哪裡都行。」

「我們的咖啡廳？」他說。

她立刻就明白他的意思。「好，」她說。「我們的咖啡廳。我可以在一小時內到那裡。」

在她掛上電話後，蒂朵看著她說，「妳知道，我想這應該是妳休年假的好時機。」

莉比做了個鬼臉。「但是——」

「沒有什麼但是。我會處理摩根家和塞里安．泰哈尼的案子。我們會說妳生病了。總之不管是發生什麼鬼事，都比廚房重要啦。」

莉比的嘴張了一半，想開口支持廚房的重要性。廚房真的**很**重要，廚房能讓人們開心。人們需要廚房。廚房，以及購置廚具的人們是她過去五年生活的重心。但她知道蒂朵是對的。

於是她點了點頭，「謝謝妳，蒂朵。」

她整理好桌子，回覆了兩封剛收到的電子郵件，設好「外出」的電郵帳號自動回覆功能。然後從聖奧爾本斯大街出發前往火車站。

45

切爾西大宅，一九九二年

到了一九九二年五月的時候，我們家已經徹底變了樣，變得莫名詭異。由於外面的世界如常地充斥著肉食者、有害煙霧和不明細菌，已經無法憑藉認真健身和自家的美麗花草加以抵禦，可能導致大衛寶貝的受精卵因之死亡。因此，所有人都被禁止外出。每週會有蔬菜運到我們家門口，儲藏室儲備了充足的各式豆類和穀物，至少夠我們吃上五年。

然後有一天，在我十五歲生日前不久，大衛命令我們交出鞋子。

我們的鞋子。

顯然，即便不是用死掉動物的皮製成的鞋，也全都是不好的、是邪惡的、是壞東西。它們代表著骯髒的人行道以及沉悶地跋涉於萬惡的辦公室之間，人們會在辦公室裡製造更多的錢供已然富裕的人揮霍，而讓窮人繼續留在政府造成的貧困枷鎖之中。印度的窮人顯然都不穿鞋；因此，我們也不應該穿鞋子。我們所有的鞋都被收集到一個紙箱中，被留在鄰近的慈善商店門口。

從大衛拿走我們的鞋子的那一天起，一直到兩年後我們逃脫的那個夜晚，沒有任何人踏出過我們的房子。

46

莉比走進西尾巷的咖啡廳時，米勒正在吃東西。

「你在吃什麼？」她問，將手提包掛在椅背上，坐了下來。

「雞肉香腸捲，」他回答，擦著嘴角的醬汁。「很美味。非常、非常好吃。」

「現在是下午四點，」她說。「這算哪一餐？」

他想了想這個問題。「晚了點兒的午餐？還是早了點兒的晚餐？晚午餐？午晚餐？妳吃過了嗎？」

她搖了搖頭。除了今天早上在菲恩家露台上的早餐，她到現在都沒有進食，也沒有食慾。

他聳聳肩，又咬了口肉捲。

莉比點了一壺茶，等米勒吃完飯。

米勒的好胃口莫名地挺吸引人。那專心的模樣彷彿沒有別的事情比吃東西更重要。她認真地看著他吃東西。

「我不餓。」她說。

「好了，」米勒打開筆記型電腦，輸入了一些文字，然後把螢幕轉向莉比。「容我為妳介紹柏蒂．鄧洛普——艾佛斯。全名是布莉姬．艾思霈．薇若妮卡．鄧洛普——艾佛斯。一九六四年四月出生於格洛斯特郡，一九八二年移居倫敦，在皇家音樂學院學習小提琴。週末會在街頭表演，後來和當時的男友羅傑．米爾頓加入了一個名為『格林星期天』的樂團。順道一提，羅傑後來是烏鴉合唱團的主唱。」

他兩眼發亮地看著她。

她茫然地回望，「他們很有名嗎？」

他翻了個白眼，「算了，」他繼續說。「總之，她從事演奏小提琴的工作幾年後，參加了『原始版本』的樂團甄選。當時她跟賈斯汀．雷丁開始戀愛，將他帶入樂團擔任打擊樂手，根據當時的採訪報導，她有控制狂。沒人喜歡她。樂團在一九八八年夏天大獲成功，登上排行榜的榜首，但後來她和賈斯汀發行了另一支單曲，成績慘淡，她將此怪罪樂團其他人，發了好大一頓脾氣後，帶著賈斯汀離團。以上是柏蒂．鄧洛普——艾佛斯現存於網路上的所有故事。此後再也沒有半點消息。就這樣……。」他比著手勢形容一切落入深淵。

「她的父母呢？」

「沒什麼可追。她是一個天主教好人家裡的八個孩子之一。據我所知，她的父母還活著——至少，我沒有發現任何暗示他們已經死了的跡象。鄧洛普——艾佛斯一家有很多後代從事音樂演奏和經營素食外送服務，生活得還不錯。但不知什麼原因，她的家人似乎沒注意，或者根本不在乎他們的第四個女兒在一九九四年之後就失去音訊了。」

「那她的男朋友呢？賈斯汀？」

「也沒得追查。有些資訊提及他在那兩首原始版本樂團的熱門單曲中擔任打擊樂手。沒別的了。」

莉比安靜下來好消化這一點。人們怎麼可能就這樣無聲無息地消失呢？怎麼可能會沒有人注意到？

他將螢幕轉向自己，輸入文字。「所以，」他說，「我開始研究菲恩。我聯繫上那個短租公寓的所有人，說我正在調查一起謀殺案，需要他提供最後一名住客的名字。他很樂意提供協助，而且顯然很興奮。住客的名字是賈斯汀．雷丁。」

莉比驚訝地看著他。「什麼？」

「菲恩，或不管那傢伙是誰，用了柏蒂前男友的名字租了那間公寓。」

「哦，」她說。「哇。」

「出乎意料，可不是嗎？」他又鍵入了其他文字。「還有一樣，不過不會是最後一樣，請見見這位薩莉．拉德利特。」

他再次將螢幕轉向她。上面是個年長的女人，銀髮剪成整齊的包頭，水藍色眼眸戴著有框眼鏡，臉上掛著微笑，淡藍色上衣解開到第三顆鈕扣，露出蒼白鎖骨，臉部的輪廓仍可看出過往的美麗。照片下方寫著「生命治療師和人生教練。彭瑞斯鎮，康沃爾郡」。

「對的城市。差不多的年紀。看起來也像是對得上的專業領域——妳懂吧，生命治療師耶。就是那種人們無處可去時最後可能會去做的不知所以然的工作，不是嗎？如果真的是薩莉．湯森的話？」

他興高采烈地看著她。「妳覺得呢？」他說。「就是她，不是嗎？」

她聳了聳肩。「嗯，是吧，我猜可能是。」

「這裡有地址。」他指著螢幕，她可以從他眼中讀出他想提出的問題。

「你認為我們應該去看看？」

「我認為我們應該，是的。」

「什麼時候？」

他揚起一邊眉毛，微笑著將一串數字按入手機。他清了清嗓子，開口：「妳好，請問是薩莉・拉德利特嗎？」

她可以聽到電話那頭的聲音說是。

就像他突然撥出電話那樣，米勒唐突地掛上電話。他看著莉比，「現在去？」

「但是——」她正想找個沒辦法現在就走的理由，卻想起她已經沒有理由。「我需要洗個澡。」她勉強擠出了說法。

他露出微笑，將筆電轉回來面向自己，開始打字。「B&B？」他說。「還是普瑞米爾旅館？」

「普瑞米爾。」

「好極了。」他點擊了幾下，在特魯羅的普瑞米爾旅館預訂了兩個房間。「我們到那兒時，妳可以洗個澡。」他蓋上螢幕，拔下筆電的插頭，收進尼龍保護袋裡。「準備好了嗎？」

她從椅子上起身，對於接下來一整天都會跟他待在一起感到異常興奮。

「準備好了。」

47

切爾西大宅，一九九二年

我認為即將出生的嬰兒是讓我們生病的主因。我看到母親越來越胖，我們其餘的人則越來越瘦。大衛屁股翹得高高的，一副洋洋得意、趾高氣昂的模樣。只要我媽變得更重，或者肚子裡的嬰兒踢腳或扭動時，大衛病態的自戀就更添一層。我試著記住菲恩在我們去肯辛頓市集那天告訴我的事情，大衛被他試圖侵占和控制的上一個家庭掃地出門。試著想像當他被那一家的主人抓到他偷盜財產時有多丟臉。也不斷提醒自己，四年前出現在我們家門口無家可歸、身無分文的那個人，和現在像隻誇張火雞在我家招搖過市的是同一個人。

我不敢想像那個嬰兒真的出現在我們家。我知道大衛會以此來更加鞏固他是我們這個扭曲的小宇宙的神的地位。如果沒有這個嬰兒，我媽媽就可以不用成天吃東西，我們也可以外出而不用擔心會把細菌什麼的帶進屋裡。更重要的是，我們絕對沒有理由再跟大衛・湯森有更多關聯。沒有什麼能讓我們與他有關，跟他綁在一起。

我知道我該怎麼做，儘管那對我來說不是件好事。但我還是個孩子。我很絕望。我試圖拯救我們所有人。

用藥出奇地容易。我盡可能地幫我媽媽準備吃的東西。我做了草本茶和蔬果汁。在我幫她準備的一切食物中，添加賈斯汀的書裡在「自然流產」那一章提到的東西。大量的西洋芹、肉桂、艾草、芝麻籽、洋甘菊和月見草油。

當我把果汁遞給她時，她會撫摸我的手，「你真是個好孩子，亨利。我很高興你能照顧我。」我會些微臉紅但默不做聲，因為從某些方面來說我是在照顧她。我在確保她再也不會被大衛羈絆住。但是從其他方面來說，我不算是真的在照顧她。

到了她懷孕五個月左右，胎兒成長得很健康、正常，開始會踢、會扭和動來動去。然後有一天，我媽媽下樓，我聽到她在廚房和柏蒂說話，「寶寶沒在動。今天完全沒動。」

恐懼隨著那一天的時間過去日漸擴大，我覺得非常難受，因為我知道會發生什麼。

當然，沒有醫生來，也沒有人提議去急診室。顯然，大衛·湯森在他所擁有的各項技能外，還是個合格的婦科專家。他掌控全局，指揮眾人來回地拿毛巾、水和無意義的安慰劑。

胎兒死後過了五天才出來。

我媽媽哭了好幾個小時，她和大衛、柏蒂跟那個嬰兒待在她的房間裡，整個屋子都能聽到她的哭聲。我們四個孩子在閣樓上默默地擠在一起，無法清楚理解到底發生了什麼事。終於，在那天很晚的時候，我媽媽把嬰兒裹在黑色披肩裡帶到樓下，大衛在花園盡頭挖了一個墳墓，嬰兒在漆黑的夜裡被埋葬，四周點著蠟燭。

那天晚上我去找父親。我坐在他對面對他說，「你知道寶寶死了嗎？」

他轉頭看著我。我知道他不會回答我，因為他無法說話。我想也許能從他眼中看出他對那一晚事件的看法。但我只看到了恐懼和悲傷。

「是個男孩，」我說。「他們叫他以利亞。他們正在埋葬他，在後花園裡。」

他繼續盯著我看。

「這樣可能也好，不是嗎？你不覺得嗎？」

我正在為自己尋求救贖。我決定把他的沉默當成贊同。

「我的意思是，不管怎樣，他本來也可能會死，不是嗎？在完全沒有醫療援助的情況下？甚至可能更糟，媽媽說不定也會沒命。所以，你懂的，也許這樣會更好。」我瞥見父親身後漆黑窗玻璃上我自己的倒影。我看起來很幼稚，很愚蠢。「那個嬰兒好小。」

我講完這句話後停了下來。那個嬰兒看起來是如此嬌小，像個稀奇的洋娃娃。看到他的模樣，讓我心痛。那是我的弟弟。

「總之，這是已經發生的事。現在，我想，我們可以試著恢復正常。」

這就是問題所在。再也沒有所謂的正常。我爸爸回不到正常生活。我們也沒有回到往常的生活。嬰兒消失了，但我仍然沒有鞋子可穿。嬰兒消失了，但父親仍然成天坐在椅子上瞪著牆壁。嬰兒消失了，但我們仍然不能上學、沒有假期、沒有朋友、無法和外界接觸。

嬰兒消失了，但大衛．湯森還在這裡。

48

晚上九點。今晚露西和孩子們安頓在她父母的舊臥室裡。房內牆面上燭光搖曳。史黛拉已經睡著了，那隻狗縮在她的膝窩邊。

露西打開一罐迷你琴湯尼，馬可則開了罐芬達汽水，他們互相碰了碰罐子，敬倫敦。

「所以，」他靜靜地說。「妳現在要跟我說那個寶寶的事情了嗎？」

她嘆了口氣。「喔，天哪。」她用手拉下了臉。「我不知道。這實在是……。」

「請告訴我。拜託。」

「明天，」她說，試著忍住了哈欠。「明天再告訴你。我保證。」

馬可幾分鐘後終於入睡，現在只剩下露西還醒著，在這棟她曾發誓不再回來的破爛屋子裡。她小心翼翼地移開馬可枕在她膝上的頭，站了起來。窗外可以看見夕陽餘暉映照著河對岸嶄新公寓大樓的窗戶。當她住在這裡時，對面還沒有那些公寓大樓。她想著，假使當時有，也許會有人看到她們，會知道發生了什麼事，會有人來拯救她們，讓她們免於不幸的命運。

她在凌晨三點後入睡，在那之前好幾個小時，她的腦袋強硬地拒絕關機休息，後來才突然沉入夢境。

接著，突然間，她又醒了過來。她坐直了起來，馬可也起來了。手機上的時間顯示她們一覺睡到了早上。

頭頂上傳來腳步聲。

露西一隻手按著馬可的手，舉起食指尖放在她的唇上。

沒聲音了，她放鬆下來。但隨後她又聽到了，絕對是腳步聲，地板吱吱作響。

「媽媽……。」

她捏了捏他的手，慢慢地站起來。踮著腳尖穿過房間朝門口走去。狗也醒了，抬起了頭，離開史黛拉身邊，跟著她到門口，牠的爪子在木製地板上發出響亮的聲音，於是她把牠抱起來。牠不悅地用喉嚨悶哼了一聲，她向牠噓聲示意安靜。

馬可站在她身後，她可以聽到他沉重用力的呼吸。

「待著別動。」她輕聲喝斥。

費茲的悶哼聲越來越大。頭上又傳來另一次嘎吱聲響，於是費茲叫出聲來。聲音嘎然而止。

但接著，傳來了堅定而持續的腳步聲，一路走下了通往閣樓臥室的木製樓梯。她停止了呼吸。狗再次吠叫，試著掙脫她的手臂。她將門關上，用身體抵著門。

史黛拉醒過來，睜大眼睛盯向門邊。「媽媽，發生什麼事了？」

「沒事，親愛的，」她往房裡小聲地說。「沒事。費茲在發傻。」

第一層樓梯平台的門被推開了，然後碰地關上。

她的腎上腺素狂飆。

「是那個寶寶嗎？」馬可緊張地耳語，瞪大的眼睛裡充滿恐懼。

「我不知道，」她回答。「我不知道那是誰。」

腳步聲停了下來，門的另一側傳來人的呼吸聲。狗兒安靜下來，往後豎起耳朵，齜牙咧嘴。露西從門上移開，拉開了一小道縫。那隻狗掙脫了她的手臂，跳下來用力擠過了門縫，有個男人站在她們的房間外面，那隻狗繞著他的腳邊不斷對他吠叫著，那個男人低頭微笑地看著他，將手伸出來讓狗嗅了嗅。費茲安靜下來，嗅了下他的手，然後讓他撫摸頭頂。

「妳好，露西。」男人開口。「真是隻好狗。」

III

49

莉比伸展四肢躺在飯店床上，腳邊是熟悉的茄色織毯。普瑞米爾旅館的房間對莉比來說是快樂所在；它讓她回想起遠方城市裡的單身派對、度假和婚禮。旅館的床讓人感覺熟悉且舒適。她可以整天賴在床上。但她得在上午九點和米勒在大廳會合。她往手機瞄了一眼。八點四十八分。她下床，迅速地沖了澡。

經歷了前一天晚上從倫敦出發的漫長旅程，在彼此相伴的五個小時裡，她知道了許多關於米勒的事。

他二十二歲那年出了車禍，坐輪椅坐了一年後才復原。他年輕時很瘦，體格很好，但之後沒再恢復過以往的精實身材。他在利明頓溫泉鎮長大，有兩個姐姐，父親是同性戀。大學讀政治的他在學校裡遇到他的前妻瑪蒂達，或簡稱瑪蒂。他讓莉比看了手機裡的照片。她非常漂亮，有著深紅髮色和豐滿雙唇，那頭層次挑染的時髦髮型若放在其他百分之九十九的人身上會慘不忍睹。

「你們為什麼離婚？」她說。然後補上一句，「你不介意我問吧？」

「喔，是我的錯，」他說，一手放在自己的心上。「完全是我的錯。我把一切都擺在比她前面的位置。我的朋友、我的嗜好。但主要是我的工作。最重要的是——」他停下來苦笑，「那篇《衛報》的報導。」他聳聳肩。「不過我從此學到教訓。再也不把自己的工作擺在個人生活之前。」

「妳呢?」他問。「有莉比先生的跡象了嗎?」

「沒有,」她回答。「還沒有。目前是個待進行的計畫。」

「喔,不過妳還年輕啦。」

「是的,」她同意,一時忘記她常常覺得已經沒有足夠時間能完成自己各種隨心所欲的目標。「我還年輕。」

她穿上昨天的衣服,在九點零二分時抵達大廳,米勒已經在等她。他沒有換衣服,似乎也沒洗澡。整個人看上去凌亂不堪,像是有連續四十八小時沒闔過眼的男人。但他的邋遢和憔悴讓人喜愛,她必須抵抗想要伸手幫他整理頭髮、拉好T恤領子的誘惑。

他當然已經享用過豐盛的飯店早餐,當她出現時,他正在喝完剩下的咖啡。他對她微笑,放下杯子,他們一起離開了飯店。

薩莉的工作室位於彭瑞斯主要街道上的一棟石造建築裡。一樓店面是間名為「海灘」的水療中心。薩莉的工作室在二樓。米勒按了鈴,一個年紀很輕的女孩來應門。

「嗨?」

「妳好,」米勒說。「我們要找薩莉.拉德利特。」

「很抱歉,她目前有客人。有什麼事嗎?」

這個女孩膚色蒼白,天生的金髮,有著和薩莉一樣好看的輪廓。莉比一時以為她一定是薩莉的女兒。但是不可能。薩莉應該已經六十好幾，可能還更老。

「呃，不，我們真的需要和薩莉談談。」米勒說。

「你們有預約嗎？」

「沒有，」他說，「很抱歉。事出緊急。」

女孩微瞇起眼睛，然後將目光轉向旁邊一張切斯特菲爾德真皮沙發上，她說，「你們不介意坐下來等吧？她應該再過不久就好了。」

「非常感謝。」米勒說，他們並排坐下。

那是個很小的房間，他們和回到桌子後方的女孩間的距離近到能夠聽到她的呼吸。

一通電話打斷了尷尬的沉默，莉比轉向米勒小聲說，「如果不是她怎麼辦？」

「那就不是啊。」他無所謂地聳肩。

莉比看了他一會兒。意識到他和自己對人生的看法並不相同。他準備好接受錯誤，他不需要總是知道接下來會發生什麼。想要跟米勒一樣這麼過日子的念頭奇妙地吸引著她。

一個高個子的女人出現。她穿著灰色的短袖洋裝和金色涼鞋。她送走一名中年男子，轉身看見他們，露出不確定的神色。她轉向桌子後面的那個女孩，「蘿拉？」

女孩看著他們說，「他們要求緊急預約。」

她轉過身來，猶豫地微笑。「嗨？」

顯然，她不喜歡人們就這樣走進來要求臨時預約。

但是米勒不為所動，他站起來。「薩莉，」他說。「我叫米勒．羅。這位是我朋友莉比．瓊斯。您是否願意跟我們談個十分鐘？」

她再次看向那個叫蘿拉的女孩。蘿拉確認了下一個預約是十一點三十分。於是她指引他們進了諮詢室，在他們身後關上門。

薩莉的諮詢室有著斯堪地那維亞風格，舒適宜人：淺色沙發上鋪著編織毯，淺灰色牆面，白色桌椅。牆上掛著許多鑲框的黑白照片。

「好了，」她說。「我能為你們做什麼？」

米勒瞥了眼莉比。他希望由她開頭。她轉向薩莉，「我剛繼承了一棟屋子。一棟豪宅。在切爾西。」

「切爾西？」她含糊地複誦。

「是的，在切恩大道上。」

「嗯哼。」她點了下頭。

「十六號。」

「對，對，」她不耐煩地說道。「我不——」她正要開口，但突然停了下來，微微瞇起了眼。

「喔！」她說。「妳是那個寶寶！」

莉比點頭。「妳是薩莉．湯森嗎？」她問。

薩莉沒說話。「這個嘛，」過了一會兒，她說，「技術上來說，不是。幾年前，當我開始經營工作室時，我恢復了娘家姓氏。我不希望任何人……總之就是這樣。我經歷了一段很糟的生活，我想要重新開始。但是，是的。我是薩莉．湯森。現在，聽著，」她的語氣突然變得急促且嚴肅。「你們應該明白，我不想涉入任何事。我女兒要我發誓永遠不要談論關於切爾西那棟屋子裡發生的任何事情。永遠不要提起。在那件事發生之後，她有好幾年飽受創傷症候群困擾，事實上，到現在還是深受影響。我沒有立場說任何事。儘管我很高興見到妳像這樣活得很好，但我恐怕不得不要求你們兩個離開。」

「或許我們可以和妳女兒談一談？妳覺得呢？」

薩莉向這個問題的提問者米勒射出一道冷峻的目光。「不可能，」她說。「絕對不可以。」

50

切爾西大宅，一九九二年

我媽媽在流產後並未真的恢復過來。她慢慢地退出了群居生活。也不再靠近大衛。她開始花更多時間陪伴我父親，兩個人安靜地並排而坐。

我當然覺得自己必須對母親的不快樂負起全責，我試著餵她吃下賈斯汀的書裡說可以治癒憂鬱症的藥方，希望能改善症狀。但實際上，要讓她吃東西幾乎是不可能，不管我做什麼都沒太大差別。

大衛似乎已經放棄她。我很驚訝，我原本期待他會想參與她的康復工作。但是他遠遠地避開她，近乎冷漠。

在我媽媽流產後不久，有一天我問大衛，「你為什麼不再和我母親說話？」

他看著我，嘆了口氣。「你母親正在康復。她得依循她自己的道路。」

她自己的路。

我感覺怒火中燒。「我不認為她正在康復，」我回嘴。「我覺得她正在惡化。還有我父親呢？他難道不該得到照顧嗎？或者治療？他現在只能整天坐在椅子上。也許外面有人可以為他做些什麼。可能是某種療法。甚至是電擊之類的。外面可能已經有針對中風患者發展出的各式治療方案，而我們什麼都不知道，因為我們全都被**困在這裡……**」我開始大吼大叫，而當我的嘴裡說出這些話，我立刻知道糟糕了，就在那瞬間，他冰冷粗糙的手狠狠擦過我的下巴。

我嚐到口中鮮血刺人的金屬味，嘴唇周邊開始麻木。我用指尖摸到了血，驚恐地看著大衛。他低頭瞪著我，寬大雙肩拱了起來，頭上冒出一根青筋。這位所謂平靜而注重靈性的人，令人難以置信地在轉瞬間成了暴怒的怪物。「你沒有權利討論這些事，」他咆哮。「你根本什麼都不懂。你只是個小孩。」

「但是他是我的父親。而自從你來了以後，你就把他當狗屎一樣對待！」

他再次出手，這次換了我另一邊的臉。我早就知道會發生這種情況。從我第一次見到他的那一刻起，我就知道只要我跟他當面對質，大衛．湯森會出手打我。他現在就是這麼做。

「你毀了一切，」我豁出去了，繼續說。「你自以為自己很強、很重要，事實並非如此！你只是個欺負弱小的惡霸！你就這樣來到我家，霸凌所有人，要我們照著你的意思生活。然後你讓我媽懷孕，現在她很傷心，你卻不關心，你根本什麼都不在乎。從頭到尾你只關心你自己！」

這次他打我的力道大到讓我摔倒在地。

「起來！」他大吼。「給我站起來，回你的房間。你被關禁閉一個星期。」

「你要把我關起來？」我說。「只因為我和你說話？告訴你我的感覺？」

「不，」他吼著。「我把你關起來是因為我無法忍受看到你。因為你讓我想吐。現在，你是要自己走還是要我拖你上去。要哪種？」

我站起來，開始跑，我沒有跑上樓梯，而是跑向前門，我轉動把手，用力向後拉，我準備好了，準備好衝出去，撲向任何一個陌生人求救，**老天哪，請幫幫我們，我們被一個自大狂困在屋裡。看在上帝份上，請幫助我們！**但是門是鎖上的。

我怎麼會沒料到這樣？我不斷地用力拉著門，然後轉向他，「你把我們關在裡面了！」

「不，」他說。「只是門是鎖著的。這兩件事不能相提並論。現在，我們可以繼續了嗎？」

我踏上通往閣樓的後方樓梯，大衛緊跟在後。我聽到臥室的門被旋轉上鎖的聲音。

我哭了起來，哭得像個超級悲慘的大嬰兒。

我聽到菲恩透過牆壁對我大吼：「閉嘴！拜託閉嘴！」

我尖聲喊著媽媽，但她沒有來。

沒有任何人來。

那天晚上，我臉上被大衛打過的地方很疼，肚子餓得咕咕叫，整夜無法入睡，就這麼整晚清醒地盯著飄過月亮的雲，樹梢上鳥兒的黑影，聽著屋子在深夜裡發出的吱吱聲和嘶嘶聲。

接下來的一個星期，我想我有點陷入瘋狂。我用指甲刮著牆壁，直到磨出了血。我用頭撞著地板，發出類似動物的聲響。還看到了根本不存在的事物。我猜大衛以為等我結束監禁，會變得順從並準備改過自新。但事實並非如此。

一個星期後，當門終於被打開，我再次被允許在屋裡自由行動時，我沒有因此順服。一股強烈的訴求正義的怒火吞噬了我。我下定決心要永遠終結大衛。

在我重獲自由後，似乎還有什麼變得不一樣了，空氣中飄盪著某個大祕密，被掩蓋在日常落塵和陽光之下，糾結在屋內高處角落的蜘蛛網中。

結束禁閉的第二天早上，當我和所有人坐在早餐桌邊時，我問菲恩，「發生什麼事了？為什麼大家的舉止怪異？」

他聳聳肩說，「這裡每個人不總是怪怪的嗎？」

我說，「不。比往常更怪。好像發生了什麼事。」

此刻的菲恩已經病了，我可以很清楚地看出這一點。他的皮膚曾經光滑無瑕，如今則灰暗且斑點叢生。他的頭髮油膩地垂向一側。整個人聞起來有些腐朽、酸臭。

我向柏蒂指出這點。「菲恩好像生病了。」我說。

她小心翼翼地回應，「菲恩很好啊。他只是需要多做點運動。」

我能聽見他父親在健身房門後，不斷督促他加倍努力。「再來一次——你可以的。用力推。用點力氣。拜託！你甚至連試都沒試！」接著我會看到菲恩面無血色，一副備受折磨般地走出健身房，緩緩地爬上閣樓，似乎每一步都讓他痛苦。

我對他說，「你應該和我一起去花園。新鮮空氣對你會有幫助。」

他說，「我不想和你一起去任何地方。」

「好吧，你不必和我一起去。你可以自己去花園走走。」

「你看不出來嗎？」他說。「這屋裡沒有任何東西能讓我好一點。唯一能讓我好起來的就是不要待在這棟屋子裡。我需要離開這裡。我需要，」他直直地盯著我的雙眼說，「離開。」

在我看來，這棟屋子正在邁向死亡。先是我父親逐漸凋零，接著是我母親，現在是菲恩。賈斯汀早已拋棄我們。嬰兒死了。我真的看不出這屋裡還有什麼具有任何意義。

然後某個下午，我聽到樓下傳來一陣笑聲。我往下看著門廊，看到大衛和柏蒂剛走出健身房。兩個人渾身散發著健康的氣息。大衛伸出一隻手臂攬在柏蒂的肩膀上，把她拉向身邊，用力地吻著她的嘴唇，發出令人作嘔的親吻聲。就是他們。我很清楚，就是他們，像吸血鬼一樣榨乾了這棟屋子，耗盡了所有活力，吸走了所有愛、生命力和美好，將它們全部汲取為己用，享受著以我們的痛苦和破碎靈魂組成的盛宴。

我環顧四周，看著曾經掛著數幅油畫的光禿禿的牆面，曾經擺放了精美家具而如今空蕩蕩的牆角。想起了曾在陽光下閃閃發光的吊燈，各件金、銀、銅製家飾的光亮表面；還想起我母親衣櫥裡那些設計師服飾和提袋，為手指增色的戒指，鑽石耳環和藍寶石墜飾。現在全都消失了。全部都被以「慈善」為名，拿去幫助「窮人」了。我估算著這些失物的價值，猜測應該有數千英鎊。遠超過數千英鎊。

然後我再次低頭看著大衛，他摟著柏蒂，兩個人看起來都很自在，完全不憂慮這個家裡發生的一切。我心想：你不是彌賽亞、得道上師或上帝。大衛．湯森，你不是什麼慈善家或社會改革者，你也不是什麼道德高尚的人。你有犯罪歷史。你就這樣來到我家然後鳩佔鵲巢。而且你不是會悲天憫人的傢伙。如果你還有一點同情心，現在應該會和我媽媽一起為失去的孩子感到悲傷，或者想辦法幫助我爸爸擺脫生活上的不便，也會帶你兒子去看醫生。你不會在那裡和柏蒂開懷大笑。大家的不幸應該會讓你感到沮喪。那麼，既然你是個毫無同情心的人，自然不可能會把我們的錢白白捐給窮人。你肯定會自己把錢留下來。那一定就是幾年前菲恩跟我說過的那些「私房錢」。如果真是這樣，那它會在哪裡呢？你又打算怎麼處理？

51

切爾西大宅，一九九二年

大衛將我從我房間放出來兩個星期後，他在餐桌旁宣布我妹妹懷孕了。她還不滿十四歲。克萊蒙絲從我妹妹身邊退開，避開她的模樣彷彿被熱油燙到。我看到我媽媽無動於衷的表情，顯然她已經知道了。我看向柏蒂，她對我微笑。看到她那些細小的牙齒，我爆發了，我跳起來越過桌子，衝向大衛，試圖打他。嗯，事實上，我想殺死他，那是我的主要目的。

但是我個子小，他塊頭大，而理所當然地柏蒂夾了進來擋在我們之間，我在不知不覺間被拉開，回到桌子這一頭。我看著妹妹，看著她嘴角奇怪的笑容，簡直不敢相信我以前沒發現，沒發現我愚蠢的妹妹為他傾倒，她就像我媽媽、就像柏蒂一樣地崇拜大衛。她為大衛選擇了她而自豪，並為懷了他的孩子感到驕傲。

然後我忽然懂了。

大衛不僅要我們的錢，還想要這棟屋子。從他第一次進這個家開始，這一切就是他想要的。和我妹妹生一個小孩可以確保他在這當中的利益。

第二天，我去了父母的臥室。我翻找著紙箱，當家具被搬走時，他們剩下較不貴重的財產也都被清空了。我感覺到我爸爸的目光。

「爸爸，」我說，「遺囑在哪裡？那張說明你死後這屋子歸給誰的遺囑在哪？」

我看到他動著喉嚨想要發出語詞。他的嘴巴張開了一、兩公分。我靠近他。「爸爸？你知道在哪裡嗎？你知道那些文件都在哪裡嗎？」

他看著我，然後將目光從我臉上轉向臥室的門。

「在那邊？」我問道。「文件？」

他眨了眨眼。

有時候在餵他吃東西時，他會做這個動作。如果我媽問「親愛的，好吃嗎？」他會眨眨眼，我媽會說「好。好。」然後再餵他一口。

「哪個房間？」我問。「在哪個房間？」

我看到他的眼睛往左移動了一點點，對著大衛和柏蒂的房間。

「在大衛的房間裡？」

他眨了眨眼。

我的心往下沉。我不可能進入大衛和柏蒂的房間。首先，他們的門都會上鎖。即使沒鎖，我也無法想像如果被他們逮到會有什麼後果。

我再一次想到賈斯汀那本非常有用的咒語書。

「暫時昏迷咒」聽起來正是我需要的，它保證會帶來幾分鐘的暈迷和睏倦，一段「輕微而不會引起注意的小插曲」。

這個咒會使用到足以致命的茄屬植物，一種賈斯汀在幾個月前就跟我說過的有毒植物，我在賈斯汀的藥櫃裡面發現了一些種子後，就秘密地開始種植。種子得先放在冰箱泡水兩個星期，我跟大人們說，我正在試驗一種新的藥草，來治療菲恩的倦怠症。

我把種子種在兩個大盆子裡。它們過了三個禮拜才發芽，而上次去看時，已經全然盛開。咒語書上說，這種植物很難種植，當第一朵紫色花開的時候，我覺得自己真是棒透了。我立刻偷偷到花園裡折下了幾根小樹枝，塞進我緊身褲的腰帶處，然後迅速上樓回到房間。我用洋甘菊的葉子和糖水來調製藥水。原本藥水裡面還應該包含兩根紅貓背上的毛和老婦人呼出的氣息，但我是藥劑師，不是巫師。

我的藥草茶很受歡迎。我告訴大衛和柏蒂，我正在嘗試一種新的混合茶：洋甘菊和覆盆子葉。他們開心地看著我，說聽起來很美味。

柏蒂的那杯有點甜，我向她道歉；我說裡面加了點蜂蜜，好平衡覆盆子葉的苦澀。書上說至少要喝半杯，這個咒語才會生效。因此我坐在一旁，帶著一臉熱切的表情，彷彿我很渴望獲得他們的讚許，這樣即使他們不喜歡那些茶的味道，他們還是會喝下去。

但是他們確實喜歡，他們倆都喝完了整杯。

「嗯哼，」柏蒂在洗乾淨並收好杯子後說。「這茶超級、超級讓人放鬆，亨利。我覺得我可以……事實上……」我看到她的眼睛快閉起來了。「我可能得上床睡一下。」她說。

大衛也在努力地睜開眼睛。「是的，」他說。「稍微打個盹。」

「來吧，」我說，「我來幫你們。天哪，我很抱歉。可能茶裡面放了太多洋甘菊。來，這裡。」我讓柏蒂抓住我的手臂。

她將臉頰靠在我的肩膀上說，「亨利，我喜歡你的茶。是我喝過最好喝的茶。」

「真的，真的很好喝。」大衛也同意。

大衛往他衣服裡摸索著臥室的鑰匙，我看著他伸手進他的長袍，裡面有個斜背的皮包，我想這一定是他存放所有房間鑰匙的地方。他無法自己把鑰匙插進鑰匙孔，於是我幫他打開門鎖。然後我把他們扶到床上，兩個人都馬上陷入沉睡。

我站在那兒，在大衛和柏蒂的臥室裡。從大衛還跟薩莉在一起時開始，我已經很多年沒有踏進過這個房間。

環顧四週，我幾乎無法相信自己眼前所見，房裡堆了很多紙箱，箱子裡面看起來裝了衣服、書籍、還有其他物品，他們稱之為邪惡、不好的東西。我看到角落有兩雙鞋，一雙男鞋、一雙女鞋。我看到酒，一瓶軟木塞被塞回去、喝了一半的紅酒，一個底部殘留深色黏液的玻璃杯，還有一些我爸很名貴的威士忌。我看到一盒餅乾、火星牌巧克力棒的包裝紙。我還看到一件絲製內衣，一瓶艾爾維洗髮精。

但是我現在沒時間理會這些。我不知道這種「暫時性的昏迷」狀態會持續多長。我得找到我爸爸的文件，然後離開那裡。

我把手伸進紙箱裡翻找著，摸到了我的鉛筆盒，我小學畢業後就沒再見過它。我很快地把它拿在手裡，盯著它，彷彿它是另一個文明的遺跡。我想起那個穿著棕色燈籠褲的小男孩，在上學最後一天翹課，興高采烈地昂首闊步，想著即將到來的嶄新世界。我拉開鉛筆盒的拉鍊，緊緊靠在鼻子上，聞到鉛筆屑和童稚的味道。接著我把它塞進緊身褲，準備之後藏在自己的房間裡。

我還找到我母親的舞會禮服，父親的散彈槍，我妹的芭蕾舞緊身連衣褲和短裙，我無法理解他們為什麼要留著這些東西。

然後，在第三個箱子裡，我找到我爸的文件：灰色大理石紋的文件箱裡有好幾個金屬文件夾。我抽出一個側面標著「家庭事務」的文件夾，很快地翻閱其中的內容。

就是這個，亨利・羅傑・藍柏和瑪蒂娜・澤因普・藍柏最後的遺囑和遺言，我也把它塞進緊身褲的腰帶處，打算回房間再靜下來閱讀。我聽到柏蒂的呼吸變快了，她的腿抽動了一下，我迅速拉過另一個箱子，在裡面看到了護照。我拿起護照，直接翻看著最後一頁。這裡有我的、我妹妹的，我父母的。我感覺心裡有股怒火在燃燒。我們的護照！這個人拿走了我們的護照！這幾乎就要超過把我們鎖在自己家裡的邪惡程度。竊取他人的護照，人們用來脫離、冒險、探索、學習、充分了解世界的工具——我的心憤怒地跳動。我注意到我的護照已經過期，我妹妹的護照再六個月失效。現在對我們已經沒有用了。

我聽到大衛低低咕噥了一聲。

暫時昏迷的時間有點太短暫了，而且我不確定我還有沒有辦法再說服他們嘗試另一種特別的「新茶」。這可能是我挖掘這房間隱藏的秘密的唯一一次機會。

我找到一包止痛藥、一包喉糖，一盒保險套。然後我發現，一堆現金被藏在所有東西下方。我用手指順著兩側往下探，一路的觸感顯示錢的數量相當多。我估計有一千張，或是更多？我從最上面抽了幾張十英鎊的鈔票，摺起來放進我塞在腰帶內的文件裡面。

柏蒂呻吟了一聲。大衛也發出呻吟聲。

我站起來，我父親的遺囑、我的筆盒和五張十英鎊鈔票緊緊地貼在我的腹部。

我踮著腳尖走出房間，悄悄關上身後的門。

52

露西的腦袋不停地轉。那男人的輪廓讓人困惑。前一刻，他很像某個人，下一刻，又變了樣。她問他是誰。

「妳知道我是誰。」他說。

那聲音既熟悉又陌生。

史黛拉穿過房間，用手臂緊緊摟著露西的腿。

露西看到馬可很勇敢地在她身旁站得直挺挺的。

那隻狗已經開心地被那個男人收服，正仰躺在地板上，讓他搔肚子。

「乖孩子，」他說。「瞧瞧咱們誰是最棒的乖孩子啊。」

他抬頭看向露西，用食指尖推了推眼鏡。「我真的很愛狗，」他說。「不過妳知道的，那樣實在太不公平了，我們工作時，牠們得整天被關在家裡。所以我改養貓。」他嘆了口氣，站起身來，上下打量著她。「順道說一句，我喜歡妳的打扮。我從來沒想過妳會變成這樣，這麼，嗯，**波希米亞風**。」

「你是……。」她盯著他。

「我不要告訴妳，」那人調皮地說道。「妳得自己猜。」

露西嘆氣。她覺得很累。她千里迢迢來到這裡。她的人生漫長而艱辛，從未有輕鬆的時刻。一秒都沒有。她總是做出錯誤的決定，結果導致她和不好的人困在悲慘的情境。就像她經常感覺的那樣，她只是一個幽靈，或許曾經以人的形體短暫現存於世，但早已被生活消磨殆盡。

如今她在這裡：一位母親，一名殺人犯，一個闖入非她財產的屋子的非法移民。她所希望的只是回到當初她離開的地方，見見當年那個寶寶。現在出現的是個她覺得很像她哥哥的男人，但不知為何又有說不上來的不確定感？而且，為什麼她很怕他？

她看著那個男人，看到他的長睫毛在顴骨上形成影子。菲恩，她心想。這是菲恩。但隨後她往下看到他的手：小巧、精緻，手腕處很細。

「你是亨利，」她說，「對吧？」

53

切爾西大宅，一九九二年

在消息宣布後，我對我媽媽說，「妳就這樣讓妳女兒跟和妳同齡的男人發生關係。那太噁心了。」

她只回我，「這跟我無關。我所知道的是有個寶寶要來了，我們所有人都應該要感到高興。」

直至今日，我從來沒有像那時候一樣感到如此孤單。我的爸爸和媽媽已經不存在。我們家沒有訪客，門鈴從未響過，電話在好幾個月前就已停話。我媽媽流產之後，曾有一次有人在我們家門口堅定地敲門，每天敲半個小時，持續了將近一週。那個人敲門的時候，我們被關在房間裡。後來我媽媽說那是她弟弟，我叔叔卡爾。我很喜歡卡爾叔叔，他是那種喜愛喧鬧的年輕長輩，他會故意把小孩子扔進游泳池，講會讓所有大人們搖頭咂嘴的黃色笑話。我上次見到他是十歲時去參加他在漢堡舉行的婚禮。他穿著三件式的碎花西裝。他來到我們家門口，而我們不讓他進來這件事，讓我的心再次感到受傷。「為什麼？」我問我母親。「為什麼我們不讓他進來？」

「因為他不會懂我們選擇的生活方式。他太輕浮了，過著沒有意義的生活。」

我沒有回答，我不知道該回答什麼。他不會懂。沒有任何人會懂。至少她還清楚這一點。

送貨員會每週一次送一箱蔬菜過來，要給他的錢會放在前門一個藏好的信封裡。有時候，送貨員會按門鈴，我媽媽會掀開門上郵箱的開口處，送貨員說：「女士，今天沒有蘿蔔，用蕪菁甘藍代替，可以嗎？」我媽媽會笑著回答，「沒問題，非常謝謝你。」等到後來人們發現屍體的時候，這名男子告訴警方，他以為這是一間封閉的修道院，而我媽媽則是一名修女。他的送貨路線圖裡將這個配送點稱做「女修道院」。他說他不知道有小孩住在裡面，更不清楚裡面有個男人。

如今我很孤單。我試圖與菲恩重燃友誼（如果說看起來曾經有過一段友誼的話），但是他仍然對於我在他把我推入河裡的那天晚上背叛他而生氣。是的，我知道我應該為他一開始先把我推入河裡而生他的氣，但是我們那時候都嗑了藥，而且我很煩人，我看得出我很煩人。從某種意義上說，被推到河裡是我活該，而我在那之後所生的憤怒，其實跟我的自尊和情感受到傷害有關，而不是因為他讓我陷入可能致命的危險。還有，我愛他，當你戀愛時，你幾乎什麼事都可以原諒。不幸的是，我直到成年都沒改掉這個特質。我總是愛上討厭我的人。

我妹妹宣布懷孕後不久，有天下午，我在廚房遇到了克萊蒙絲。

「妳早就知道嗎？」我說。

她有點臉紅，這麼多年來我們很少說話，而現在，我們正談論她最好的朋友跟她父親發生了性關係。

她說，「不。我不知道。」

「但是妳們那麼親密，妳怎麼可能不知道？」

她聳了聳肩。「我以為他們只是在運動。」

「妳怎麼看待這件事？」

「我覺得很噁心。」

我猛烈地點著頭，彷彿在說，很好，我們意見一致。

「妳爸爸以前也做過這樣的事嗎？」

「你的意思是……？」

「我在說寶寶。他以前有沒有讓其他人懷孕過？」

「哦，」她輕聲說。「沒有。只有我媽媽。」

我要她跟我去我的房間，她一時間有些害怕退縮，這讓我很受傷，但緊接著我覺得這樣也不賴。如果我打算推翻大衛，好讓我們所有人離開這屋子，能夠讓人畏懼總是好事。

到了我的房間，我把床墊從牆壁邊移開，拿出我在大衛和柏蒂房間找到的東西。我把它們放在地板上讓她看，並告訴她我在哪裡找到的。

「但你是怎麼進去那裡的？」她問。

「我不能告訴妳。」我說。

她逐一看著那些物品，我發現她陷入困惑。「你的鉛筆盒？」

「是的，我的鉛筆盒。還有很多其他的東西。」我跟他說了那房裡的絲質內衣、威士忌和成堆的現金。當我告訴她這一切的時候，我發現我正在傷她的心。就像我告訴菲恩看到他父親親吻柏蒂的那天一樣。我忘了我正在和一個孩子談論她的父親，他們有著相連的基因、記憶和關係，而我所說的話正在毀棄這一切。

「他一直在騙我們所有人！」她說，用手背揉了揉眼睛。「我以為我們做的這一切是為了窮人！我不懂。我無法理解！」

我堅定地看著她的眼睛。「很簡單，」我說。「妳父親從我父母那裡拿走了所有有價值的東西，現在他想要他們的房子。從法律上說，這棟屋子是我和我妹妹的信託財產，直到我們滿二十五歲。但是，看哪。」我給她看那份我在紙箱裡找到的遺囑，上面有個用大衛筆跡寫的附加條款。他模仿法律用語寫著，這棟屋子，在我父母過世時，將直接交由大衛・塞巴斯提安・湯森和他的後代。遺囑上面有著我媽媽和柏蒂當見證人的簽名。這份遺囑要通過法院認證是絕對不可能的，但是他的意圖很明確。

「而現在他弄了個寶寶出來，可以確保這棟屋子有他一份。」

克萊蒙絲有好一陣子說不出話來。然後她開口，「我們要怎麼做？」

「我還不知道，」我揉著我的下巴，彷彿那兒留著象徵智慧的鬍鬚，事實上當然沒有。我一直到二十歲以後才開始長鬍子，而即使在那時候鬍子的量也不多。「但我們一定要做點什麼。」

她眼睛睜的大大地看著我。「好。」

「但是，」我態度強硬地說，「妳必須向我保證，這是我們的秘密。」我指著從大衛和柏蒂房間裡拿出來的物品說。「不要告訴妳哥哥，不要告訴我妹，不要告訴任何人。可以嗎？」

她點點頭。「我保證。」她沉默了一分鐘，然後抬頭看著我說，「他以前就這樣做過。」

「什麼？」

她低頭將視線移到大腿處。「他想讓我祖母簽名把她的房子讓給他。那時候她已經神志不清了。後來被我叔叔發現，把我們趕了出來。所以我們才搬到法國。」她再次抬頭看我。「你覺得我們要不要報警？」她說。「告訴他們他的盤算？」

「不，」我立刻說。「不行。因為，老實說，他還沒有真的違法，對吧？我們需要訂一個計畫。我們得離開這裡。妳會幫我嗎？」

她點點頭。

「為了達成這個目的，妳什麼都願意做嗎？」

她再次點點頭。

說真的，這是生命中重大的抉擇時刻。現在回過頭看，我有其他各種方法可以熬過這一切創傷。但當這世上所有我最愛的人都背棄我的時候，我選了最糟糕的選項。

54

莉比和米勒在十分鐘後離開薩莉的工作室。

「妳還好嗎？」當他們走到悶熱的戶外時，他開口問她。

她試著微笑，但隨後意識到自己要哭出來了，她完全無力阻止。

「哦，老天，」米勒說。「噢，親愛的。別哭，別哭。」他把她帶到一處安靜的庭院，坐在樹下的長凳。他摸了摸口袋。「對不起，我沒有面紙。」

「不要緊，」她說。「我有。」

她從袋子裡拿出一包面紙，米勒笑了。

「妳確實是那種會隨身攜帶一包面紙的人呢。」

她看著他。「這代表什麼？」

「這代表了……嗯，就是……」他的聲音變小了。「沒什麼啦，」他說。「這表示妳是個很有紀律的人。就是這樣而已。」

她點頭。她很清楚這點。「我必須這樣。」她說。

「為什麼？」他問。

她聳聳肩。她不太習慣談論私人的事。但是考慮到他們過去兩天共同經歷過的事情，她覺得她對於日常對話的偏好和界線有了改變。

她說，「因為我媽媽。我的養母。她有點——怎麼說呢，有點沒有章法。她人很好，個性真的很可愛。但是，是我爸爸讓她能保持在生活常軌上。我八歲的時候他死了，從此以後……

我總是在遲到。上學的時候永遠帶不齊該帶的東西。我從來沒給她看過戶外教學的通知或之類的，那對她根本沒有意義。她在我考中等教育會考的時候去度假。在我十八歲時移民去了西班牙。」她無所謂地聳了聳肩。「所以我得當個大人。你懂吧。」

「成為面紙的守護者？」

她笑了。「是的，面紙的守護者。我記得有一次我在操場上跌倒，擦傷了手肘，我媽媽在皮包裡翻了半天想找東西幫我清理傷口，另一位媽媽過來了，手上拿的皮包跟我媽媽拿的尺寸相同，打開包包，立刻掏出了一塊消毒濕巾和一盒創傷貼布。我當時想：哇，我也想成為擁有魔術手提包的人。你應該懂。」

他對她微笑。「妳已經做得很好了，」他說。「妳知道的，不是嗎？」

她緊張地笑著。「我在努力，」她說。「盡我所能。」

他們靜靜地坐了一會兒。膝頭短暫地碰觸又分開。

然後莉比開口，「所以，我們剛剛其實是浪費時間，是嗎？」

米勒丟給她一個狡猾的眼神。「這個嘛，」他說。「不盡然。妳記得那個叫蘿拉的女孩？她是薩莉的孫女。」

莉比吸了一大口氣。「你怎麼知道？」

「我在薩利桌上看到一張她和一個抱著新生兒的年輕女人的照片。牆上有張鑲框的小朋友塗鴉上面寫著『奶奶，我愛妳』。」他聳了聳肩。「我把它們放在一起想，嘿，全貌就出來啦。」

他靠向莉比，向她展示手機螢幕上顯示的圖片。

「這是什麼？」她問。

「這是一封寫給蘿拉的信。桌子下面的手提包裡冒出來的。於是我進行了一個經典的『跪下綁鞋帶』動作。然後，按下照相鍵。」

莉比敬佩地看著他。「但是什麼讓你想到要……？」

「莉比，我可是個調查記者。這是我的工作。如果我的推論正確，蘿拉應該是克萊蒙絲的女兒。這表示她肯定住在附近。所以，這個地址——」他指著螢幕，「也會是克萊蒙絲住的地方。我想我們可能找到了第二名失蹤的孩子。」

一位女士來到平房門口應了門。一隻乖巧的黃金獵犬站在她身邊，懶洋洋地搖著尾巴。這個女人有點超重。身材中等，有雙長腿，胸部豐滿。漆黑短髮，戴著金色大耳環，身上穿著藍色牛仔褲和淺粉色無袖亞麻上衣。

「哪位？」

「喔，」米勒說。「妳好。請問是克萊蒙絲嗎？」

女人點點頭。

「我是米勒．羅。這位是莉比．瓊斯。我們剛剛拜訪過妳媽媽。在城裡。她提到妳住在附近……。」

她看著莉比，又多看了一眼。「妳看起來……我好像認識妳。」

莉比低個頭，讓米勒來宣布答案。

「這位是寧靜。」他說。

克萊蒙絲的手霎時伸向門邊，緊抓住門框。她的頭微向後仰，有那麼一刻，莉比以為她要暈倒了。但後來她振作起來，把手伸向莉比，「當然！當然！妳二十五歲了啊！這是當然了。我確實想過——我早就知道。我猜到妳會來。喔，我的天啊。請進來。進來吧。」

屋裡很漂亮：硬木地板和印象畫，插滿鮮花的花瓶，彩繪玻璃窗透進陽光。

克萊蒙絲去幫她們倒水，那隻狗坐在莉比腳邊，她摸著他的頭頂。空氣悶熱，讓他不停喘氣，呼吸有些異味，但她不介意。

克萊蒙絲回來坐下。「哇，」她盯著莉比說。「看看妳！多漂亮！多……**真實**。」

莉比緊張地笑了笑。

克萊蒙斯說，「我離開的時候，妳還只是個小寶寶。我沒有妳的照片。完全不知道妳去了哪裡，或者誰收養了妳，最後過著怎麼樣的生活。我真的無從想像。完全沒辦法。我能看到的就是個一個嬰兒，像洋娃娃般的小嬰兒。很不真實。從來沒有像現在這般真實地在我面前。哦……」她的眼中滿是淚水，哽咽地說，「我實在非常、非常抱歉。那麼妳……？妳有去……？一切都還好嗎？」

莉比點頭。她想著她母親穿著粉紅睡袍，和她暱稱為小男孩的男人（儘管他只比她小六歲）在位於德尼亞的單床公寓的小陽台上伸著懶腰（當莉比去拜訪時，根本沒有容身之處），透過Skype解釋說，她忙到沒來得及預定航班回來幫莉比過生日，等她有空上網時，連廉價航班都沒了。她回想起她們埋葬父親那一天，她的手被母親握著，她抬頭望向天空，想知道他是否已經平安抵達天上，同時擔心著她母親不會開車，她以後該怎麼上學。

「很好，」她說。「我被很棒的人收養。我很幸運。」

克萊蒙絲的臉亮了起來。「那麼，妳現在住在哪裡？」

「聖奧爾本斯。」她回答。

「喔！真好。結婚了嗎？有孩子嗎？」

「沒有。單身。獨居。沒有小孩。沒養寵物。我以銷售設計廚具為生。我非常……呃，其實我的生活真的沒什麼好說的。一直到……。」

「嗯哼，」克萊蒙絲說。「是吧。我可以想像這一切肯定帶來許多衝擊。」

「這還算保守的說法了。」

「妳知道多少？」她謹慎地問。「關於那棟屋子。關於這一切。」

「這個嘛，」莉比開始講述，「情況有點複雜。一開始的版本是我父母跟我說，我的親生父母在我十個月大的時候在一場車禍中喪生。接著，我在米勒的文章中讀到，我的父母是某個邪教團體的成員，他們是自殺的，可能有吉卜賽人照顧我。然後，好吧，兩天前，我和米勒在切恩大道的屋子裡，這個傢伙在大半夜裡冒出來。」她停頓了一下。「他告訴我們，他叫菲恩。」

克萊蒙絲瞪大眼睛，大口喘著氣。「菲恩？」她說。

莉比猶豫地點著頭。

克萊蒙絲熱淚盈眶。「確定嗎？」她說。「妳確定是菲恩？」

「嗯，他跟我們說那是他的名字。他說妳是他的妹妹。他已經好多年沒見過妳或母親了。」

她搖了搖頭。「但是當我把他留在那棟屋子裡時，他病得很厲害。情況很不妙。我和我媽媽一直在找他，每個地方都找過了，找了好幾年。我們去了倫敦每家醫院。繞著公園翻找流浪漢的地舖。我們一直在等待他突然出現在我們家門前。但是從來沒有發生，最後……好吧，我們想他一定是死了。否則，他為什麼不回來？為什麼不來找我們？我的意思是，他一定會的，不是嗎？」她停下來。「妳百分之百確定是菲恩嗎？」她再次詢問。「跟我說說他的模樣。」

莉比描述了黑框眼鏡、金色頭髮、長睫毛和豐厚雙唇。

克萊蒙絲點著頭。

然後莉比描述菲恩住的那間豪華公寓，還有他養的波斯貓。她重述了關於那隻貓的名字叫老二的笑話，此時，克萊蒙絲搖了頭。

「不，」她說。「這聽起來不像菲恩。真的很不像他。」她停了一會兒，轉著眼睛思考著。「妳知道我怎麼想嗎？」她最後開口說道。「我想，他可能是亨利。」

「亨利？」

「是的。他愛上了菲恩。單戀。幾近癡迷。他會呆呆地一直看著他。把自己打扮得跟他一模一樣，模仿他的髮型。他有次甚至試圖殺死他，他把他推到河裡，壓著他的頭。幸運的是，菲恩的力氣比亨利大多了。他設法掙開了他。還有，亨利殺了柏蒂的貓，妳知道這件事嗎？」

「什麼？」

「他毒死了那隻貓。剪掉了她的尾巴，再把其餘的屍體扔進河裡。所以，一切早有跡象。這樣子說一個孩子確實很可怕，真的很恐怖，但在我看來，亨利就是純粹的邪惡。」

55

切爾西大宅，一九九三年

我沒有殺死柏蒂的貓。我當然沒有。但是，沒錯，她確實因我而死。

我正在用顛茄調製讓人昏睡的藥劑，比我上次為了進他們的房間而給大衛和柏蒂吃的藥更強一些。可能會造成暫時性的麻木。我在貓身上進行測試。如果它不會對貓造成傷害，用在人身上肯定也很安全。可惜的是，它確實傷到了那隻貓。我記取教訓，下次試驗品用的劑量要弱得多。

至於貓的尾巴，嗯，這樣聽起來好像真的很殘忍：**剪掉了牠的尾巴**。我的確留了那個尾巴。它很漂亮，非常柔軟，顏色美極了。那時的我什麼也沒有，還記得吧，沒有任何能讓我感到溫暖的事物，全部都被拿走了。反正牠也不再需要它了啊。所以，是的，我拿了貓的尾巴。喔，還有——這部分完全是**假消息**了——我沒有把貓扔進泰晤士河。怎麼可能呢？我根本無法離開屋子。實際上，那隻貓至今仍留在我的藥草園裡。

至於是**我**將菲恩推入泰晤士河，而不是倒過來的說法：嗯，這絕對不是事實。比較真實的說法是，以我試圖將他推進河裡為開端，我們在一陣扭打中，菲恩把我推進了河裡。沒錯。這麼說可能才是對的。他說我老是盯著他。我回他，「我盯著你看，因為你很好看。」

他說，「你很奇怪。為什麼你老是舉止怪異？」

我說，「你難道不明白嗎？菲恩，你不知道我愛你嗎？」

（在你們以此評判我之前，拜託，請記得，我那時候吃了迷幻藥。我根本失去正常心智。）

「別這樣。」他說。一臉尷尬的模樣。

「求求你，菲恩，」我懇求他。「拜託。從看到你的那一刻起，我就一直愛著你……。」然後，我試圖親吻他。我的嘴唇擦過了他的嘴，我幾乎以為他會回吻我。我仍然記得當下的震撼，他的嘴唇柔軟，嘴裡呼出的些微氣息傳入我的口中。

我把手放在他的臉頰上，他掙脫開來，毫不掩飾地厭惡地看著我，感覺就像一把劍刺穿我的心。

他推了我一把，我差點跌倒。我回推了他，我們倆互推著對方，當他再次推了我時，我跌進了河裡，而我知道他不是故意的。這就是為什麼我感覺很糟，我讓他的父親以為他是故意將我推入河裡，讓他一整天被鎖在房間裡，卻從來沒告訴任何人這只是一場意外。他也從沒告訴任何人這只是意外，因為這麼做會讓他們知道我吻了他。而顯然，沒有比這更糟的告白了。

56

切爾西大宅，一九九三年

大約六月中旬的某個夏日夜晚，我聽到我妹妹開始哞哞叫。

沒有別的詞可以形容。

她聽起來真的就像隻牛。

這持續了一段時間。她在另一間早就為她準備好的備用房間裡。克萊蒙絲和我從那個房間的房門邊被趕開，他們命令我們待在自己的房間裡，直到他們允許我們出來。

這場騷動持續了好幾個小時。然後，約莫過了午夜十分鐘，傳來了嬰兒哭泣的聲音。

是的。那就是妳。

寧靜．愛．藍柏。

露西．阿曼達．藍柏（十四歲）和大衛．塞巴斯提安．湯森（四十一歲）的女兒。

我一直到那天稍晚才見到妳，我得承認，我很喜歡妳的樣子。妳的臉像隻小海豹。妳的眼睛眨也不眨地盯著我看的方式，讓我感覺妳是真的認真地看著我。我已經好久沒有這種感覺。妳的小手握著我的手指，莫名地令人開心。我一直以為我討厭嬰兒，看來並不是這樣。

幾天後，妳被帶離開我妹妹身邊，搬進大衛和柏蒂的房間。我妹妹則回到樓上，住進原本她與克萊蒙絲共用的房間。晚上，我聽到妳在樓下哭泣，然後聽到我妹妹也在隔壁房間裡哭。白天，我妹妹會被帶到樓下，將母奶擠進看起來很古老的某種裝置裡，再倒入同樣陳舊的奶瓶中，然後按命令回到自己的房裡。

一切再度發生了變化：所謂的他們和我們之間的界線有了些許轉變，我妹妹再次被歸類為我們當中的一員，這殘酷的最後一擊讓我們重新團結起來。

57

露西走向他。

她的手足。她的哥哥。她現在可以清楚地認出他來。

她深深凝望著他，然後說：「你去哪裡了，亨利？都到了哪些地方？」

「喔，到處去。」

一股憤怒淹沒了她。這些年來，她一直孤單一人。這麼多年，孤立無援。而眼前是亨利，身強體壯、眉清目秀、長得好看又得體。

她雙手握拳用力搥著他的胸膛。

「你丟下了她！」她哭著。「你丟下了她！你把寶寶留在那裡！」

他抓住她的手說，「不！是**妳**離開了！是妳！我才是那個留下來的人。唯一一個留下來的！我的意思是，妳問我去了哪裡。那麼天殺的妳又在哪裡？」

「我在……」她開口，鬆開了拳頭，垂下手臂。「我一直在地獄裡。」

他們沉默了片刻。然後露西退後一步，把馬可叫到身邊。「馬可，」她說。「這位是亨利。他是你叔叔亨利。亨利，這是我兒子馬可。還有，這是史黛拉，我的女兒。」

馬可來回看著母親和亨利。「我不明白。這和那個寶寶有什麼關係？」

「亨利把——」她開始說。然後嘆了口氣，重新起頭。「有一個寶寶。在我們小時候跟我們一起住在這裡。我們把她留在了這裡，因為……嗯，因為我們不得不這麼做。亨利現在跟我一樣來到這裡，想來看看當年那個寶寶，因為她已經長大了。」

亨利清了清嗓子，「嗯哼。」

露西轉身看著他。

「我已經見過她了，」他說。「我遇到了寧靜。就在這裡。在這棟屋子裡。」

露西輕聲喘著氣。「喔，我的天。她好嗎？」

「很好，」他回答。「健康、有活力，美得像一幅畫。」

「她人呢？」她問。「她現在在哪裡？」

「嗯，她目前和我們的老朋友克萊蒙絲在一起。」

露西急促地吸了口氣。「克萊蒙絲！喔，天哪。在哪兒？她住在什麼地方？」

「我想她應該是住在康沃爾郡。來，妳看。」亨利打開手機上的應用程式，地圖上顯示了一個閃爍的小點。「那是寧靜，」他指著圓點說。「在梅西路十二號，康沃爾郡的彭瑞斯鎮。」我在她手機上裝了追蹤器。這樣我們就不會再失去她。」

「但是你怎麼知道是克萊蒙絲在那裡？」

「啊哈。」他說，關掉顯示了寧靜現在位置的應用程式，打開了另一個。

他按下音訊檔案上的播放鍵。突然有聲音傳出來。有兩個女人在安靜地交談。

「是她在說話嗎？」露西問。「那是寧靜嗎？」

他聽了聽。「是的，我想是的，」他說。然後調高了音量，傳來另一個聲音。

「聽，」他說，「那個，就是克萊蒙絲。」

58

克萊蒙絲要求米勒讓她們獨處。她想私下告訴莉比整個故事。因此，米勒帶著狗去散步，克萊蒙絲在沙發上縮著那雙長腿，緩緩開始講述。

「原本的計畫是我們要拯救寶寶。亨利會用自製的安眠藥給大人們下藥，我們去大衛和柏蒂房裡的箱子裡偷出鞋子、幾件常穿的衣服、一些錢，再帶上寶寶，然後從我爸爸的袋子裡拿鑰匙開門，去街上攔個警察或看起來可信的大人，告訴他們那屋子裡有人把我們囚禁了好幾年。再想辦法找到我媽媽。我們不是太確定要怎麼和她聯繫。可能就是找個電話亭、設法轉接、瞎猜，然後祈禱。」克萊蒙絲苦笑著。「如妳所見，我們其實沒有考慮得非常周全。我們只想離開。」

「有一天，我爸爸宣布要為柏蒂的三十歲生日舉辦派對。亨利把我們都叫進他的房間。那時他算是我們的地下領導人。他說，我們要在柏蒂的生日派對上實行那個計畫。他會自願負責準備所有食物。他要我幫他縫個能塞進褲腳的小袋子，好把那幾瓶安眠藥藏在裡頭。還有，我們每個人都要表現出熱切期待柏蒂的生日派對的模樣。露西和我甚至為她學了一首新的小提琴曲。」

「菲恩呢？」莉比問。「菲恩在裡面扮演什麼角色？」

克萊蒙絲嘆了口氣。「菲恩基本上跟他平常一樣。而且亨利不想讓他參與其中。那兩個人……」她嘆氣。「兩個人就是不對盤。亨利愛著菲恩。但是菲恩討厭他。更不用說，當時菲恩生病了。」

「他怎麼了？」

「我們沒機會知道到底是怎麼了。我想可能是癌症或其他重病。這也是為什麼媽媽和我一直認為他可能已經死了。」

「總之，」她繼續說。「派對那天我們很緊張。我們三個都是。但我們假裝對那個見鬼的蠢派對很興奮。從某個角度來看，那個派對確實會讓我們很亢奮。那將是我們的解放派對。在派對結束的時候，我們將能回歸正常生活。至少，是另一種生活。」

「我們為柏蒂演奏小提琴，好在亨利煮飯的時候分散大人們的注意力，現場真的很詭異，我爸爸和柏蒂跟其他人彷彿處在不同世界。我們每個人看起來都病懨懨。柏蒂和我爸爸則是容光煥發，心滿意足。我爸爸坐著，一手摟著她的肩，露出如統治者般的表情。」克萊蒙絲捏著腿上的抱枕，眼神凝重。「就像是，」她往下說，「像是他打從心底認為，是他『允許』他的女人有個派對，他想的是：看看我所創造的快樂。我可以為所欲為，而人們仍然愛我。」

她有點說不下去，莉比輕輕碰觸她的膝蓋。「妳還好嗎？」她問。

克萊蒙絲點頭。「我之前從來沒有跟任何人說過這些，」她說。「沒有跟我媽媽、我丈夫或我女兒說過。真的很難。妳應該明白。像這樣談論我的父親，關於他是什麼樣的人，關於他發生了什麼事。畢竟，不管他做了什麼，他還是我爸爸。我愛他。」

莉比輕撫著克萊蒙絲的手臂。「妳確定可以繼續嗎？」

克萊蒙絲點點頭，挺起肩膀。她繼續講述。「通常我們會將食物集中放在桌子中央，各自夾菜，那天晚上，亨利說他想像餐廳服務顧客那樣，為每個人提供服務。這樣他才能確保餐盤出現在合適的人面前。然後我爸爸開始敬酒。他對桌旁每個人舉杯，他說：『我知道，生活對我們來說並不總是那麼輕鬆，特別是對我們當中曾遭遇失去的人。我也明白有時真的很難保持信念，但是我們仍聚在這裡，經過這麼多年，我們仍是一個家庭，實際上，是一個更大的家庭。』他這麼說時摸了摸妳的頭，『這顯示我們過得很好，以及我們多麼幸運。』然後他轉向柏蒂說……」克萊蒙絲停下來，吸了口氣。「他說：『我的愛、我的一切、我孩子的母親、我的天使、我生命的意義、我的女神。生日快樂，親愛的。這都是妳的功勞。』他們親吻彼此，那個吻又長又濕，還發出聲音，我記得我當時心想……」她停了片刻，懊悔地看了莉比一眼，「我想著：**我真的很希望你們兩個人都死掉**。」

「大約過了二十分鐘，安眠藥開始發揮作用。三、四分鐘後，大人們都昏迷了。露西從柏蒂腿上把妳抱過來，我們開始行動。亨利說我們只有二十分鐘，最多半個小時，藥效就會消失。我們把大人放倒在廚房地板上，我在我爸爸的外套裡搜著那個皮製的鑰匙袋。然後到了樓梯頂端，我不斷翻著那一大串鑰匙，直到找到可以打開大衛和柏蒂房門的那一支。」

「喔，老天，眼前的景象真的令人震驚。亨利已經跟我們說過裡面有什麼，但親眼見到還是驚人；裡面堆滿了老亨利和瑪蒂娜剩下的各樣美麗物品，古董、香水、化妝品、珠寶和酒。亨利說：『看哪，看看這一切。在我們被剝奪到**一無所有**的時刻，這根本就是邪惡之淵，妳們正在見證邪惡。』」

「距離預估的三十分鐘已經過了五分鐘。我找到尿布、嬰兒服、奶瓶。我發現菲恩站在我身後。於是我對他說，『快點！找件衣服穿。你需要保暖。外面很冷。』」

「他說：『我做不到。我覺得我太虛弱了。』」

「我說：『但是我們不能把你留在這裡，菲恩。』」

「他說：『我做不到！我就是做不到，好嗎？』」

「那時已經過了快十分鐘，我沒辦法再花時間說服他。我看到亨利用袋子裝滿現金。我說：『我們不是應該把錢留下來當證據？交給警察？』」

「但是他說：『不。這是我的。我才不要留下來。』」

「這時妳開始哭叫。亨利大吼：『讓她閉嘴！看在老天份上！』」

「後方樓梯傳來了腳步聲。一秒鐘後，門打開了，柏蒂出現在門邊。她看起來近乎瘋狂，手腳很不協調。她跌跌撞撞地走進房間，向露西伸出雙臂，說著：『把寶寶給我！把她給我！』」

「柏蒂衝了過來，」克萊蒙絲說。「朝妳直撲過來。亨利慌了。對著每個人大聲尖叫。菲恩站在那兒，一副快昏過去的模樣。我整個人傻住了。我想著如果柏蒂是清醒的，其他人一定都醒過來了。我爸爸一定也醒來了。他們隨時都會出現在這裡，我們就要永遠被關在房間裡了。我的心怦怦直跳，害怕極了。接著，我不曉得是怎麼了，我至今不確定到底發生了什麼事，柏蒂突然就倒在地板上。她在地板上，眼角滴著血。像紅色的眼淚。而她這裡的頭髮，」克萊蒙絲比著耳朵上方的一個點。「看起來又黑又黏。我看著亨利，他拿著一根尖牙。」

莉比不解地看著她。

「看起來像個尖牙。像是象牙，或鹿角。總之是類似那種東西。」

莉比想起菲恩給他們看的那支音樂錄影帶。牆上隱約出現許多動物頭的展示，巨大的桃花心木桌上擺著填充過的狐狸標本，栩栩如生地搔首弄姿。

「上面有血，血跡斑斑，就握在亨利手中。我們彷彿都停止了呼吸，停了幾秒鐘。甚至也包括妳。一片靜默。我們留心聽著其他人的動靜。我們聽著柏蒂的呼吸聲，本來還有些聲響，現在停止了。一小滴血從她的頭髮上流下來，經過太陽穴，往下流到眼睛裡……」克萊蒙絲用指尖在自己臉上比劃著描述。「我開口說，她死了嗎？」

「亨利說：『閉嘴。拜託閉嘴，讓我思考。』」

「我去檢查她的心跳，亨利把我推開。力道大到讓我往後退了幾步。他大喊著：『別靠近，離她遠一點！』」

「然後他下樓去。他說：『你們待在這裡。待著別動。』我看著菲恩。他一臉慘淡，看得出來他快暈了。我把他扶到床上。亨利回來了，臉色慘白，他說：『出事了。出了點問題。我不懂。那些人。他們都死了。全部。』」

克萊蒙絲幾乎快說不出最後一句話。她的眼睛充滿淚水，一手摀著嘴。「他們全部。我爸爸。亨利的媽媽和爸爸。都死了。亨利不斷重複著說：『我不懂，我真的不懂。我根本沒有給他們吃什麼，那麼小的量，連貓都殺不死，我不明白為什麼。』」

「一轉眼，我們原本完美的救援任務，原本可以讓我們重獲自由的行動，如今卻把我們困住了。現在，我們如何能在街上攔下看起來願意幫忙的警察？我們殺了四個人。**四個人**。」

克萊蒙絲屏住呼吸，停了一會兒。莉比注意到她的手在發抖。「而且我們還有一個嬰兒要照顧，這整件事——這整件事實在是……老天，妳介意我們去後院嗎？我需要抽根菸。」

「不介意。不，當然不。」莉比說。

克萊蒙絲的後院裡滿是碎石板和藤製沙發椅。接近中午了，太陽快要曬到頭頂，但後院很陰涼。克萊蒙絲從咖啡桌的抽屜裡拿出一包香菸。「我的秘密藏寶盒。」她說。

包裝側面有一張口腔癌患者的照片。莉比幾乎不敢看它。她忍不住想，人們為什麼要抽菸？既然知道自己可能會因此而死？她媽媽就會抽菸。「她的男孩們」，她這麼稱呼。**我的男孩們在哪兒啊？**

她看著克萊蒙絲用火柴點了菸，吸了一口，吐出煙霧。手立刻停止了顫抖。她說，「我說到哪裡了？」

59

切爾西大宅，一九九四年

我知道這聽起來就是場可怕的災難。當然是了。任何涉及到四具死屍的情況顯然都不太妙。但似乎沒有人意識到，如果沒有我，偉大的耶穌基督啊，我們可能到現在還困在那裡，成了骨瘦如柴的中年人，錯過我們的一生。或是早就死了。是的，別忘了我們搞不好會全死在那裡。沒錯，當然，事情並沒有完全按計畫發展，但是我們逃出去了。**我們離開了那裡**。沒有哪個人有提出別的計畫，對吧？沒有人想站到台前。要批評很容易。要掌控情況可不簡單。

除了四具屍體、一個嬰兒和兩個青少女，我還得處理菲恩。但是菲恩的舉止異常，感覺成了負擔，為了讓事情簡單點，我把他鎖在他的房間裡。

是的，我知道這樣不好。但是我需要好好思考。

我們聽到菲恩在樓上的房間裡哭叫。女孩們想去找他，但我說，「不，留在這裡。我們需要一起處理。別跑開。」

首要任務看來是柏蒂。看著這個控制了我們這麼長一段時間的人，如此渺小而脆弱地躺在那裡，感覺很奇怪。她穿著克萊蒙絲為她的生日做的上衣，以及大衛給的項鍊。長髮亂成一團。無神的眼睛死盯著牆壁，其中一邊的眼球變成鮮紅色。她赤著瘦骨嶙峋的腳，留著泛黃的長趾甲。我從她脖子上解開了項鍊，把它放進口袋。

克萊蒙絲在哭。「好可憐，」她說。「太可憐了！她是某個人的女兒啊！現在她死了！」

「一點兒也不值得難過，」我嚴厲地說。「她該死。」

克萊蒙絲和我把她搬到閣樓，然後上了屋頂。她很輕。在我曾經握著菲恩的手坐著的屋頂平台的另一側，有一道溝。裡面滿是枯葉，通往屋子側面的排水管。我們用毛巾和床單包著她，把她硬塞進溝裡。再用幾片枯葉和在屋頂找到的幾塊搭鷹架用的舊木頭蓋在上面。

接著，我在廚房裡無動於衷地盯著那三具屍體。我不能讓自己耽溺於眼前的現實。我殺了我自己的父母。我美麗、愚蠢的母親和我可憐、殘缺的父親。我得讓自己避開這個事實，因為我，我的母親再也無法撫摸我的頭髮，喚我是她親愛的男孩，我再也無法和父親一起坐在會員俱樂部裡沉默地喝著檸檬水。聖誕節那天我將再也沒有家可以回，我可能會生下的孩子不會有祖父母，我以後也沒有因為年老而需要掛心的家人，我的成長過程沒有人會為我擔心。我成了孤兒。我成了孤兒，以及一名過失殺人犯。

但我沒有驚慌。我注意著自己的情緒，我看著躺在廚房地板上的三個人，心想著：他們看起來像是邪教成員。我想著：現在走進這裡的任何人，都會看到他們身上一致的黑色長袍，並且認為他們是自殺。

於是，我該做的事情顯而易見。我得布置好自殺的場景。我們重新安排派對的布置，讓現場看起來比較不像「無聊的三十歲生日派對」，而是更貼近「下定決心的最後一餐」。我們撤下多餘的盤子，洗淨所有鍋碗瓢盆，扔掉所有原本的食物。我們把屍體擺得朝向同個方向。我用他們的指尖按住空的玻璃杯，然後一個挨著一個地放在桌上，就像是他們一起服毒一般。

我們沒有說話。

感覺莫名地神聖。

我吻了媽媽的臉頰。她很冰。

然後我吻了爸爸的額頭。

我看著大衛。他躺在那裡，一如菲恩之前的預言，他毀了我的人生。這個男人摧殘我們、毆打我們、拒絕給我們食物和自由、扣留我們的護照、染指我的母親和妹妹，並且試圖奪走我們的家。我扼殺了他可悲的存在，我感到勝利的滋味。但同時，也感到十足地厭惡。

看看你，我想說，**看看你自己，結果你成了徹頭徹尾的失敗者**。

我想把腳踩在大衛臉上，把他踩得血肉模糊，但我克制住這股衝動，然後回到柏蒂和大衛的房間。

我們清空所有箱子。其中有個箱子藏了一堆柏蒂做來打算拿去卡姆登市集賣的蠢東口背袋，我們用來塞滿所有能塞得進去的東西。我們找到將近七千英鎊的現金，將錢分成了四份。還發現了我母親的珠寶和我父親的黃金袖釦、白金領夾和一整箱威士忌。我們把威士忌倒進水槽，把空瓶和香檳酒瓶擺在前門。然後將珠寶收進我們的袋子裡。再把箱子攤平，堆成一落。

在看起來屋裡沒有其他東西能讓人們疑心它或許不是邪教組織所在後，我們悄悄從前門離開房子，去了河邊。現在是凌晨。應該是凌晨三點左右。有幾輛車經過，但沒有人放慢速度，也似乎沒有注意到我們。我們站在河邊，就在菲恩和我曾經因此糾結了好幾年的那個地點，我曾在水底一瞥死亡的黑暗幽微之處。我已經平靜下來，能夠欣賞兩年來首次的自由時光。我們把裝了石頭好加深重量的袋子丟進河裡，裡面是空瓶子、絲綢內衣、香水、以及晚禮服，然後站了片刻，我能聽到我們大家的呼吸，此刻的美好與平和稍稍蓋過了這恐怖的一切。鐵灰色的河面散發著濃厚的柴油味和生命力。那味道聞起來就像是從大衛・湯森走進我們家的那一刻，從他帶著一家人住到樓上的那一天以來，我們所失落的一切。

「快聞聞那股空氣，」我轉向女孩們說。「感受一下。我們做到了。我們真的做到了。」

克萊蒙絲無聲地哭泣著。她吸著鼻子，用掌根擦著鼻尖。我知道露西也感受到了，對於我們所做的事的力量。

寧靜，如果不是妳，她會顯得更軟弱。她會為自己的母親哀傷，像克萊蒙絲一樣摀著臉哭泣。但是因為她有了你，她知道此刻有比我們作為父母摯愛的孩子們這個身分更重要的事。她顯得勇敢，甚至帶著叛逆。我為她感到驕傲。

「我們會沒事的，」我對她說。「妳明白，對嗎？」

她點了點頭，我們站了一兩分鐘，直到看到有艘拖船的燈光駛向我們，我們跳了起來，飛快地穿過馬路，衝向屋子。

就在此時，出事了。

克萊蒙絲跑了。

她沒有穿鞋。只穿了襪子。她的腳很大，柏蒂保留下來的我母親的鞋子都太小，而大衛的鞋又太大。

有好一會兒，我只看著她跑。過了猶豫不決和沒有行動的一兩秒鐘，我對露西大聲耳語，

「回屋子裡，快回屋子裡。」然後我拔開雙腿，開始追她。

我很快意識到這麼做會讓我引人注意。街上已經出現了幾個人：那是個星期四的夜晚，年輕人們剛從國王路上的夜間巴士下車準備回家。我一身黑色長袍，追著一個同樣穿著黑色長袍、赤著雙腳又飽受驚嚇的年輕女孩，這該怎麼向人解釋？

我在博福特街的轉彎處停了下來。已經很久沒有跑步的我，整顆心臟猛力撞擊著胸膛，我以為我要吐了。我大口喘著氣，聽見自己的呼吸聲像農場裡被絞死的動物。我轉身，慢慢地走回屋子。

露西在走廊裡等我。寧靜坐在她的大腿上，正喝著她的奶。「她人呢？」她說。「克萊蒙絲在哪裡？」

「走了，」我說，仍然有些喘不過氣來。「她離開了……。」

60

莉比盯著克萊蒙絲。「哪裡？」她問。「妳去了哪裡？」

「我去了醫院。我跟著指示找到急診室。我看到有人有看到我。但是妳知道的，在大半夜的那種時間，急診室裡根本沒有人會真的注意到妳。一切都混亂極了，每個人不是醉了就是瘋了。每個人都嚇壞了或正忙著別的事。我走到櫃檯前說：『我想我哥哥快死了。他需要幫助。』」

「護士看著我。她說：『妳哥哥多大了？』」

「我說，『十八歲。』」

「她說：『妳的父母呢？』我無法回答。我根本無法解釋。我試著想說一些什麼，但怎樣都說不出口。我滿腦子只有我死去的父親的模樣，詭異地擺放得像個殉道者。還有屋頂上包得像木乃伊一樣的柏蒂。我心想著：我怎麼能讓人們去那棟屋子？他們會說什麼？寶寶該怎麼辦？亨利會怎麼樣？於是我轉身，離開。那整個晚上我在醫院的椅子間流浪。每當有人好奇地看著我，或者像是要上前來對我說什麼時，我就趕緊換張椅子。」

第二天早上，我在廁所裡稍微梳洗，然後直接找了家鞋店。我有穿外套，頭髮向後紮好。我盡可能讓自己像個在四月初光腳走在街頭的其他孩子般不那麼引人注目。我的袋子裡裝滿了錢。我買了幾雙鞋，在城市裡晃蕩。沒人看我。沒人注意我。我沿著路牌一路走到帕丁頓車站。儘管我在倫敦住了六年，仍毫無概念到底它在哪裡。但是我設法到了車站。買了去康沃爾的火車票。這麼做真的很瘋狂，因為我根本沒有我媽媽的電話號碼，也沒有地址，甚至不知道她到底住在哪個鎮上。我憑藉的只有記憶，在她搬到那裡以後，曾經在來訪時跟我們提過的細節。我們上次見到她，她提到海灘上的一家餐廳，她說要在我們去的時候帶我們去，那裡有賣藍色的冰淇淋和冰沙。她住的地方可以從窗戶看到海灘上很多衝浪者。她還提到隔壁住了一個古怪的藝術家，花園裡擺滿五顏六色的馬賽克陽具雕塑。她住的那條街的街角有賣炸魚和薯條，還有，假如錯過了往倫敦的快車，就得搭經過十八個車站的班次。」

「所以，是的，我循線找到了她。我到了彭瑞斯鎮，找到了她住的街道，走到了她住的公寓前。」

這段回憶令她熱淚盈眶，她伸手拿回面前的那包菸。抽出了一根新的香菸；點燃它，深吸了一口。

「她來應門，看到我站在門前。」她幾乎無法好好說話，很激動地呼吸著。「她一看到我，就把我拉了進去，一把拉進去，把我抱在懷裡好久、好久。我可以聞到她身上有宿醉的酒味，我知道她不完美，我也知道為什麼她一直沒有來找我們，但我知道，我就是知道，一切都已經過去了。我很安全。」

「她帶我進去，讓我坐在沙發上，她的公寓很亂，到處都是東西。我不太熟悉那種景象；因為我已經習慣身無長物地生活，習慣一無所有。」

「她把東西從沙發上移開，好讓我有空間坐著，然後她說，菲恩呢？菲恩在哪裡？」

「當然，我說不出話。因為事實是我逃走了，把他留在那裡，鎖在他的房間裡。而假使我要解釋為什麼他被鎖在他的房間裡，我就必須解釋其他所有事情。我看著她，她看起來很疲憊，我也是，我應該把一切都告訴她。但是我做不到。所以我告訴她，大人們相約自殺。亨利、露西和菲恩跟妳在一起。警察會來。一切都會好轉。我知道這聽起來很荒謬。但請記得：記得我曾待過那個地方、我曾經歷那些事情。而且我也顧不上什麼道義。我們這幾個孩子有好幾年只有彼此可以依靠。露西和我密不可分，就像真正的姐妹一樣親密……直到，直到她懷孕為止。」

「露西？」莉比說。「露西懷孕了？」

「是的，」克萊蒙絲說。「我以為……妳不知道嗎？」

莉比的心狂跳。「知道什麼？」

「露西是……。」

莉比知道她要說什麼了。她的手伸向喉嚨，說道：「露西是什麼？」

「嗯，她是妳的母親。」

莉比緊盯著克萊蒙絲那包香菸上口腔癌病人的照片，試著消化這骯髒、令人作嘔的細節，試圖阻擋向她襲來的那股不舒服的感覺。她的母親不是有著普莉希拉．普雷斯利那頭秀髮的美麗社交名媛。她的母親是個青少女。

「那麼我的父親是誰？」過了一會兒，她問道。

克萊蒙絲滿懷歉意地看著她說，「是……我的父親。」

莉比點頭。她內心有一半猜到了這個答案。

「露西當時幾歲？」

克萊蒙絲垂頭喪氣地。「她十四歲。我父親四十幾歲。」

莉比緩慢地眨了眨眼。「那麼是……？他是嗎？」

「不，」克萊蒙絲說。「不是的。至少露西說不是。她的說法是……。」

「兩情相悅？」

「是的。」

「但是她那麼小。我的意思是，這在法律上是強姦。」

「是的。但是我父親……他很有魅力。他有辦法讓妳感到特別。又或者讓妳覺得自己一文不值。能夠成為特別的那一邊總是好些。妳知道，我看得出來是怎麼回事。我看得出來……但這並不代表我不討厭這樣。我非常討厭這樣。我因此而恨他。我也恨她。」

她們沉默了片刻。莉比試著讓最後幾分鐘的事實沉澱。她的母親是個十幾歲的女孩。當年那個十幾歲的女孩，現在是個不知流落何方的中年婦女。而她的父親是個骯髒的老人，一個虐待兒童的人，一個禽獸。正想到這裡，莉比被自己手機傳出的訊息通知聲嚇了一跳。那是從她沒見過的號碼傳來的 WhatsApp 訊息。

「抱歉，」她對克萊蒙絲說，拿起了手機。「我看一下訊息？」

是張照片。標題寫著，**我們在這裡等妳！快回來！**

莉比認出照片裡的背景。是切恩大道的那棟屋子。照片裡坐在地板上，對著鏡頭揮手的是一個女人：苗條、黑髮、皮膚黝黑。她穿著無袖背心，有力的臂膀上有著刺青。在她左邊是個漂亮的小男孩，一樣曬得黑黑的，有著黑頭髮，還有個漂亮的小女孩，金色捲髮，橄欖色的肌膚和碧綠色的眼睛。她們的腳前面趴著一隻棕、黑、白色相間的小狗，正熱得喘氣。

而在照片前方，自稱菲恩的那個男人拿著相機伸長了手臂自拍，咧著超白的牙齒對著鏡頭笑。她把螢幕轉向克萊蒙絲。

「這是……？」

「喔，我的天哪。」克萊蒙絲將手指伸向螢幕，指著那個女人。「就是她！那是露西。」

莉比用指尖放大螢幕上那女人的臉部。露西長得跟她曾誤以為是她母親的瑪蒂娜很像。她的皮膚黝黑，頭髮烏黑亮麗，不過底端有些微像微焦的鐵鏽棕色。前額有些皺紋。她有著和瑪蒂娜一樣黑褐色的眼眸。跟她兒子一樣。整個人似乎歷經滄桑，而且疲憊。但她看起來美極了。

他們在五個小時後抵達切恩大道。

在大門前，莉比摸著手提包裡的鑰匙。她可以自己開門進去；畢竟這是她的房子。但是一個念頭猛然敲醒了她。這不是她的房子。這根本不是她的房子。這房子是要留給瑪蒂娜和老亨利的孩子。

她將鑰匙放回手提包裡，然後回撥 WhatsApp 訊息上的那個號碼。

「哈囉？」

是個女人接聽。她的聲音柔和優美。

「是……露西嗎？」

「是的，」那個女人說。「請問是哪位？」

「我是……寧靜。」

61

露西放下電話，看著亨利。

「她在這裡。」

他們一起走向前門。

那隻狗因為外面有人的動靜，開始吠叫，亨利將他抱起來安撫著。

露西伸手握住門把，心跳加速。她摸摸自己的頭髮，稍微順了一下。然後露出微笑。

她在那裡。她不得不留下的女兒。她犯下殺人罪只為了回來見女兒。

她的女兒有著標準身高，體型勻稱，一點兒也不像她留在哈洛德嬰兒床裡那個圓滾滾的大嬰兒。她有一頭柔軟的金髮，沒有捲度。眼睛是藍色的，但不是她留下的那個嬰兒的淡水藍色眼眸。她穿著棉質短褲，短袖上衣，粉色帆布膠底鞋。手上抓著一個草綠色的手提包靠在肚子前。她戴著上頭掛著水晶吊飾的小巧的金耳環，一邊耳朵一只。沒有上妝。

「寧靜……？」

她點頭。「或者叫莉比。這是我工作時用的名字。」她輕聲笑著。

露西也笑了。「莉比。當然了。妳是莉比。進來吧。快進來。」

她克制自己伸出雙臂抱住她的衝動。相反地，她只用單手做了手勢，將她引導至走廊。

緊跟在寧靜身後的是個留著鬍子、體型壯碩的英俊男子。她介紹了他的名字：米勒．羅。她說，「他是我的朋友。」

露西把他們全部帶到廚房，她的孩子們正緊張地等在那裡。

「孩子們，」她說，「這位是寧靜。或者應該說是莉比。莉比是……。」

「那個寶寶？」馬可瞪大了眼睛。

「是的，莉比就是那個寶寶。」

「媽媽，哪個寶寶？」史黛拉說。

「她是我在很年輕的時候生下的寶寶。但是我不得不把她留在倫敦。她是我從來沒有告訴過任何人的孩子。她是妳的姐姐。」

馬可和史黛拉張大了嘴呆坐著。莉比試著對他們揮揮手打招呼，一時陷入尷尬的情境。但是後來馬可開口，「我知道！我早就知道了！從我看到妳手機上的訊息的時候！我知道那是妳的寶寶。我就是知道！」

他站起來，跑過廚房，露西有一度以為他是要跑開，因為她有個秘密的孩子而生她的氣，但他是跑向莉比，伸出雙臂抱住她的腰，緊緊地摟著，在他的頭頂上方，露西看見莉比流露出驚訝但是喜悅的眼神。她伸手摸摸他的頭，對露西微笑。

然後，當然了，既然馬可這麼做，史黛拉立刻仿效，跑去緊黏在莉比的屁股旁邊。啊，露西想著，就在那裡。她的三個孩子。都在一起。終於團聚。她雙手摀著嘴站著，眼淚滾下臉頰。

62

切爾西大宅，一九九四年

我並不是完全冷血無情的人，寧靜，我保證。

還記得妳出生那天我讓妳握著我的手指，我凝望著妳，內心一陣悸動？在兩個晚上以前，當只有妳和我面對面時，我仍然有著相同感覺。妳依舊是我珍愛的寶貝；妳天真無邪，一臉無辜。

但還有別的。

妳有他的藍眼睛，他如凝脂般的肌膚，長長的深色睫毛。

妳看起來不太像露西。

妳一點兒都不像大衛．湯森。

妳長得跟妳爸爸一模一樣。

想起來也真可笑，我竟然對眼前的事實視而不見。看著妳的金色鬈髮、明亮的藍眼睛和豐滿的嘴唇。大衛怎麼會看不出來？柏蒂怎麼會看不出來？怎麼會沒有人注意到呢？我想是因為這太讓人不可置信。連想都不敢去想。

我妹妹同時間和大衛以及菲恩上床。

直到柏蒂生日派對的第二天，我才發現這件事。

露西和我還沒有決定該怎麼做。菲恩在他房裡躁動不安，所以我把他綁在暖氣旁，好確保他不會傷到自己。這是為了他好。

露西很震驚。

「你在做什麼？」她哭了。

「他會傷害自己，」我振振有詞地說。「先這樣，等我們決定好該怎麼辦。」她懷裡抱著妳。自從前一天晚上把妳從柏蒂手中抱過來以後，妳們再也沒有分開過。

「我們得找人幫幫他。」

「是的。我們確實要。但是我們也得記住，我們殺了人，可能會坐牢。」

「但這是意外，」她說。「我們沒有人想殺死任何人。警察會理解的。」

「不。他們不會。我們沒有任何受虐待的證據。對於這裡發生的一切，都只有我們自己說的版本。」

但我停了下來。我看看露西，然後看看妳，心想：就是這個。這就是我們需要的證據。如果我們決定尋求幫助，這裡就有證據。**就在眼前**。

我說，「露西。那個寶寶。那個寶寶可以證明妳遭受虐待。妳現在十五歲。寶寶出生時妳才十四歲。他們可以做基因檢測，證明大衛是她的生父。妳可以說他一次又一次地強姦了妳。還有，柏蒂也鼓勵他這麼做。他們偷了妳的孩子。反正，這其實某種程度也是事實。然後我可以說……我會說我發現大人們的時候他們已經死了。我會留下偽造的紙條，上面寫著他們對自己的所作所為，對於他們對待我們的方式感到羞愧。」

我突然覺得海闊天空，我們可以擺脫這個困境了。我們可以離開這裡而不用去坐牢，菲恩會好起來，露西可以留下她的孩子，大家都會對我們很好。

然而，露西說話了，「亨利，你知道寧靜不是大衛的孩子，不是嗎？」

天哪，我真的是個傻瓜，我**還是**沒看出來。當時我腦裡飄過的想法是，「哦，不然還可能會是誰？」

就在下一刻，一切都清晰了。一開始我笑了。然後我覺得想吐。接著我說，「真的嗎？妳？還有菲恩？真的？」

露西點點頭。

「但是怎麼可能？」我問。「什麼時候？我不明白。」

她低下頭說，「在他的房間裡。只有兩次。就只是，我也不知道，用來安慰他吧。我去找他，是因為他似乎病得很重，我擔心他。然後發現我們倆……。」

「哦，老天。妳這個妓女！」

她試圖安撫我，但我推開她。我說，「離我遠一點。妳讓我噁心。妳有病、令人作嘔。妳是個蕩婦。骯髒的蕩婦。」

是的，我是有點誇張了。我很少像對那天的露西一樣對別人感到反感。

我沒辦法看她。我的腦袋整個打結。當我試著思考、試著決定下一步時，我的腦子裡會全是露西和菲恩的身影：他在她上面，親吻她，還有他的手，那雙我曾在屋頂握過的手，摸遍我妹妹的身體。我從來沒有像那樣憤怒過，從沒有如此地憎恨、心碎和痛苦。

我想殺人。這次我是真的想要殺人。

我去了菲恩的房間。露西試圖阻止我。我把她推開。

「是真的嗎？」我對他尖叫。「你真的和露西上床？」

他茫然地看著我。

「是嗎？」我再次尖叫。「告訴我！」

「我什麼都不會告訴你，」他說，「除非你放了我。」

他聽起來筋疲力竭，幾乎要沒氣似的。

我的憤怒瞬間開始消散，我走到床腳邊坐下。

我把頭埋在手中。當我抬起頭時，他的眼睛閉上了。

有片刻的沉默。

「菲恩，你快死了嗎？」我問。

「我他媽的不知道。」

「我們得離開這裡，」我說。「你得振作起來。我是說真的。」

「我沒辦法。」

「但是你必須。」

「他媽的就把我留在這裡吧。我想死。」

我不得不承認，我確實想過把枕頭壓到他的臉上，將我的臉貼近他，傾聽他垂死的呼吸，在他耳邊輕聲安慰，就這麼壓倒他，奪去他的生命，將他的力量奪為己用。但是請記得，除了我母親那未出生的嬰兒之外——事實上，過去幾年我不斷在網路搜尋資料，你其實很難用西洋芹讓人流產——我從來沒有蓄意要害死任何人。我很黑暗，寧靜，我知道。我無法同理他人的感受。但我有極大的同情心和愛。

我愛菲恩，勝過任何人。

我幫他把綁在暖氣水管上的手腕鬆綁，然後躺在他旁邊。

我說，「你曾經喜歡我嗎？即使是一分鐘？」

他說，「我一直很喜歡你。我為什麼會不喜歡你？」

我停下來思考這個問題。「因為我喜歡你？太喜歡了？」

「嗯，很煩人呢，」他說，有氣無力的聲音裡帶著些諷刺幽默。「太煩人了。」

「是啊，」我說。「我懂了。對不起。很抱歉讓你爸爸以為是你把我推進泰晤士河裡。很抱歉我試著吻你。很抱歉我這麼煩人。」

屋子在我們周圍嘎吱作響。妳睡著了。露西把妳放在我父母更衣室的舊嬰兒床裡。到目前為止，我已經有三十六個小時沒睡，安靜的氛圍伴著菲恩的呼吸聲，讓我立刻陷入深沉的睡眠。

當我在兩個小時後醒來，露西和菲恩離開了，妳還在嬰兒床上熟睡。

63

莉比看著露西，這個女人身邊是她心愛的孩子，一路跟著她從法國來到英國。她甚至連狗都帶在身邊。她顯然不是那種會離棄所愛的女人。她說，「妳為什麼丟下我？」

露西立刻搖頭。

「不，」她說，「不。沒有。我沒有丟下妳。我絕對沒有想要離開妳。但是菲恩病得很厲害，妳看起來很健康。所以我把妳放進嬰兒床，等到妳睡了，我回到菲恩的房間。亨利在睡覺，我終於說服菲恩自己站起來。他的身體好沉，而我很虛弱。我帶他出門，去找我父親的醫生布勞頓博士。他的家就在附近，我記得小時候有被帶去過。我還記得那是一扇鮮紅的大門。那時大約是半夜。他穿著睡袍應門。我告訴他我是誰。然後我說——」她苦笑著回憶，「我說，我有錢！我可以付你錢！」

「一開始他看起來很生氣。後來他看到菲恩，認真地看了幾眼，然後說：『喔，天哪、天哪、天哪。』他很快地上樓，邊喘著氣邊抱怨；他換上了襯衫和褲子後回來。」

「他帶我們進了手術室。燈是暗的。他開了燈，兩排燈瞬間亮起。我不得不遮住眼睛。他把菲恩放到床上，檢查著各項生命指數，問我到底是怎麼回事。他說：『你父母呢？』我不知道該怎麼回答。」

「我說：『他們走了。』他瞄了我一眼。那意思像是，我們待會兒再來好好談談這個問題。然後他打電話給某人。我聽見他向他們解釋情況，用了許多醫學術語。半小時後，一個年輕人出現了。他是布勞頓醫生的護士。他們又做了許多測試。那個護士在半夜裡帶了一袋檢驗樣本到實驗室去。我已經兩天沒睡了，累到**眼冒金星**。布勞頓醫生幫我泡了一杯熱巧克力。那真是……不誇張，那真是我這輩子喝過最好喝的熱巧克力。我坐在他診間的沙發上睡著了。」

「等我醒來，大概是凌晨五點，護士從實驗室回來了。菲恩在打點滴。但是他睜開了眼睛。布勞頓醫生告訴我，菲恩是嚴重的營養不良。他說，給他足夠的營養輸液和一些時間恢復，他會沒事的。」

「我點著頭說：『他爸爸去世了。我不知道他媽媽住在哪裡。我們有一個孩子。我不知道該怎麼辦。』」

「當我告訴他我們有一個孩子時，他的臉垮下來。他說：『見鬼了。妳才多大？』」

「我說：『我十五歲。』」

「他給了我一個奇怪的表情，然後問說：『寶寶在哪裡？』」

「我說：『在家裡。和我哥哥在一起。』」

「他問：『妳爸媽呢？他們去哪裡了⁉』」

「我說：『他們死了。』」

「他嘆了口氣。他說：『我不知道。很遺憾。』他接著說：『這樣吧。我不知道這是怎麼回事，也不想參與其中。但是妳把這個男孩帶到我家，我有責任照顧他。所以，讓他在這裡待一會兒。我有空房間可以讓他住。』」

「我跟他說我想回去找妳，但他說：『妳看起來很虛弱。在妳回去之前，我想幫妳做點檢查，也讓妳吃點東西。』」

「於是他給了我一碗麥片和一根香蕉。然後幫我抽血，量血壓，檢查了我的牙齒和耳朵，就像對待市場上待售的馬一樣。」

「他告訴我，我有脫水現象。得留下來打點滴，觀察一陣子。」

露西抬頭看著莉比。「我很抱歉，真的非常、非常抱歉。但是當他說我可以離開那裡的時候，一切都結束了。警察來過了，社福機構也來過了，妳不在那裡了。」

她的眼中充滿淚水。

「我晚了一步。」

64

切爾西大宅，一九九四年

我是那個照顧妳的人，寧靜。我留下來，餵妳吃香蕉泥、豆奶、米湯和飯。幫你換尿布。唱歌哄妳睡覺。就我和妳，兩個人待了很長一段時間。顯然露西和菲恩不會回來，而如果我繼續待下去，廚房裡的屍體會開始腐爛。我在想可能已經有人叫了警察。我知道該是時候離開。我在那張自殺遺書上加了幾行。「我們的寶寶叫寧靜・藍柏。她剛出生十個月。請確保她能在一個好家庭長大。」我把寫遺書的筆握在母親手中，然後再拿開，放在遺書旁的桌面上。我把妳餵飽，換上新的連身衣。

當我要離開的時候，我在夾克外套口袋裡摸索著賈斯汀的兔腳吊飾。我把它放在那裡是為了祈求好運，倒不是說我真的相信這些東西，而且我從賈斯汀房間拿走它以來，也顯然沒有為我帶來任何好運氣。但我希望妳能擁有最好的，寧靜。妳是那棟屋子裡唯一無瑕的事物，從這一切當中所產出唯一美好的事物。我拿了兔腳，把它塞在妳懷裡。

然後我吻了你，對妳說：「再見，可愛的寶貝。」

我穿上父親留下的從薩佛街買的高級西裝和在傑明街買的鞋，從屋子後面離開。我在父親的舊襯衫衣領上打上細領帶，頭髮梳成旁分。袋子裡裝滿了現金和珠寶。我大步走進早晨的陽光裡，感受陽光在我乾燥的皮膚上閃閃發亮。我找到一個電話亭，撥了報案專線。我用裝出來的語調告訴警察，我很擔心鄰居的狀況，我已經有一段時間沒見到他們了，還聽到了嬰兒的哭聲。

我走到國王路；店家都還沒開門。我一直走到了維多利亞車站，然後穿著我的高級西裝在一家破咖啡館外面坐下，點了一杯咖啡。我以前從來沒有喝過咖啡。但我真的想要來一杯咖啡。咖啡來了，我嚐了一口，超噁心。我往杯裡倒了兩包糖，強迫自己喝下。我找了一家小旅館，付了三晚的住宿費。沒人問我的年齡。當我在登記簿上簽名時，我使用的名字是菲尼亞斯．湯姆森。是湯姆森，不是湯森。我想讓自己貼近菲恩。但又不完全是他。

我在旅館房間裡看電視。新聞快報結尾有一小段新聞報導。三具屍體、自殺遺書、邪教團體，發現了一名健康並受到良好照顧的嬰兒。有幾名失蹤孩童，警方正在進行搜查。上面放的照片是我們最後一年上小學時的學生照。我當時只有十歲，頭髮後方和側邊都剪得很短。露西八歲，剪了小男生頭。我們應該不會被認出來。報導裡沒有提到菲恩或克萊蒙絲。

我鬆了一口氣。

後來呢？十六歲穿著內衣在廉價旅館房間裡的尼龍床單上看新聞的我，到現在已屆中年的我，這中間發生了什麼事？

妳想知道嗎？妳關心嗎？

好吧，我找到了工作。我在皮姆利科一家電器維修店工作。那家店由一個瘋狂的孟加拉裔家族經營，只要我準時上班，他們壓根兒不在意我有什麼過去。

我搬進了一間套房，買了電腦和程式語言的書，晚上在家自學。

那時候已經出現網路和手機，我離開了電器維修店，在牛津街上的手機專賣店工作。

在馬里波恩那一區變得貴到買不起之前，我搬進了那區的一間單房公寓。我把頭髮染成金色，開始健身，練了些肌肉。我晚上去混俱樂部，和陌生人發生性關係。我墜入愛河，但那個人會打我；我再次墜入愛河，但這個人離開了我。我漂白了我的牙。我養了幾隻熱帶魚，牠們死了。後來，我在一家新成立的網路公司找到工作。一開始我們有五個人。三年之內，我們成長為有五十個人的公司，我的年收入到達六位數，擁有自己的辦公室。

我在馬里波恩買了一間三房公寓。我戀愛了。但他說我很醜，不會有人再愛我，然後拋棄了我。於是我去整了鼻子，接了長睫毛，在嘴唇裡裝了點填充物。

二〇〇八年，我去找了列在我父母原始遺囑上頭的那個律師。這麼久以來，我一直試圖把切恩大道和在那裡發生的事情拋在腦後，試圖用新的（部分是借用的）身份過新的人生。我不想和悲慘的小亨利．藍柏或他的過去有任何關連。他對我來說已經死了。但隨著年齡增長和生活日漸安穩，我開始越來越常想到妳，我想知道妳在哪裡，長成了怎麼樣的人，以及妳是否過得幸福。

從新聞報導中，我知道妳被認為是瑪蒂娜和亨利．藍柏夫婦的孩子。我那張「遺書」上的文字讓這個假設直接被採納，沒有人進行基因檢測來確認實情。而回想起我父母遺囑上記載的條款，我想著也許有一天妳會重返我的生活。但是我不確定這份信託是否還在律師手上。如果是，在大衛全然控制我母親的那段時間裡，他又是否有去變更了條款文字。

我現在三十多歲。個子高挑，金髮，容光煥發，有著曬成古銅色的肌膚。我自我介紹為菲尼亞斯．湯姆森。我說，「我正在尋找一個我以前熟識的家庭的訊息。我相信你們曾是他們家的律師。他們姓藍柏。住在切恩大道。」

一名年輕女子翻找著文件，點擊著鍵盤上的一些按鍵，對我說，他們的事務所幫這個家庭管理著一份信託財產，但她沒有權限告訴我其他資訊。

那間事務所裡有個可愛的男孩。我坐在接待區等待時引起了他的注意。我在辦公室外面一直等到午餐時間，然後在他離開辦公室時趕上他。他叫賈許。當然了。這陣子每個人的名字都叫賈許。

我把他帶回公寓，為他做飯，跟他做愛，而既然我只是在利用他，他當然完全愛上了我。我假裝我也愛他，花了不到一個月的時間，讓他為我找到那些文件，複製回來給我。

就是妳看到的那樣，白紙黑字寫得清清楚楚，我父母在我還很小，露西甚至也還沒出生時所立下的信託。切恩大道十六號房產及其所有內容物全數託管，於瑪蒂娜和亨利．藍柏的後代中年齡最大的那位滿二十五歲時，交付予那位後代。大衛當時畢竟還沒把魔爪伸到這裡，而露西到目前也沒有現身提出要求。那份信託依然存在，準備好在那裡等待著，等待妳年滿二十五歲。那些比妳憤世嫉俗的人可能會以為我要找妳，是為了獲得我該繼承的遺產。畢竟，我沒有證據能證明我是亨利．藍柏，我無法為自己主張這個權利，如果找到妳，我將有機會獲得我應得的財產。但妳明白，這真的無關金錢。我自己有很多錢。這是為了有個結束。為了妳，寧靜，為了我們相連的血脈。

所以，今年六月，我在河對岸租了短租公寓。我買了一副雙筒望遠鏡，在露台上持續觀望。

某天早晨，我從後面爬上切恩大道那棟屋子，在屋頂上花了整整一天的時間，拆開層層包裹了柏蒂骨骸的那些布。將她嬌小的骨架分開來，丟進黑色塑膠袋。然後在漆黑的夜裡，把袋子丟進了泰晤士河。那一袋小得令人驚訝。我在屋裡那個舊床墊上過了一夜，第二天早晨回到短租公寓。四天後，妳出現了。妳和那個信託律師，拉開了門栓，打開大門，然後門在妳身後關上。

我放心地呼出一大口氣。

終於。

那個寶寶回來了。

65

莉比看著露西。「菲恩後來怎麼了？在妳把他留在布勞頓醫生那裡以後？我是說，嗯，他有好起來嗎？」

「是的，」露西說。「他有康復。」

「他還活著嗎？」

「據我所知，是的。」

莉比伸手摀著嘴。「哦，天哪，」她說。「他在哪裡？」

「我不知道。我十八歲以後就沒見過他。我們一起在法國待了幾年。然後失去了聯繫。」

「妳們後來都去了法國？」莉比問。

「布勞頓醫生讓我們去的。或者應該說，他找了認識的人來帶我們去。布勞頓醫生似乎認識各路人馬。他有點像是那種——中間人之類的，我想妳可以這麼說。他總有可以打去詢問的電話，可以要人幫忙，或者是認識誰可以幫忙。他是某些重罪犯的私人醫生。有時會在大半夜裡被叫起來處理槍傷。」

「當他看到新聞裡有關我們的消息，他只希望趕緊把我們送走。在我敲了他家的門大約一週後，他說我們已經可以離開了。一個叫斯圖亞特的男人把我們塞進一輛福特廂型車後座，帶我們穿過歐洲隧道，一路到了波爾多。他帶我們去了某個農場找一位名叫約瑟特的女人。那是布勞頓醫生的另一位聯絡人。她讓我們待了幾個月，在農場工作換取食宿。她沒問我們是誰，或者為什麼我們在那裡。」

「菲恩跟我，我們並沒有……妳懂吧。之前發生在我們之間的事情，純粹是因為我們同時身處在那個情境。一旦我們擺脫了那些事情，我們退回到朋友的角色。相處如兄妹。但是我們一直在談論妳，想知道妳好不好、是誰在照顧妳，妳有多漂亮、多棒，長大以後會多麼出色，生下妳真是我們做過最棒的事情。」

「妳們有想過要回來找我嗎？」莉比若有所思地問。

「有，」露西回答。「有的。我們有想過。至少我有。菲恩比以往更小心翼翼，比起過去，他更擔心自己的未來。我們從來沒有談論過其他事情。沒談過我們的父母，也沒談過發生的事情。我試過，但是菲恩不想。就像是他把所有過往埋葬了一樣。整個封存起來。好像沒發生過任何事情。那一年他恢復的狀況非常好。曬黑了，身體很健康。我們倆都是。約瑟特有把沒在使用的小提琴，她讓我拿去用。我會在冬天拉琴給她聽，當夏天到來，農場裡擠滿實習生和臨時工時，我也為他們演奏。她讓我帶著小提琴去鎮上，在週五晚上和週六晚上為人們演奏，我開始賺到一些錢。我把錢都存了下來，想著有天可以讓菲恩和我回到倫敦找妳。」

「大約兩年後的某個早晨，我醒來，菲恩不見了。他留下了一張紙條，上面寫著：我要去尼斯。」露西嘆了口氣。「那個夏天剩下的時間裡，我都待在波爾多，努力地存錢，直到有足夠的錢可以坐巴士去尼斯。我過了好幾個星期晚上露宿海灘，白天試圖尋找菲恩的日子。最後，我放棄了。我帶著約瑟特的小提琴。每個晚上都在街頭演奏，賺到夠讓我棲身旅館房間的錢。我滿十九歲、二十歲、二十一歲。然後我遇到了一個男人，一個非常有錢的人。我被他迷住了。他娶了我，我生了一個孩子。後來，我離開了那個非常有錢的男人，遇到了一個非常貧窮的男人，有了另一個孩子。這個可憐的男人離開了我，然後——」然後她停下來，莉比研究著她的表情。似乎有些深不可測、甚至是難以想像的故事。但是那個表情一閃而逝，她繼續說。

「然後妳的生日到了，我回來了。」

「但是妳之前為什麼不回來呢？」莉比問露西。「當妳滿二十五歲的時候？妳不知道有這份信託財產嗎？」

「是的，我知道，」她說。「但是我沒有辦法證明我是露西．藍柏。我沒有出生證明。我的護照是假的。我和馬可的父親有段可怕的婚姻。就是這樣……。」露西嘆氣。「而且我在想，如果亨利沒有出現，我也沒有出現，這份信託會自動轉給那個寶寶，也就是妳，因為每個人都把妳當成我父母的孩子。我認為那就是我要做的。我要等到寶寶滿二十五歲，再回去找她。幾年前，當我買了第一支智慧型手機時，我做的第一件事就是在行事曆中添加了提醒，確保我不會忘記。從那以後的每一分鐘，我一直在等待。我一直在等著回來。」

「還有菲恩呢？」莉比懇切地說。「菲恩後來怎麼了？」

露西嘆口氣。「我只能假設他到了某個沒人找得到他的地方。或許那就是他想要的。」

莉比嘆氣。就是這樣了。故事結束。這就是故事的全貌。只除了最後一個部分。

她的父親。

IV

66

莉比坐著，拇指按著手機。從今天早上九點開始，她每十五分鐘就在銀行的應用程式上更新一次餘額。

今天是切恩大道那棟屋子的付款日。她們一個月前賣出了那棟屋子，在經歷好幾個月乏人問津，接著降低售價，以及兩次的議價失敗，終於有個來自南非的買家，以現金出價，在兩個星期內成交，一切塵埃落定，雙方簽字蓋章。

七百零四萬五千英鎊。

但她的戶頭餘額還是顯示為三百一十八英鎊。付完上一張支票後的最後一點殘渣。

她嘆了口氣，回到電腦螢幕上。那是她最後一個廚櫃設計案。漂亮的帶著夏客（**Shaker**）風格的櫃子，有著銅製把手和大理石檯面。很適合新婚夫婦的第一個家，看起來會很美。她希望自己還有機會看到成品，但她應該永遠見不到了。至少目前看來不可能。今天是她在諾斯朋廚房設計上班的最後一天。

也是她二十六歲生日。她**真正的**二十六歲生日。不是六月十九日，而是六月十四日。她比她以為要大五天。不要緊。相較於七百萬英鎊，以及找到了親生母親、一位叔叔和兩個同父異母的弟妹，老個五天的代價實在很小。畢竟她又不是有認真地在心裡倒數哪天生日，誰在乎是否比預定時間提前五天？

她再次按下更新。

三百零九英鎊。她一週前用 PayPal 支付的帳單剛從她的帳戶裡扣款。

今天天氣很好。她看了看蒂朵。「我們出門吃午餐如何？我請客。」

蒂朵抬眼從老花眼鏡上方看著她，露出笑容。「當然好！」

「不過一切取決於何時得付錢，這會決定我請的是三明治配可樂，還是龍蝦搭香檳。」

「龍蝦太誇張了啦。」蒂朵說完，收回目光，看向電腦螢幕。

莉比的手機在上午十一點發出震動的嗡嗡聲，露西發了簡訊來。上面寫著，**晚點見！我們約好晚上八點！**

露西現在和亨利一起住在馬里波恩的公寓中。顯然他們相處得不太融洽。亨利已經獨自生活了二十五年，很難容忍得和孩子們分享他的空間，而且他的貓恨狗。她開始尋找聖奧爾本斯的房子。莉比自己則看上鎮外一處佔地約半英畝的美麗喬治亞風格小屋。

她又按了次更新。

三百零九英磅。她查了一下電郵，也許會有通知出了什麼差錯。什麼都沒有。

一等扣完遺產稅，這筆錢會被分成三份。她曾提出放棄繼承任何財產，畢竟這不該是她的房子，她並不是他們的手足。但是他們堅持。她也明確表達，「那麼不需要給我三分之一那麼多，幾千英鎊就夠了。」他們不願讓步。「妳是他們的孫女，」露西說。「妳理當享有與我們相同的權利。」

她和蒂朵在下午一點離開辦公室。

「恐怕還是只能吃三明治了。」

「好啊，」她說。「我正想吃三明治。」

她們去了公園裡的咖啡廳，選了張沐浴在陽光下的戶外桌。

「我不敢相信妳要離開了，」蒂朵說。「以後會變得很，嗯，怎麼說呢，很安靜，雖然妳本來也不會很吵，但就是會變成……這空間裡完全沒有莉比的存在了。少了妳可愛的髮型，和堆得整整齊齊的文件。」

「整齊的文件？」

「沒錯，就是妳的……」她用手比劃著形容一堆方形的紙。「妳知道的。每個角落都對得整整齊齊。」她微笑。「總之，我會很想念妳。」

莉比看了她一眼，然後說，「妳難道沒想過要離開嗎？在妳繼承那棟小屋以後？還有其他財產？我是說，妳根本不用工作，對吧？」

蒂朵聳聳肩。「應該不用。有時候我確實想什麼都不管，在馬廄裡跟我的馬兒閃亮待上一整天，直到牠嫌我煩。但是，除了這些，我什麼都沒有。妳不一樣——妳擁有一切。那是廚房設計無法給妳的。」

莉比微笑。這是事實。

不只是錢。不僅僅是錢而已。

重點是她現在所歸屬的這群人，環繞在她身邊的所有家人。那才是她，深藏在整齊文件和縝密計畫之下的她。她本來不是那樣的人。她讓自己變得井井有條，只為了平衡她母親的毫無章法，以及適應學校生活，與一群她其實並未真正認同彼此價值觀的朋友們相處。她比這些點頭之交或 Tinder 交友軟體的愚蠢要求要好得多了。她的親生父母是更好的人，比她幻想出來的有跑車和迷你狗，擔任平面設計師和時尚公關的親生父母更好。她以前多沒想像力啊。

她漫不經心地按了更新。

她再看了一眼。眼前是個荒謬的數字。一串毫無意義的數字。它有太多的零，太多了。她將手機轉向蒂朵。「喔。我的天哪。」

蒂朵兩手摀著臉大口地喘著氣。然後她轉頭面向咖啡館。「服務生，」她說。「請給我們兩瓶最好的香檳王。還有十三隻龍蝦，要活跳跳的那種。」

旁邊當然沒有服務生，隔壁桌的人狐疑地看了她們一眼。

「是我朋友，」蒂朵說，「她剛中了彩券。」

「噢，」那個女人說。「真幸運！」

「嘿，」蒂朵回過頭來說。「在這樣的消息之後，妳真的不該再回辦公室。今天是妳的生日。加上妳剛剛得到的巨款。如果妳想，接下來就蹺班吧。」

莉比微笑，揉了揉她的餐巾紙，放進塑膠托盤。「不，」她說。「想都別想。我不是半途而廢的人。此外，我很確定我留了些擺得不太整齊的文件得處理。」

蒂朵對著她微笑。「那就來吧，」她說，「還有三個半多小時的平凡人時間。讓咱們來好好做個結束，好吧？」

67

露西在只有她在的公寓裡多待了一個小時。她洗了澡，擦了指甲油，用吹風機吹乾了頭髮，將及肩的髮尾梳理整齊，上了保溼霜，然後化了妝。她仍然沒有把這一切視作理所當然。從亨利在切恩大道那棟屋子裡找到她，把寧靜也帶回來，一家團圓之後，已經過了一年。露西和亨利一起住在他位於馬里波恩那棟完美的公寓裡，睡得是鋪了柔軟純棉床單的雙人床，每天無所事事，只要負責遛狗和準備美味的菜餚。她和克萊蒙絲每個月碰一次面，喝著香檳，聊著她們的孩子、音樂、以及亨利的怪脾氣，事實上，除了她們年輕時發生的一切，無所不聊。她們永遠不會像以前那樣親近，但她們仍然是很好的朋友。

馬可十三歲了，就讀麗晶公園區一所時尚的私立學校，亨利負責出學費，而且顯然學校裡每個人都會「抽菸及嗑藥」。他已經完全沒有法國口音，如他所言：「我現在是道地的倫敦仔。」

史黛拉六歲，就讀馬里波恩一所不錯的小學的一年級，在那裡交了兩個超級好朋友，兩個人都叫弗蕾亞。

昨天，露西搭地鐵到了切爾西，站在屋外。檔板已經拆了，待售的牌子換成了售出。很快地，這裡會充滿鑽頭和錘子的聲音，整間重新裝潢，好符合另一個家庭的品味和需求。很快地，會有人稱這地方為他們的家，他們永遠不會知道，甚至連一刻也不曾懷疑許多年前在這四面牆內究竟發生了什麼事，那四個孩子是如何被囚禁、試圖掙脫、然後四散各地，各自帶著不完整、迷失和扭曲的心靈。露西無法回想當年那個女孩，她很難接受那個如此迫切想要得到關注，以至於同時和一對父子上床的自己。她有時會看著她完美的小女孩史黛拉，想像著她十三歲時為了想要感受被愛而像那樣奉獻自己。這令她感到無比的心痛。

手機響了，她像往常一樣感到不安，可能永遠都會如此。邁克的謀殺案成了懸案，但一般認為起因於他跟黑社會同夥間一些未結債務。謀殺案成為頭條新聞後不久，一份法國報紙的報導中提到了她：

曾結過兩次婚的里默與他的第一任妻子育有一個孩子，那名前妻是英國人，唯一的訊息是她名叫露西。據里默的女傭說，他和他前妻最近曾有短暫的會面，但在此案中她不被視為犯罪嫌疑人。

但是她無法真的不擔心，因為隨時有可能有某個渴望證明自己的新進年輕警探重新開始追查。她懷疑她可能永遠都無法真的放下心來。

但這不是什麼菜鳥警探來的訊息，而是莉比：傳來了一張銀行對帳單的截圖，配上數鈔票的狀聲詞！

好了，露西想著，打從心底感覺鬆了口氣。這一篇章的人生結束了。全新篇章就要開始。現在她可以去買自己的房子。總算可以。一個屬於她、她的孩子和她的狗的地方。一個永遠沒有人可以從她手中奪走的地方。接著，她想著，她將會發現自己的人生究竟該是什麼模樣。她想繼續學習小提琴，她想成為一名專業音樂家。如今，前方再無阻礙。

露西的前半生滿是泥濘和黑暗，經歷一次又一次的掙扎。她的下半人生將是一片光明。

她回覆莉比的訊息。

狂灑香檳！待會兒見，甜心。我等不及要和妳一起慶祝。慶祝這一切。

莉比回答：我也迫不及待想見妳。愛妳。

我也愛妳，她在這句後面加了一排長長的吻，然後關上手機。

她的女孩棒透了：有著溫柔、體貼的靈魂，在許多方面和史黛拉跟馬可很像，但也完全就像她的父親，堅持走自己的路，有著自己的原則，長成了就是她自己的模樣。她的成長過程和變化是如此之大，她不讓那些過往瑣事或強迫症阻礙自己改變，她迎向自然在她面前開展的人生，而非刻意強加安排。她值得讓人忍受在離開嬰兒床中的她，到再次找到她之間，那曾度過的每一個不幸的時刻。她是天使。

露西再次拿起手機，滑動著查著聯絡人，直到找到朱開頭那一欄。她寫了一則訊息：

親愛的朱塞佩。我是露西。我好想你。只想讓你知道，我很快樂、很健康、過得很好，孩子們也是，還有費茲。我不會回法國了。我現在過著美好的新生活，我想落地生根。但是我會永遠想念你，感謝你在我的生活失控時給予支持。沒有你，我早已迷失。你是我永遠的愛。露西。

68

那天晚上，莉比的家人在馬里波恩的餐廳裡等她。

露西、馬可、史黛拉和亨利都在。

馬可有點不自在地用誇張的擁抱和她打招呼，他的頭撞到了她的鎖骨。「生日快樂，莉比。」他說。

史黛拉則輕輕地擁抱她，說：「生日快樂，莉比。我愛妳。」

這兩個孩子，她的弟弟和妹妹，是這世上最棒的禮物。

他們是很棒的孩子，莉比將此歸功於撫養他們的女人。她和露西很快就變得非常親密。極小的年齡差距意味著她常常覺得露西像是自己新交的超級好朋友，而非生下她的女人。

露西起身。伸出雙臂圈住莉比的脖子，在她耳邊大聲地親吻她。「生日快樂，」她說。「這次可以好好兒地祝妳生日快樂了。比起二十六年前的那天。天哪。我以為我整個人就要裂成兩半。」

「沒錯，」亨利同意。「她像牛一樣叫了好幾個小時。我們全摀住了耳朵。」然後他給了她一個謹慎的擁抱。

莉比仍然猜不透亨利。有時她會想起克萊蒙絲說他是真的很邪惡，因此不寒而慄。她想著他的所作所為，他害死了四個人，將一名年輕女子的屍體包裹掩埋，還砍了一隻貓。但是他絕對沒有意圖殺人。而莉比也仍然深信，當年那個夜晚，如果那四個孩子向警察尋求協助，解釋到底發生了什麼事情，關於他們受到了何種虐待及被監禁，以及那只是個可怕的意外，警方會相信他們，一切將回歸常軌。然而實際情況是，他們全都成了逃犯，背離了原本的人生，邁向截然不同的道路。

亨利很怪，但是他坦然地接受這一點。他仍然堅稱那天晚上他沒有故意把他們鎖在出租公寓的客房中，沒有拿走他們的手機並刪掉米勒的錄音檔。他的說法是，「好吧，如果我真的有這麼做，我肯定比我以為的還要醉。」莉比沒有在手機上找到任何追蹤或監聽程式。不過她也從來沒更改過手機密碼。

他否認有整容，好讓自己看起來像菲恩。他說，「我為什麼要像菲恩？我比以前的他好看多了。」他對孩子們沒耐性，對於他掌控的小世界突然湧進很多人感到有些崩潰，他常常脾氣暴躁，但偶爾會很風趣。他有點脫離現實，似乎總是飄在雲端。莉比怎麼能怪他呢？在他經歷這一切之後？如果她的童年和他一樣充滿創傷，她可能也會過得很不切實際。

她打開他給她的卡片，上面寫著：「親愛的莉比．瓊斯，我很驕傲妳是我的姪女。我一直很愛妳，我會永遠愛妳。生日快樂，美麗的女孩。」

他略帶尷尬地看著她，這次她可不接受他小心翼翼的擁抱。這回，她伸手纏住他的脖子，用力地抱緊他，直到他也給予同樣回應。「我也愛你，」她在他耳邊說。「謝謝你找到我。」

米勒出現。

蒂朵是對的。

他們之間確實有什麼。

儘管羅伊和瓊斯這兩個姓連在一起念實在很恐怖，去除他母親很不好相處，還有他的大肚腩、過多的鬍子，以及沒養寵物還有個前妻的這些事實，仍然有些事情的重要性遠大於此。還有，刺青不過就是在皮膚上作畫對吧？別那麼死腦筋。就是一幅畫啊。

米勒為莉比放棄了他的報導。去年那個夏夜，當她與家人團聚後，他拿起記事本，撕掉所有頁面。

「但是，」她說，「那是你的文章，你以此為生。你可以用這篇報導賺很多錢耶。」

他用一個吻讓她安靜下來，他說，「我不想因此拆散妳和妳的家人。妳應當要和他們團聚，這遠勝過我需要的回報。」

現在，莉比坐在他旁邊的空位上，用吻來歡迎他。

「生日快樂，小羔羊。」他在她耳邊輕聲說。

那是他給她的暱稱。她以前從未有過暱稱。

他遞給她一個沉甸甸的信封。

她說，「這是什麼？」

他笑著說，「我建議妳打開它自己看看。」

那是一本介紹冊，頁面光滑且厚實，介紹位於波札那野生動物園區，一家名叫朝比樂園的五星級飯店。

「這是……？」

米勒笑了。他說，「嗯，就是妳想的沒錯。根據櫃台那位熱情的人告訴我的訊息，他們的首席導遊四十多歲，名叫菲恩。只不過他現在用的名字是芬恩。芬恩．湯森。」

函。

「是嗎？是他嗎？」

「我有百分之九十九的把握。但是只有一種方法可以百分百確認。」

他從外套口袋抽出幾張紙，遞給她。那是在朝比樂園預訂了一間豪華雙人房的電子郵件確認函。

「如果妳不想去，」他說。「我也可以帶我媽去。她一直很想去野生動物園。」

莉比搖著頭。「不，」她說。「不。我想去。我當然想去。」

她翻了翻那疊紙，然後回頭看那本簡介。裡頭一張照片吸引了她的目光：一輛吉普車上載滿了正看著獅群的遊客。她把照片拿得更近地端詳著。坐在吉普車前座的導遊，轉頭對著鏡頭露出微笑。他有一頭濃密的閃亮金髮。一臉開朗，笑容如陽光般燦爛。

他看起來像是世界上最快樂的男人。

他看起來像她。

「你覺得那是他嗎？」她問。

「我不知道。」米勒說。他看了眼坐在對面的亨利和露西，將那本簡介轉過去面向他們。他們一臉認真地看著照片。然後露西握起拳頭放到嘴邊，亨利則向後癱在椅背上。

露西用力地點點頭。「是了，」她幾乎無法好好說完一句話。「是的，就是他。那是菲恩。他活著。看看他！他活著。」

69

他活著。菲恩還活著。我的心百轉千迴、激動萬分，我覺得頭暈。他該死的英俊得要命。看看他一身古銅色肌膚和健美體格，還有那咧著嘴的笑容，就這麼坐在非洲的一輛吉普車上，一派逍遙自在的模樣。我敢打賭，他從來沒有想過我，沒有想過我們任何人。尤其是妳，寧靜。特別是妳。當妳住在我們那棟大宅裡時，他對妳漠不關心。他現在也不會對妳感興趣。

露西說他們在法國時一直在談論妳，她肯定在說謊。菲恩不是個愛小孩的人。他不是那種「居家型」男人。他只活在他自己的世界裡。他是個獨行俠。只有一次，**唯一一次**我試著讓他敞開心胸的時刻，是我們第一次嗑藥那次。我們手牽著手，我感覺到他流向我，我感覺我變成了菲恩。當然，他並沒有相同感覺——誰會想變成我呢？但是我變成了他。我在屋子裡的每個角落、晦暗和隱蔽之處，盡可能地標記著，如同無聲的宣告。「我．是．菲恩」。

但是菲恩就在那裡，不斷地提醒著他的存在，我要如何成為他？他每一次不經意地眨眼、聳肩、沉思般地望著空蕩蕩的房間的眼神，就這麼緩緩引人開啟了一個下蠱的計畫。

一切從愛情藥水開始。那個藥水應該要能讓他愛上我，但是一點用都沒有。唯一的作用是削弱了他的力量。讓他變得虛弱。不再那麼好看。而他越疲弱，我就顯得越強大。所以我持續餵他藥水。不是為了殺死他，那從來不是我的意圖，只是要讓他顯得黯淡，好對照出我的光芒。直到那一晚，柏蒂三十歲生日派對那天，當露西告訴我菲恩是寶寶的父親時，我走進他的房間打算殺了他。

當他要我為他鬆綁，我說，「除非你讓我吻你。」於是我吻了他。他的手仍然被綁在暖氣的水管上，身體幾乎折成了兩半，我吻著他的嘴唇和臉頰。他沒有反抗。任我為所欲為。我吻了他很久。我用手指撫摸他的嘴唇，用手撫過他的頭髮，我做了打從他在我才十一歲，還未曾想過會想親吻任何人的時刻走進我們家的那一秒起，我曾夢想過要做的每一件事。

我等他推開我。但是他沒有。他很順從。

當我終於吻夠之後，我將他從暖氣上解開，然後躺在他旁邊。

我伸出手臂摟著他溫暖的身體。

我閉上了眼睛。我睡著了。

當我醒來時，菲恩不見了。從那以後我一直在尋找他。

現在他被找到了。

我就知道莉比心愛的大熊男友會找到他。他做到了。

我抬頭看著米勒；我看著妳。

我換上最燦爛可親的亨利叔叔式笑容，然後說：「可以多訂一個房間嗎？」

致謝

感謝好到令人難以置信的三位編輯人員：我的英國編輯塞琳娜・沃克 (Selina Walker) 花了好幾個週末並且加班到深夜，將我的手稿修潤成能夠閱讀的文字；還有美國的琳賽・沙格奈 (Lindsay Sagnette)，為這個故事增添了全新的視野和清晰脈絡；以及擔任最後審稿的芮茜達・塔德 (Richenda Todd)，讓我必須認真處理原本因為無法解決而逕自忽略的文本問題。妳們三位優秀的編輯讓作品變得更好。還要感謝我出色的經紀人喬尼・蓋勒 (Jonny Geller)，沒有讓我在把書雕琢得更完美前就隨便出版。越用心檢視修潤，出版商就會越重視妳和妳的作品。我是如此幸運能擁有你們所有人的幫助。

感謝我優異的英國出版商納吉瑪・芬利 (Najma Finlay)，她正準備休產假，在我們出版下一本書之前不會回到工作崗位。祝福妳享受與美麗的寶寶度過的每一分鐘。

謝謝我令人敬佩的美國經紀人黛博拉・施耐德 (Deborah Schneider)……嗯哼，妳知道為什麼！多麼艱辛的一年！

感謝可可・阿佐泰 (Coco Azoitei) 在我需要有人解釋如何測試剛修復好的小提琴時，提供了技術指導；以及，感謝臉書上協助提供所謂家族信託相關資訊的每位朋友。如果有任何錯誤，完全是我自己的問題。

感謝我在英國、美國和世界各地的出版團隊給予我的作品如此完善的照顧——也包括我！——特別要感謝美國的阿芮莉 (Ariele) 和海莉 (Haley)、瑞典的琵亞 (Pia) 和克利斯多福 (Christoffer)、挪威的歐達 (Oda)、丹麥的伊莉莎白 (Elisabeth) 和蒂娜 (Tina)。

感謝協助製作出驚人高質量成果的有聲書出版商和錄音室，以及所有以美妙的聲音和技巧完美詮釋我的作品的演員和專業配音員。

謝謝所有讓我的作品能夠接觸到讀者的圖書館、書店、策展單位。

感謝我的家人和親朋好友們對我的持續支持。

最後，感謝那兩杯濃烈的伏特加湯尼，它們在某個星期五深夜陪伴我瀏覽了本書的最後三個章節，並幫助我找到了我知道我肯定藏在某處的最後幾行文字。乾杯！

高寶書版集團
gobooks.com.tw

TN 280
陌生的房客
The Family Upstairs

作　　者　麗莎・傑威爾（Lisa Jewell）
譯　　者　吳宜璇
主　　編　楊雅筑
封面設計　黃馨儀
內頁排版　賴姵均
企　　劃　方慧娟

發 行 人　朱凱蕾
出　　版　英屬維京群島商高寶國際有限公司台灣分公司
　　　　　Global Group Holdings, Ltd.
地　　址　台北市內湖區洲子街88號3樓
網　　址　gobooks.com.tw
電　　話　(02) 27992788
電　　郵　readers@gobooks.com.tw（讀者服務部）
　　　　　pr@gobooks.com.tw（公關諮詢部）
傳　　真　出版部　(02) 27990909　行銷部 (02) 27993088
郵政劃撥　19394552
戶　　名　英屬維京群島商高寶國際有限公司台灣分公司
發　　行　英屬維京群島商高寶國際有限公司台灣分公司
初　　版　2021 年 3 月

國家圖書館出版品預行編目(CIP)資料

陌生的房客 / 麗莎.傑威爾(Lisa Jewell)著；吳宜璇譯. -- 初版. -- 臺北市：英屬維京群島商高寶國際有限公司臺灣分公司, 2021.03
　面；　公分. -- (文學新象；TN 290)

譯自：The family upstairs

ISBN 978-986-506-019-0(平裝)

873.4　　11000151

GOBOOKS & SITAK GROUP©